Les Enquêtes du Emerald Club

4. Cent bougies et un enterrement

R.C. Queens

Illustration de couverture : Amandine Peter
Corrections éditoriales et maquettage :
Agence Narrativa Studio
ISBN : 978-2-9592811-3-6
Édité à NSW, Maroubra, Australie
Dépôt légal : Février 2026

Acknowledgement of country
I acknowledge the Gadigal people of the Eora Nation, the Traditional Custodians of this land in Sydney, where I live and work, and where this book was written. I acknowledge the cultural diversity of all Aboriginal and Torres Strait Islander peoples and pay respect to Elders past, present and future.[1]

---

[1] *Acknowledgement of country: est une déclaration formelle, généralement prononcée au début d'un événement, d'une réunion ou d'une publication, qui reconnaît les peuples autochtones traditionnels de la terre sur laquelle on se trouve. C'est une façon de montrer du respect pour l'Histoire et la culture autochtones, et de reconnaître que la terre sur laquelle nous vivons a une longue Histoire avant l'arrivée des colons.*

Avertissement :
Ce livre est un ouvrage de fiction. Les noms, les personnages et les événements relatés sont le fruit de l'imagination de l'auteure ou sont utilisés à des fins de fiction.

Ce roman est dédié à ma filleule, née sourde profonde et appareillée cochléaire à neuf mois. Pour qu'elle puisse, elle aussi, trouver un héros de fiction qui lui ressemble. À Rose, Gabriel et leurs parents, jusqu'à la Lune.

Chapitre 1

Toute de noir vêtue, Rose regrettait de s'être lancée dans une promenade aussi longue. C'était peut-être officiellement l'automne à Sydney, pourtant, il lui semblait que la météo n'avait pas eu l'information. La température dépassait les trente-cinq degrés et le soleil brillait comme en plein été. Hercule aussi tirait la langue. Le dogue de Bordeaux ne supportait pas bien la chaleur. Plutôt que de continuer tout droit pour aller chez son amie Birdie, Rose préféra faire une halte à la fontaine de Lyne Park pour lui donner à boire. Elle en profita pour se rafraichir la nuque tout en admirant la baie de Sydney. L'eau turquoise et placide tranchait avec le blanc éclatant des bateaux de plaisance, tandis que s'étendait sur la ligne d'horizon, le Harbour Bridge, ce pont iconique, reconnaissable entre tous.

Adossée contre un arbre, Rose profitait de la fraicheur de l'ombre, quand un kookaburra vint se poser sur une branche à côté d'elle. L'oiseau, connu pour avoir un chant proche du cri du singe, se lança dans une mélopée stridente. Un instant, elle fut transportée au cœur de la jungle.

Après trois mois passés à travailler sur l'île paradisiaque de Keppel Island[1] pour prolonger son visa d'une année supplémentaire, Rose était contente de retrouver son quartier.

Sa montre connectée la tira de sa rêverie pour lui rappeler son rendez-vous chez Birdie. Le reste des détectives

[1] *Keppel Island : Une ile paradisiaque dans le Queensland.*

amateurs du Emerald Club l'y attendaient déjà, pour rencontrer une nouvelle cliente. Un quart d'heure plus tard, elle sonnait chez son amie et elle fut surprise que Lisbeth lui ouvre la porte. Hercule s'engouffra dans la demeure pour se mettre au frais, tandis que le sosie de Jamie Lee Curtis la détaillait de la tête aux pieds.

— Je vois qu'ils n'ont toujours pas retrouvé ta valise ?
Lisbeth se décala et Rose entra en soupirant.

— Ne m'en parle pas, ça fait déjà deux jours qu'on est rentrés de Keppel Island et la compagnie aérienne ne sait toujours pas où est mon sac, râla-t-elle. Il y avait toute ma vie dans cette valise !

La septuagénaire lui tapota l'épaule avec un sourire compatissant.

— Et à qui sont ces vêtements ?

Rose n'eut pas le temps de répondre que Birdie arriva de la cuisine pour l'embrasser.

— J'ai donné à boire à Hercule. Le pauvre a l'air complètement déshydraté.

— Merci beaucoup. Je m'en veux. Je n'aurais jamais dû le sortir avec ce temps. C'est juste qu'il m'a tellement manqué pendant trois mois que, depuis que je suis rentrée, je le prends partout avec moi.

La vieille dame au physique fluet la prit par le bras avec tendresse pour la guider vers la cuisine.

— Ne t'inquiète pas, il survivra.

À son tour, Birdie la jaugea du regard.

— Je vois qu'Edward a eu mon message.

Rose soupira à nouveau.

— Oui, hier, j'ai trouvé un sac de vêtements sur mon lit, avec un mot qui expliquait qu'ils appartenaient à son ex.

Birdie haussa un sourcil.

— J'avais oublié combien elle avait un style BCBG.

— Vu les circonstances, je ne vais pas faire la difficile. Au moins maintenant, je suis bien habillée si je dois passer un entretien dans une banque !

— Ou au FBI, se moqua Lisbeth. On dirait que tu sors de cette série populaire des années quatre-vingt-dix où des agents couraient après des aliens. Comment s'appelait-elle déjà ?

— X-Files, répondirent Rose et Birdie en chœur.

— Te voilà fin prête pour trouver de petits hommes verts, se moqua Lisbeth.

Rose, les mains sur les hanches, les avisa d'une moue agacée.

— En parlant d'extraterrestre, comment se passe la cohabitation avec mon petit-fils préféré ?

Rose hésita à répondre. Pas une seule fois, elle n'avait croisé Edward depuis son arrivée. Ils ne communiquaient que par post-it. Enfin, surtout lui. Tous les jours, elle trouvait des mots un peu partout dans la maison pour lui dire de ranger ses chaussures dans le placard ou encore de lancer le lave-vaisselle.

— Je ne l'ai pas encore vu, on ne se parle que par notes

interposées.

Birdie laissa échapper une grimace d'inquiétude.

— Laisse-moi deviner, ça concerne le ménage ?

Rose hocha la tête avec un air désolé.

— Il est obnubilé, pesta-t-elle pour elle-même. À force, je crains qu'il développe des TOC[2].

Rose ne pouvait qu'acquiescer. Avant de rentrer à Sydney, Birdie lui avait proposé de vivre chez son petit-fils et de continuer à s'occuper d'Hercule. Quand elle l'avait prévenue qu'Edward faisait une fixation sur la propreté, elle n'imaginait pas à quel point ça prenait le pas sur la vie quotidienne. Une situation qu'elle avait déjà vécue.

— Il me rappelle mon ex-fiancé et son obsession du rangement. C'était un enfer ! Il avait besoin de tout contrôler. Le moindre grain de poussière le mettait dans des états terribles.

Lisbeth éternua de rire.

— Bordélique comme tu es, à quel moment s'est-il dit que c'était une bonne idée de t'épouser ?

Rose lui lança un regard noir, tandis que Lisbeth riait toujours sous cape. Birdie, loin de ces considérations, croisa les bras, visiblement inquiète pour son petit-fils.

— Ça fait presque un an maintenant que son ex l'a quitté. Il est temps qu'il se remette en selle ! Moi qui pensais que son voyage en Europe lui ferait du bien, j'ai l'impression que c'est de pire en pire.

---

[2] *TOC : Trouble Obsessionnel Compulsif*

Rose, sensible au trouble de son amie, s'approcha pour lui caresser le dos. Birdie lui rendit son accolade en posant sa tête sur son épaule.

— Enfin, maintenant que je l'ai forcé à te prendre comme colocataire, reprit-elle, il n'aura plus le choix ! Alors, surtout ne le laisse pas faire !

Choquée par cette information, la bouche de Rose forma un O avant que la jeune femme ne sente une bouffée d'indignation monter en elle. Elle se recula pour confronter Birdie.

— Comment ça, tu l'as forcé ? Je croyais que je devais vivre chez lui pour m'occuper d'Hercule ! Que ça rendait service à Edward à cause de son emploi du temps surchargé !

Comme toujours quand elle était prise en faute, Birdie revêtit son air de petite mamie inoffensive.

— Oui, oui, ça aussi. Cependant, je compte sur toi pour le secouer ! Il en a besoin, tu comprends ! Avec ta… Comment dire… Avec ta façon de t'organiser au quotidien, ça devrait le soigner.

— Quoi ? Mais…

Rose restait sans voix face au culot de son amie.

Lisbeth passa son bras autour des épaules de Rose et lui chuchota dans son implant cochléaire :

— Courage ! Pense au loyer gratuit !

Rose baissa la tête, vaincue, tandis que les deux septuagénaires l'invitaient à passer au salon pour rejoindre Jack le temps qu'elles terminent les préparatifs à la cuisine. La vue depuis les immenses baies vitrées était semblable à celle de Lyne Park. Rose regretta qu'il fasse trop chaud pour s'installer dans le jardin luxuriant.

Le quatrième détective amateur du Emerald Club se leva pour la saluer. Ils ne s'étaient pas revus depuis deux semaines. Il observa sa tenue d'un œil surpris, mais se garda de faire la moindre remarque.

— Ton contrat s'est bien terminé ? As-tu pu obtenir ton deuxième visa malgré les circonstances ?

— Oui ! Ni la tempête qui nous a coupés du continent, ni le meurtre, ni les arrestations n'ont pu m'empêcher de valider tous les jours nécessaires au renouvellement de mon visa. Je suis officiellement autorisée à rester un an de plus !

Avec ses manières de dandy, le quadragénaire leva sa tasse de café pour trinquer à cette bonne nouvelle.

— Je suis heureux que tu restes plus longtemps parmi nous. Je ne m'en sortirais pas seul face à ces deux énergumènes, confia-t-il à Rose avec un clin d'œil, en pointant la cuisine où se trouvaient les vieilles dames.

— C'est Rose qui est sourde, pas nous, cria Birdie depuis l'autre pièce.

Jack et Rose eurent un regard de connivence. Les deux amies revinrent dans le salon avec des biscuits et du café. En les regardant prendre place chacune d'un côté du canapé, Rose ne put s'empêcher de penser que les deux septuagénaires ne pouvaient pas être plus différentes l'une de l'autre. Birdie, petite et mince, correspondait à la perfection au stéréotype de son âge avec sa petite bouille de mamie rassurante. Lisbeth, quant à elle, avec sa grande taille, ses cheveux courts et ses épaules carrées, semblait forte comme un roc.

Birdie déposa des Anzac cookies et un carrot cake sur la table basse. Lisbeth tendit une tasse de café fumant à Rose, assise dans l'un des deux fauteuils cosy qui faisaient face au canapé. Hercule vint s'allonger à ses pieds et s'endormit comme un bienheureux.

Une fois que tout le monde fut installé, Jack ne retint plus sa curiosité.

— Bon, maintenant qu'on est tous réunis, tu veux bien nous en dire plus sur cette nouvelle cliente ?

Birdie ne se fit pas prier.

— La semaine dernière, alors que nous étions encore sur Keppel Island, la directrice de la maison de retraite « The last resort » m'a contactée, car elle soupçonne que l'un de ses résidents ait été assassiné, et elle nous demande de mener l'enquête.

— « The last resort » ? répéta Jack comme s'il avait mal entendu. Le dernier recours ? Ce n'est pas un peu douteux comme nom pour une maison de retraite ?

Birdie pencha la tête sur le côté en pinçant les lèvres, signe qu'elle était d'accord avec Jack.

— Je pense que c'est plus dans le sens de « La dernière demeure », précisa-t-elle.

— Tu fais bien de préciser, c'est sûr que c'est mieux, s'amusa Lisbeth, un brin sarcastique.

Rose s'amusa de voir Birdie hausser les épaules pour balayer la remarque de son amie de toujours.

— D'après leur site internet, c'est un ancien couvent. Dans les années quatre-vingt, il a été réhabilité en résidence d'artiste par une star de cinéma. À sa mort, elle a légué le bâtiment à une association, en stipulant dans son testament que le bâtiment devait garder ce nom et il a été conservé lorsque c'est devenu une résidence de luxe pour personnes âgées.

Lisbeth eut un petit rire.

— Personnellement, j'aime beaucoup son humour. C'est piquant !

— Ça avait l'air d'être un sacré personnage, acquiesça Rose.

— Certes, tout ceci est hilarant, rebondit Jack avec sérieux. Cependant, il y a quand même un point qui me chiffonne. Pourquoi ce n'est pas la police qui enquête ?

Birdie, prise de court, ne sut que répondre, si bien qu'elle se contenta d'un demi-sourire désolé. Rose, que la question n'avait même pas effleurée, dut admettre que la remarque de Jack était pertinente.

— Elle n'a pas voulu entrer dans les détails au téléphone. On a convenu d'un rendez-vous pour aujourd'hui, c'est tout. On ne s'est pas reparlé depuis.

Dépité, Jack se massa les sourcils, tandis que Lisbeth ferma les yeux en soufflant.

— Ne me dis pas que tu nous as encore embarqués dans

un plan foireux dont tu as le secret, se plaignit-il.

— Eh bien… commença la vieille dame. Je ne dirais pas ça…

Rose voyait Jack se décomposer et, plutôt que d'assister impuissante à leurs protestations, elle proposa une solution :

— On pourra toujours lui demander, et en fonction de son explication, on acceptera ou non l'affaire.

— Je suis de son avis, appuya Lisbeth en la pointant du bout de sa cuillère à café. On doit en discuter ensemble avant de décider, c'est bien compris Birdie ? Il est hors de question que l'on s'embarque dans une affaire louche !

— C'est promis, répondit cette dernière avec son petit air de mamie gâteau qui ne les trompait plus depuis longtemps.

— Quand tu fais cette tête, tout ce que j'entends, c'est « cause toujours ma vieille ».

Birdie lui rendit un large sourire entendu.

— Croix de bois, croix de fer : si je mens, je vais en enfer !

— Dans ce cas, je souhaite beaucoup de courage au diable !

Birdie se lança dans un rire démoniaque en se frottant les mains, tandis que Jack soupira du manque de sérieux de son amie.

— Cette fois-ci, je ne cèderai pas. Hors de question que je mette un pied en dehors de la légalité. C'est clair ?

Birdie, les deux mains levées, tentait de rassurer Jack.

— Je te le promets !

Lisbeth jeta un coup d'œil à sa montre et Rose vit passer une ombre réprobatrice sur son visage.

— Ne te stresse pas trop, je ne pense pas qu'on prenne l'affaire. Notre cliente est en retard ! Et vous savez combien j'ai horreur des gens incapables d'arriver à l'heure !

Visiblement énervée, Lisbeth tapotait des doigts sur le coude du canapé.

— La patience n'est vraiment pas ton fort, se moqua le quadragénaire.

Le regard noir que lui renvoya Lisbeth le fit sourire. Ces deux-là ne rataient jamais une occasion de se chamailler, même lorsqu'ils étaient d'accord.

— Elle va arriver, les calma Birdie. C'est une femme avec beaucoup de responsabilités. Je vous rappelle qu'elle dirige la maison de retraite la plus cotée et la plus confidentielle de la ville ! Elle a dû être retenue au dernier moment, je suis certaine qu'elle ne va pas tarder. Rendez-vous compte de l'opportunité que nous avons en ayant décroché ce contrat ! Si nous résolvons cette affaire, nous bénéficierons d'une superbe couverture médiatique.

Jack fit une moue, peu convaincu.

— Nous avons déjà été cités à plusieurs reprises dans la presse, je ne vois pas ce que ça nous apportera de plus.

— Mais tout, voyons ! s'exclama Birdie avec un enthousiasme débordant. Tu ne te rends pas compte. Si le « Emerald Club Investigation » continue de faire parler de lui, nous deviendrons une agence incontournable.

Lisbeth secoua la tête, dépitée.

— Ce nom… Tu aurais quand même pu nous consulter avant de le faire déposer au registre du commerce ! râla-t-elle.

Rose pouffa en repensant au Noël précédent. Birdie, pensant leur « offrir un beau cadeau », avait ouvert leur agence de détectives sans les consulter. Depuis, Jack et Lisbeth râlaient pour la forme alors qu'au fond d'eux, ils adoraient résoudre des enquêtes. C'était même ce qui les avait rassemblés au départ.

Un coup de sonnette retentit et Birdie bondit du canapé.

— C'est elle ! Les amis, préparez-vous pour une nouvelle aventure !

Rose, un peu amusée par l'enthousiasme de son amie, se leva à son tour pour accueillir leur nouvelle cliente.

Chapitre 2

Avant d'aller ouvrir, Birdie se tourna vers Lisbeth afin de la mettre en garde.

—Aucune remarque sur son retard. Tu l'auras compris, je tiens beaucoup à cette affaire.

Comme à chaque fois que c'était important pour Birdie, Lisbeth obéit sans discuter.

La première chose que fit Jane Garder en pénétrant dans le salon de Birdie fut de s'excuser.

— Pardonnez-moi d'arriver si tard, il y avait un peu de trafic.

Leur cliente paraissait nerveuse, pourtant, elle ne put s'empêcher de s'extasier face aux baies vitrées qui donnaient sur la baie. Elle observa les lieux avec un mélange de surprise et de ravissement.

— Votre intérieur est magnifique. Et cette vue ! Quand on arrive dans le quartier, c'est difficile d'imaginer que les maisons donnent sur l'eau.

Après les présentations d'usage, Birdie invita la directrice à s'asseoir sur le canapé. Une fois installée, Rose remarqua que les mains de leur cliente cachaient une grande nervosité. Hercule, dut aussi sentir son trouble. Il s'approcha pour la renifler de plus près. Il était ravi de recevoir des caresses derrière ses oreilles, alors il s'assit à ses pieds, posant sa tête sur le bord du canapé. Le dogue de Bordeaux, malgré sa taille impressionnante, apaisait les gens d'une façon très naturelle. Birdie offrit un café à la nouvelle cliente, qui accepta avec plaisir et prit même un Anzac cookie.

Rose lui donnait la quarantaine, plutôt petite, avec une silhouette fine et des cheveux blonds coupés au carré. Son absence totale de rides la faisait passer pour une étudiante. Loin d'être à l'aise, leur cliente tirait sur sa jupe, les mâchoires crispées. Tout dans son attitude indiquait que, même si elle avait choisi de faire appel à un club de détectives, elle était en train de regretter sa décision. Birdie paru le remarquer aussi quand elle commença l'entretien.

— Au téléphone, vous me disiez penser que l'une de vos pensionnaires avait été assassinée et que vous souhaitiez que nous enquêtions.

Jane remit une mèche imaginaire derrière son oreille et, les yeux fuyants, elle annonça :

— Je suis désolée, je crois que j'ai fait une erreur. Plus j'y pense, plus je me dis que je me suis emballée pour rien. Que je regarde trop de séries policières et…

Jane ne termina pas sa phrase et un silence s'installa. La cliente paraissait absorbée dans la contemplation de la décoration intérieure du salon, façon cosy chic, et Rose s'étonna que Birdie n'intervienne pas. La vieille dame se contentait de lui sourire et, au bout de ce qui lui parut une éternité, c'est Jack qui reprit la conversation.

— Si vous doutiez vraiment, vous seriez déjà partie.

— Mon collègue a raison, reprit Birdie. Faites confiance à votre instinct.

La directrice les jaugea un à un, avant de baisser la tête tout en brossant les plis imaginaires de sa jupe. Elle se racla la gorge, reprit une gorgée de son café avant de se redresser.

— Pour être honnête avec vous, je suis arrivée à l'heure, mais je suis restée dans ma voiture sans oser en descendre. J'ai bien failli faire demi-tour. Il faut que vous compreniez que je joue ma carrière. Je viens tout juste de prendre ce poste et le comité de direction n'est pas au courant de ma démarche. Nous sommes une institution, pourrait-on dire… assez élitiste. De plus, la politique de notre établissement est d'éviter les scandales. Beaucoup de nos seniors sont des VIP. La plupart d'entre eux ont eu une carrière brillante, soit dans le monde du spectacle, soit dans celui de la finance, ou encore de la politique.

Elle les regarda chacun leur tour et ils opinèrent un à un de la tête, pour lui signifier qu'ils comprenaient bien les enjeux.

— Seulement, voilà, reprit-elle, à part mon intime conviction, je n'ai aucune preuve à vous fournir.

Birdie, qui était assise à côté d'elle, lui tapota le bras pour la rassurer.

— Pour que vous risquiez votre place pour une femme que vous connaissiez à peine, c'est que vous devez avoir des éléments tangibles. Racontez-nous. On est là pour vous aider à tout démêler.

Jane sourit à Birdie avant de se lancer.

— Agatha Walsh, notre pensionnaire est… morte il y a

une semaine, à l'âge de quatre-vingt-dix-neuf ans. Plus exactement, la veille de son centième anniversaire. On avait prévu une grande cérémonie avec la presse locale et quelques élus que, vous vous doutez, nous avons dû annuler au dernier moment. L'infirmière en chef l'a trouvée sans vie au petit matin, et le médecin a certifié qu'elle était partie dans son sommeil.

Rose ne comprenait pas bien pourquoi Jane avait des doutes.

— Qu'est-ce qui vous fait penser que son décès est inhabituel ?

— Parce que la veille, Agatha est venue dans mon bureau pour me prévenir que quelqu'un voulait la tuer. Et ce n'est pas tout…

À présent, les membres du Emerald Club étaient suspendus à ses lèvres.

— Elle m'a donné ceci.

Jane tendit une feuille de papier froissé pliée en quatre.

— « Je sais ce que tu as fait et tu vas le payer de ta vie. » lut la doyenne du Emerald Club à haute voix.

— Charmant, jugea Jack avec un léger accent anglais qui ressortait quand il était sous le coup d'une émotion. Moi qui pensais que l'activité principale dans une maison de retraite, c'était le tricot…

La directrice laissa échapper un petit rire sans joie.

— Vous seriez surpris ! Les gens pensent souvent à tort que les personnes âgées cessent de représenter un danger.

Croyez-moi quand je vous dis que je passe mes journées à faire la police dans leurs querelles. J'ai parfois l'impression d'être directrice d'école maternelle.

Rose sentit que la conversation risquait de digresser.

— Est-ce que vous avez parlé de ce message à quelqu'un ?

Jane hocha la tête.

— Bien sûr, j'en ai parlé avec le médecin. Il a tenu à faire la toilette mortuaire lui-même, seulement, il n'a rien trouvé de significatif, sa mort a été classée comme naturelle. Pourtant... j'ai l'intime conviction qu'Agatha a été assassinée, sans pouvoir ne rien prouver.

— Avez-vous contacté la police ? demanda Jack.

— Non. J'y ai renoncé. Même avec ce mot. Avant de contacter les autorités, j'aurais dû prévenir le président et, sans l'appui du médecin, ça n'aurait servi à rien. En revanche, le docteur Pierce a fait une prise de sang. C'est la procédure standard en cas de décès. J'espérais avoir reçu les résultats avant notre entrevue, mais, malheureusement, je les attends toujours.

— Et la famille de la victime ? Ne peuvent-ils pas faire ouvrir une enquête ? interrogea Rose.

— Voilà le hic, Agatha n'en avait pas. Personne ne demandera justice pour elle.

Birdie interrogea du regard ses amis détectives, et tous lui donnèrent un consentement silencieux.

— Vous pouvez compter sur nous pour faire la lumière sur sa mort. Maintenant, dites-nous-en plus sur Agatha ?

— C'est délicat. Je ne l'ai connue que quelques jours. Pas assez pour me faire une opinion personnelle. Tout ce que je peux vous dire, c'est qu'avec moi, elle était charmante. Cependant, je n'avais pas l'impression qu'elle était très bien intégrée auprès des autres résidents. Aucun d'entre eux n'a paru pleurer sa mort ni même regretter son absence.

Rose observait Jane et elle sentait toujours une certaine nervosité chez la directrice.

— Vous avez une liste de suspects ?

— À proprement parler, non. Comme je la connaissais peu, je ne peux pas vous dire qui lui en voulait. En revanche, je peux vous donner les noms des personnes qui étaient présentes au moment de sa mort. Résidents et membres du personnel. Ce jour-là, les trois quarts de nos pensionnaires étaient de sortie à Sydney pour assister à un dîner spectacle. Ils sont partis à quinze heures et ils ne sont revenus que tard dans la soirée. Bien après le coucher d'Agatha. Je suis allée lui souhaiter une bonne nuit et lui glisser quelques mots d'encouragement pour le lendemain. Elle fêtait son centième anniversaire, une grosse journée l'attendait et je voulais m'assurer qu'elle ne manquait de rien.

— Comment vous a-t-elle paru ? demanda Rose.

— Bien plus tranquille que la veille. Elle ne m'a pas reparlé du mot et, bien sûr, je n'ai pas relancé le sujet de peur de réveiller ses angoisses. Elle paraissait très fatiguée et elle était déjà endormie quand j'ai refermé la porte.

Rose remarqua que Jane serrait les poings.

— Je m'en veux. J'aurais dû voir que quelque chose n'allait pas.

Birdie lui tapota la main avec douceur.

— Vous n'avez pas à vous sentir coupable. Comment auriez-vous pu savoir ce qui allait se passer ?

La directrice se redressa pour maîtriser ses larmes et essayer de se donner une contenance. À la voir agir ainsi, Rose eut la sensation que ce poste était sa première nomination importante. Entre les attentes de l'équipe de direction et les résidents VIP, elle devait avoir une pression énorme sur les épaules.

— Comment est l'ambiance générale dans cette maison de retraite ? demanda Lisbeth.

— À vrai dire, assez tendue. Surtout entre les membres de mon personnel. Je n'ai trouvé aucune note dans les dossiers que m'a laissés mon prédécesseur expliquant ce manque de convivialité.

— Vous pensez qu'ils cachent quelque chose ? s'interrogea Jack

— Je l'ignore et j'espère que non. Imaginer que l'un ou plusieurs d'entre eux soient le coupable me terrifie. J'ai besoin de votre aide au plus vite. Quand pouvez-vous commencer ?

— Tout de suite, répondit Birdie, enthousiaste.

Un éclair de soulagement passa dans les yeux de Jane.

— Formidable. Cependant, je dois vous prévenir que vous n'aurez que quatre jours pour résoudre cette enquête.

Passé ce délai, un nouvel occupant doit arriver.

Cette fois-ci, ce fut au tour des détectives d'être réticents.

— Quatre jours, c'est beaucoup trop court ! s'exclama Jack en cherchant du soutien auprès de ses amies.

Rose hocha la tête. L'affaire avait l'air bien trop complexe pour être réglée en si peu de temps. Elle s'attendait à ce que la cliente renonce d'elle-même, et elle fut surprise de voir que Jane insista.

— Ne vous inquiétez pas, j'ai pensé à tout.

— Comment voulez-vous procéder ? demanda Birdie, intriguée.

— Je voudrais que vous infiltriez la maison de retraite dès demain, et j'ai une idée de couverture pour chacun d'entre vous, y compris Hercule.

Chapitre 3

Rose trépignait d'impatience devant le café qui faisait face au ponton. De là où elle était, elle pouvait voir le ferry arriver. Si le serveur ne se dépêchait pas, elle allait devoir prendre ses nouvelles fonctions sans caféine dans les veines, alors qu'elle en avait sacrément besoin. La veille, elle était partie de chez Birdie à plus de minuit, le temps nécessaire afin de mettre en place leur plan pour cette nouvelle mission.

Rose soupira de frustration. À présent, le bateau accostait et les usagers n'allaient pas tarder à débarquer. Elle jeta un regard implorant vers le barista qui lui répondit avec un clin d'œil et il lui tendit enfin sa commande.

Son cappuccino à emporter à la main, Rose courut vers le ferry pour ne pas le manquer, tout en essayant de ne pas se tacher. Essoufflée par cette course de cent mètres à peine, elle fut la dernière à entrer avant que le matelot détache le cordage.

La maison de retraite « The last resort » se situait à Manly, de l'autre côté de la baie de Sydney. L'un des gros points positifs de cette nouvelle mission, c'était qu'elle devait prendre le ferry pour s'y rendre. Embarquer depuis Circular Quay, le centre névralgique de la ville, était toujours impressionnant, mais partir depuis Watson Bay était bien plus excitant.

Éloigné des touristes, ce quartier au bout de la baie avait gardé son cachet d'autrefois avec ses maisons à colombages, son parc empreint de charme désuet et son fish and chips ouvert depuis cent quarante ans.

Elle s'installa sur le pont et retira son implant cochléaire pour ne pas être gênée par le vent, puis elle fouilla dans son sac à la recherche de son gros gilet. Il avait beau faire une trentaine de degrés avec un grand ciel bleu, elle savait très bien qu'une fois le ferry lancé à pleine vitesse, elle gèlerait sur place.

Tout en avalant des gorgées de café, Rose ne lâchait pas la ligne d'horizon, espérant voir des baleines en ce début de saison. À mi-trajet, un banc de dauphins les accompagna pendant quelques minutes de traversée.

Arrivée au quai de Manly, elle avança sur le Corso. L'avenue principale qui joignait les deux parties de cette presqu'île dont l'un des deux côtés donnait sur la baie, dédiée à la nage par ces magnifiques criques, tandis que l'autre faisait face à l'océan avec sa grande plage et ses surfeurs. Le tout bordé de pins qui donnaient à ce quartier de Sydney une touche pittoresque.

Entre les embruns et le soleil qui brillait, Rose avait envie de s'arrêter pour prendre un autre café, mais ça n'aurait pas été raisonnable, elle ne pouvait pas se permettre d'être en retard pour son premier jour.

Depuis la rue, Rose longea un mur de pierres grises, avant de se retrouver face à une grande porte épaisse en bois sculptée. Elle appuya sur le bouton de la sonnette avant qu'une voix grésillante ne lui réponde. Elle détestait les interphones. Sa surdité l'empêchait de bien comprendre ce qu'on lui disait. Avec un mélange d'agacement, Rose dut demander de répéter. La voix s'exécuta et Rose se sentit frustrée de ne toujours pas pouvoir répondre à la question. Irritée, elle finit par donner son nom et la raison de sa présence. Un bourdonnement lui indiqua qu'elle pouvait entrer.

Elle pénétra dans un couloir long et large où la couleur beige des murs tranchait avec le damage noir et blanc du carrelage. Arrivée au bout, un panneau indiquait les livraisons sur sa droite et l'accueil sur sa gauche. Elle suivit ce dernier et elle déboucha dans un hall somptueux. Rose savait que cet ancien couvent avait été réhabilité plusieurs fois, pourtant, elle ne put qu'admirer le résultat. Elle se sentit transportée dans un mas provençal ou un domaine du Sud de la France. Les voutes conféraient à l'accueil une impression d'immensité, tandis que les arches qui donnaient sur la cour intérieure permettaient à la lumière de s'infiltrer avec douceur. Chaque détail semblait avoir été choisi avec attention. Le mobilier en chêne, soigneusement laqué, semblait d'origine, alors que les fauteuils et canapés convenaient aux besoins d'une population âgée. L'architecte avait su marier les styles et les époques pour offrir aux résidents un lieu à la fois chic et confortable, luxuriant et épuré.

Rose s'avança vers la réception en bois sculpté et se présenta à l'homme d'une trentaine d'années, vêtu d'un costume gris ajusté. Il passa un coup de fil et l'invita à patienter dans l'un des fauteuils qui offraient une belle vue sur la cour. De son point d'observation, elle s'aperçut que la maison de retraite, composée de trois bâtiments, formait un C autour de la cour. Bordée de plantes grasses, d'une allée de mosaïque beige et ornée de deux fontaines en pierre, il devait faire bon de s'y promener.

Une inquiétude monta en Rose. Elle n'avait jamais travaillé auprès de personnes âgées et c'était la première fois qu'elle mettait les pieds dans une maison de retraite.

Quelques minutes plus tard, elle fut tirée de sa réflexion par une jeune femme pétillante.

— Enchantée, je suis Charlotte, ton binôme.

Rose trouvait toujours étrange de serrer la main d'une personne du même âge qu'elle.

Charlotte l'invita à la suivre tout en la mettant au parfum sur le déroulé de la journée.

— On va d'abord aller à la réserve, c'est là où l'on entrepose les chariots de ménage. Il faut aussi que je te donne un uniforme, dit-elle plus pour elle-même que pour Rose. C'est ta première fois en maison de retraite ?

— Oui, mais j'ai travaillé pour des particuliers VIP et dans l'hôtellerie de luxe.

Un grand sourire de soulagement se dessina sur le visage poupin de sa collègue. Rose remarqua que l'une de ses canines était tordue, ce qui lui conférait un charme adorable.

— Parfait ! Tu vas voir, ton travail ici ne sera pas très différent de tes précédentes expériences. On doit rester le plus invisible possible et répondre à toutes les demandes. La plupart des résidents sont sympas et respectueux. Je te donnerai les noms de ceux dont il vaut mieux éviter de croiser la route, parce qu'ils confondent femme de ménage et esclave, si tu vois ce que je veux dire.

— Tout à fait. J'ai eu mon lot de clients exigeants.

Charlotte lui répondit avec un clin d'œil.

— Il vient d'où ton accent ? demanda-t-elle sans transition.

— De France.

— La chance ! Je rêve d'aller visiter Paris ! La Tour Eiffel, Montmartre, flâner sur les quais de la Seine. Avec mon fiancé, on a prévu d'y passer notre lune de miel. On économise le moindre centime pour ça.

En voyant Charlotte tourner une mèche de sa chevelure brune coupée au carré avec un air rêveur, Rose avait du mal à s'imaginer qu'elle pouvait être impliquée dans l'assassinat d'Agatha. Pourtant, elle figurait sur la liste des suspects donnée par la directrice.

La jeune femme continua d'évoquer son futur mariage tout en marchant jusqu'aux vestiaires qui ressemblaient à ceux d'une piscine municipale. Charlotte lui tendit un pantalon et une tunique blanche ignifugés à boutons-pression. Sans pudeur, Rose se changea devant sa collègue qui commençait à lui expliquer comment la journée de travail allait être organisée.

Rose se regarda dans le miroir et vit que sa queue de cheval avait souffert du déshabillage. Elle dut interrompre sa collègue pour la prévenir.

— Il faut que je me recoiffe et, pour ça, je vais devoir enlever mon appareil cochléaire. Je ne pourrai pas t'entendre tant que je ne l'aurai pas remis.

— Ne t'inquiète pas, j'ai vu que tu étais implantée. Je connais ce système, j'ai eu un camarade de classe qui avait le même.

Contente de ne pas avoir à expliquer comment fonctionnait son appareillage, elle refit sa couette, puis remit son implant. Charlotte s'apprêtait à reprendre là où elle s'était arrêtée, quand la porte s'ouvrit à la volée.

— Vous n'êtes pas encore au travail ? tonna une femme en direction de Charlotte.

Cette dernière, peu impressionnée, ne se départit pas de son sourire.

— Détrompez-vous Carla, nous sommes en plein dedans. N'est-ce pas vous qui disiez en réunion pas plus tard qu'hier, qu'une bonne préparation est la clé d'une bonne intégration ?

Le visage de la responsable se crispa comme si elle venait d'avaler quelque chose d'amer, et Rose eut une inexplicable envie de rire. La cinquantenaire les détailla d'un regard mauvais avant de tourner les talons.

— Je te présente Carla Douglas, l'infirmière en chef. Comme tu peux le voir, elle est charmante, ironisa Charlotte.

— Il n'y a pas une bonne entente dans l'équipe ? demanda Rose innocemment en ayant l'air concernée.

Charlotte eut une moue révélatrice.

— Si… enfin, non. Ça fait quelque temps que plus rien ne va ici, souffla Charlotte. Il y a encore trois semaines, il y avait une super ambiance ! J'adorais venir travailler, tout le monde était sympa, toujours de bonne humeur.

— Mince, qu'est-ce qui a changé ?

La jeune femme mordillait l'une de ses cuticules du pouce tout en observant Rose de façon à voir si elle pouvait lui faire confiance.

— Je n'ai pas le droit d'en parler, souffla-t-elle dans un murmure énigmatique.

Rose avait envie de la secouer pour lui arracher tous ses secrets, cependant, elle savait que ce n'était pas la bonne stratégie à adopter. Elle pouvait deviner combien sa jeune collègue voulait se confier. Au lieu de ça, elle fit mine de comprendre sans insister et, au bout de quelques minutes, Charlotte n'y tint plus.

— Je te le dis, mais tu ne le répètes à personne. Il y a trois semaines, des bijoux ont été volés et ma collègue, celle que tu remplaces, a été accusée et mise à la porte. La rumeur dit que c'est un membre du personnel qui l'a dénoncée, mais on ignore qui. Alors, depuis, je me méfie de tout le monde. Je suis absolument certaine qu'elle est innocente et que le vrai coupable est toujours parmi nous. J'aimerais bien me trouver un autre job, seulement on est tellement bien payés ici… et, avec le mariage qui arrive, perdre mon emploi est inenvisageable.

Rose trouvait cette histoire peu convaincante.

— Je me fais un peu l'avocat du diable, mais est-ce que tu ne crois pas qu'ils devaient quand même avoir des preuves pour la licencier ?

Les épaules tombantes, Charlotte s'assit sur le banc à côté de Rose avec un air abattu.

— Je crois que tu n'as pas compris où tu venais de mettre les pieds. Kelly n'a même pas eu l'occasion de se défendre. Elle a été convoquée dans le bureau du directeur et il lui a laissé le choix entre partir sans faire de vagues ou prévenir la police.

— Parce qu'ils n'ont pas été appelés ? s'étonna Rose.

Dans un établissement de ce standing, elle se serait attendue à ce qu'un bataillon de police débarque pour s'occuper de cette affaire.

— Non, c'est ce que je te dis ! Kelly a servi de bouc émissaire. L'ancien directeur lui a même fait signer une clause de non-divulgation. Si elle parle de cette histoire à quelqu'un, non seulement la police sera prévenue, mais elle ne trouvera plus jamais de travail. C'est complètement illégal.

Rose ne comprenait pas comment cette affaire avait été gérée en interne.

— Les résidents qui ont été volés n'ont pas porté plainte ?

— Ce n'est pas « les » résidents, c'est « une » résidente, et non, elle n'a pas voulu porter plainte.

Cette histoire n'avait aucun sens pour Rose. Pourquoi la pensionnaire n'avait-elle pas voulu prévenir la police ? Elle s'apprêtait à poser d'autres questions quand Charlotte lui coupa la parole tout en regardant sa montre.

— Il faut qu'on bouge, on n'est pas en avance. Si Carla repasse et qu'on est toujours là…

Après une visite rapide de l'établissement, Charlotte s'arrêta à la porte 22.

— La directrice a demandé qu'on s'occupe de cet appartement ce matin. C'est urgent, on reçoit de nouvelles locataires cet après-midi alors qu'elles devaient arriver dans quatre jours. La précédente occupante est décédée et, comme elle n'avait pas de famille, c'est à nous de débarrasser ses affaires personnelles et de tout nettoyer de fond en comble.

— Waouh, s'exclama Rose en pénétrant dans la dernière demeure de la victime. Je ne m'attendais pas à ça !

À l'instar du reste de la résidence, l'appartement alliait confort moderne et ambiance d'autrefois. Les luminaires et l'abondance de coussins apportaient un côté cosy. Jane avait précisé que pendant des années, l'ancien couvent avait été utilisé comme résidence d'artistes et elle pouvait comprendre pourquoi. Cet endroit donnait envie de créer.

— C'est vrai que c'est cool de travailler dans un lieu qui a du vécu.

La pièce centrale, baignée de lumière naturelle grâce à de larges vitres, offrait une vue dégagée sur l'océan et le jardin de la résidence. Rose appréciait le mélange de la couleur terracotta des murs et celle du canapé en velours profond vert bouteille. Elle qui pensait que les maisons de retraite devaient sacrifier l'esthétique au pragmatisme, apprécia l'élégance feutrée où chaque détail était pensé pour la sérénité. Tout comme le hall d'entrée, la hauteur de plafond avait été conservée, tandis que le mobilier semblait sortir tout droit d'un hôtel particulier.

Malgré l'ambiance cosy, un détail la chiffonna. Aucune photo accrochée aux murs ou posée sur les étagères. Pas le moindre cadre révélant un souvenir d'une vie passée.

Charlotte lui tendit des cartons et du papier bulle.

— Commence par emballer toutes les figurines en cristal qui se trouvent sur l'étagère du salon pendant que je m'occupe de celles de la bibliothèque.

Agatha possédait une collection surprenante de tortues en cristal de Baccarat, de toutes les couleurs. Rose s'étonnait qu'il en existe autant et que cela puisse se vendre. Elle pensa à sa mère, qui trouvait que les bibelots ne servaient qu'à ramasser la poussière. Pour une fois, elle ne pouvait pas lui donner tort. À part coûter cher et être d'un goût discutable, ces figurines ne servaient à rien.

Rose s'exécuta et profita de ce moment calme pour interroger Charlotte.

— Elle était sympa, la pensionnaire qui vivait ici ?

Elle ne pouvait pas voir la réaction de sa collègue, car elle était dos à elle.

— Pas vraiment. Agatha avait son petit caractère. Bon

après, quand on connaît son histoire, c'est plutôt normal.

— Comment ça ? l'encouragea Rose.

— Disons qu'elle n'a pas eu une vie facile. La pauvre a survécu à toute sa famille. Quand elle était enfant, ses parents et elle ont eu un accident de voiture. Ils ont percuté un kangourou qui les a fait sortir de la route. Sa mère est morte sur le coup et son père a été gravement blessé. Elle a réussi à s'extraire du véhicule pour aller chercher du secours et, malgré ça, ils sont arrivés trop tard pour son père. À seize ans, elle s'est retrouvée orpheline.

Rose imaginait la scène avec horreur. À cause de leur incapacité à reculer, les kangourous, figés par les phares des voitures, sautaient en avant pour s'échapper, donnant l'impression de se jeter sous les roues des véhicules. C'était comme renverser un sanglier ou un chevreuil. Une erreur de direction et c'était le fossé assuré.

— C'est terrible ! Elle a dû être traumatisée.

— Attends ! Ça ne s'arrête pas là ! Quatre ans plus tard, elle a épousé un homme avec qui elle a eu deux enfants. Un peu après la naissance du deuxième, son mari a pris la foudre un après-midi d'orage alors qu'il était parti pêcher. À vingt-cinq ans, elle est devenue veuve et a hérité de toute sa fortune. Le pire dans cette histoire, c'est qu'elle a aussi survécu à ses enfants. L'un est mort à vingt-deux ans d'une noyade, et l'autre, deux ans après dans un accident de la route. Il a pris le volant après une soirée très arrosée. Tu veux que je te dise ? Cette femme était poursuivie par le malheur.

Une lueur avide brillait dans les yeux de Charlotte. Rose ne connaissait que trop bien cette expression. Combien de fois l'avait-elle vu chez des témoins de catastrophe alors qu'elle travaillait en tant qu'assistante au service des fraudes d'une compagnie d'assurance ? Les gens ont une fascination morbide pour les événements tragiques qui ne les touchent pas directement.

— Ce doit être terrible de survivre à toute sa famille, s'émut Rose. Elle devait se sentir bien seule. Comment a-t-elle fait pour ne pas tomber dans la dépression ?

Charlotte se retourna avec un petit sourire en coin au bord des lèvres qui ne signifiait qu'une chose, elle s'apprêtait à lui révéler un nouveau secret.

— Parce qu'elle continuait à leur parler régulièrement.

Rose tiqua. Est-ce qu'elle avait mal entendu ?

— Comment ça, elle leur parlait régulièrement ?

— Agatha était médium. Elle organisait souvent des séances de spiritisme.

Rose éclata de rire, pensant que sa collègue lui faisait une blague. Puis elle cessa quand elle se rendit compte que Charlotte était sérieuse.

Tout en emballant la figurine d'une tortue de mer, Rose se demanda si cette particularité avait pu provoquer son décès.

Chapitre 4

Lisbeth gara son Aston Martin sur le parking couvert de la résidence « The last resort ». Étonnée, elle s'avança vers le pare-brise.

— Pour une maison de retraite de grand standing, la brochure ne mentait pas. Regarde-moi ces colonnes, c'est grandiose ! J'ai du mal à croire que ça ait pu être un couvent.

Assise côté passager, Birdie admirait aussi le lieu où elle allait passer les prochains jours.

— Tu oublies qu'il a été réhabilité en résidence d'artistes. Ils ont dû faire des aménagements au cours du temps.

Lisbeth retira ses gants de conduite en cuir ainsi que ses lunettes d'aviateur pour les ranger dans la boîte à gants. Elle avisa les voitures garées à côté de la sienne. Que des véhicules de collection. Porsche, Ferrari, Maserati.

— Au moins, ces vieux croûtons ont bon goût en matière d'automobile, remarqua-t-elle.

— Si tu le dis, répondit Birdie, absolument pas intéressée par ce genre de détail. Regarde sur ta droite, quelqu'un nous attend, on dirait.

— Le vieux débris là-bas ?

— Tu exagères, il a notre âge.

— Tu plaisantes, j'espère, il a au moins dix ans de plus que nous. Et c'est quoi cette dégaine ? Avec ses cheveux teints, plaqués en arrière à la gomina, on dirait une caricature d'un mafieux italien qui a mal vieilli.

Birdie ricana tout en lui donnant un coup sur le bras.

— Ne commence pas à être désagréable.

— Quoi ? Ce n'est pas de ma faute s'il a vu trop de films de gangsters.

L'homme d'au moins quatre-vingts ans, qui attendait nonchalamment appuyé sur le capot d'une Bentley des années soixante, leur fit un signe de la main.

— Joli petit bijou que vous avez là.

— Le vôtre n'est pas mal non plus, admit Lisbeth, magnanime.

L'homme se pencha en avant en tenant son oreille d'une main en coupe.

— Va falloir parler plus fort, mon petit, Aldo est sourd de la feuille.

Lisbeth se hérissa à la mention « mon petit ». Elle détestait les hommes qui aimaient rabaisser les autres, et les femmes en particulier. Birdie sentait qu'elle allait s'énerver, alors elle prit le relais.

— Ma sœur disait que votre voiture était un beau modèle.

L'homme tapa sur son ventre proéminent. Sa chemise de soie ouverte de plusieurs boutons laissait apparaître une médaille de baptême et deux autres chaînes en or.

— Moi, c'est Aldo ! Bienvenue dans votre nouvelle maison, les poulettes ! dit-il avec une voix rocailleuse en ouvrant les bras comme s'il était le propriétaire. Ça vous dit un petit rafraichissement ? C'est Aldo qui régale !

— Non merci, plutôt crever ! répondit Lisbeth juste assez fort pour qu'il entende, mais pas assez pour qu'il comprenne.

— Pardon ?

— Elle a dit : « Non merci, on est crevées. » En plus, nous avons rendez-vous avec la directrice. Une prochaine fois, promit Birdie.

Un peu décontenancé, Aldo répondit au sourire de Lisbeth et Birdie. Une fois dans l'ascenseur, elles se mirent à pouffer de rire comme deux adolescentes, avant de reprendre contenance, une fois que les portes s'ouvrirent sur le grand hall d'entrée.

Toutes les deux restèrent bouche bée en découvrant le lieu qui allait les accueillir pendant ces quatre prochains jours.

— C'est magnifique, chuchota Lisbeth à son amie. Tu as vu cette hauteur de plafond ? Je suis sous le charme !

Birdie promenait un regard appréciateur sur la cour.

— Je sens que je vais me plaire ici. J'ai l'impression d'être dans le roman d'Agatha Christie, Les vacances d'Hercule Poirot.

Lisbeth n'eut pas le temps de rebondir que Jane s'avançait vers elles. Elle les accueillit avec professionnalisme, comme si elle les voyait pour la première fois. Vêtue d'un tailleur semblable à celui qu'elle portait la veille, elle leur serra chaleureusement sa main. Lisbeth la trouva sereine dans son rôle de directrice.

— Bonjour et bienvenue à la résidence « The last resort ».

Si vous voulez bien me suivre, nous allons commencer la visite.

La réception donnait sur un large couloir et Jane s'arrêta à la première arche qui délimitait l'entrée d'un petit salon à l'allure rustique. Cheminée apparente, chaises capitonnées avec un immense tapis shaggy crème.

Voici notre boudoir d'hiver…

Jane s'interrompit en se rendant compte qu'il était occupé par deux résidentes qui prenaient le thé. Lisbeth remarqua que les épaules de Jane se contractèrent.

— Mesdames, que faites-vous dans notre salle d'attente des invités ? Ne seriez-vous pas mieux dans le jardin pour prendre le thé ? Il fait un temps magnifique.

Lisbeth pouvait sentir l'agacement derrière le ton mielleux de la directrice.

Les deux femmes se ressemblaient tellement qu'on aurait dit des jumelles. Toutes les deux avec des coupes de cheveux dignes des années vingt. Grandes et menues, elles étaient vêtues de cardigans qui faisaient mémère. Bleu marine pour l'une, noir pour l'autre. Lisbeth sourit en imaginant deux vieilles chouettes sur une branche d'arbre.

— Il fait un peu frais. Je me remets encore de ma grippe, répliqua celle de droite en toussant du bout des lèvres.

Un mensonge éhonté qui ne convainquit personne.

— Vous ne nous présentez pas ? s'enquit celle de gauche avec un sourire mauvais en les scannant de la tête aux pieds.

Lisbeth décida qu'elle ne les aimait pas, et une part au

fond d'elle espérait que ces deux affreuses bonnes femmes soient sur la liste des suspects.

Jane leur rendit leur sourire forcé.

— Rassurez-vous, vous aurez le temps de faire connaissance ce soir pendant le repas. Nous avons encore pas mal de formalités à remplir.

Elle invita Lisbeth et Birdie à la suivre jusqu'à son bureau.

— Vous venez de rencontrer les sœurs Riley. Elles sont sur la liste des suspects que je vous ai donnée.

Bingo, pensa Lisbeth.

— Elles avaient l'air d'avoir envie de nous rencontrer, remarqua Birdie. Pourquoi ne pas nous avoir présentées ?

— Je leur trouve l'air coupable, ajouta Lisbeth avec une moue accusatrice. Il y a quelque chose de très déplaisant chez ces sœurs.

La main sur la porte de son bureau, Jane se retourna.

— J'avoue que je ne les apprécie pas non plus. Vous avez raison, Birdie, j'aurais pu faire les présentations, seulement, je déteste leur façon de mettre leur nez partout et c'était un moyen de ne pas leur donner satisfaction. Cet endroit commence à déteindre sur moi. Je deviens aussi puérile que mes résidents.

La directrice soupira en secouant la tête avant de reprendre avec lassitude.

— Pour ce qui est de la curiosité de nos pensionnaires, autant vous y préparer tout de suite, vous allez être au centre de l'attention ces prochains jours. Cela fait longtemps que nous n'avons pas eu de nouveaux.

Jane les fit entrer dans son bureau. Une table en bois brut se trouvait devant deux grandes portes-fenêtres qui donnaient sur le parc de la maison de retraite. La lumière de fin de journée projetait un éclat doré sur les bibliothèques encastrées qui longeaient les murs.

— C'est ravissant, constata Birdie.

Jane lui rendit un vrai sourire. Le premier depuis qu'elles étaient arrivées.

— Je l'adore ! De ce que j'ai compris, c'est l'ancienne bibliothèque. Malheureusement, ils ont condamné la cheminée. En revanche, ils ont laissé le bar ! Ça vous dit un petit remontant ? Je vous promets que je ne bois jamais en journée. Je dois reconnaître que je suis très anxieuse à l'idée de ce que je suis en train de faire.

— Votre poison sera le nôtre, répondit Lisbeth pour la mettre à l'aise.

— Vous n'avez pas à vous en faire, renchérit Birdie. Nous sommes des professionnelles et nous allons mener cette enquête à bien en toute discrétion.

Jane, qui avait le dos tourné pour préparer des Martinis, ne vit pas Lisbeth faire des signes à Birdie pour qu'elle arrête d'exagérer. Jusqu'à présent, chacune de leurs affaires s'était résolue avec perte et fracas. Jane déposa les verres devant elles et s'installa derrière son bureau. Elle ouvrit un agenda et prit son stylo.

— Commençons, voulez-vous ? Rose a pris son service ce

matin. Je lui fais vider la chambre d'Agatha. Elle a laissé ses effets personnels dans un carton que vous trouverez dans la penderie. Je ne pense pas qu'il contienne grand-chose d'intéressant, j'ai déjà fait le tour moi-même et je n'ai rien découvert qui puisse nous aider dans cette enquête.

— Et pour le dossier de la victime ?

Jane se pencha pour ouvrir un tiroir d'où elle sortit une grande enveloppe. Elle la tendit à Birdie avec réticence.

D'un geste, Lisbeth stoppa Birdie alors qu'elle s'apprêtait à s'en emparer.

— Je pense que vous devriez donner ce dossier à Rose quand elle partira. Il vaut mieux que nous restions au-dessus de tout soupçon, on ne sait jamais. De petits curieux pourraient venir mettre le nez dans notre chambre.

— Vous avez raison, je n'y avais pas pensé. Elle termine dans une heure, je vais la faire appeler.

Jane prit une grande inspiration pour rassembler son courage avant de continuer. Elle tendit des brochures aux détectives.

— Voici le programme hebdomadaire des activités. Je vous ai entouré en vert tous ceux que la victime avait rejoints. Ici, vous trouverez les horaires des repas. Vous avez la possibilité de les prendre en chambre, cependant, Agatha ne ratait aucun service. Je vous conseille donc de vous joindre à sa table pour le dîner.

— Les places sont attribuées ? demanda Lisbeth.

— En théorie, non. Cependant, une fois qu'ils ont leurs

habitudes, ils en dérogent rarement, pour ne pas dire jamais. Pour nous, c'est une aubaine, cela minimise les risques d'erreurs lors de la distribution des médicaments.

Les épaules baissées, Jane se renfonça dans son fauteuil, les yeux rivés dans le vide avant de leur donner une dernière recommandation.

— Méfiez-vous de tout le monde. Autant du personnel que des résidents. Cet endroit n'est pas le paradis qu'il prétend être.

Chapitre 5

— C'est vraiment très bien équipé, fit remarquer Birdie impressionnée, en quittant le coin spa avec sa piscine semi-extérieure et son hammam. On se croirait vraiment dans-des thermes de la belle époque.

Plus elle avançait dans la visite des lieux, plus elle avait envie d'y vivre.

— J'avoue que je me vois bien boire des cocktails toute la journée dans ces transats jusqu'à la fin de mes jours, approuva Lisbeth.

Cette remarque ne manqua pas de faire rire Jane.

— Sachez que, dans la limite du raisonnable, vous pouvez commander tout ce que vous voulez au bar. Nous fonctionnons comme un hôtel « all inclusive ». Vous pouvez même réserver des massages de confort. Notre kinésithérapeute est très apprécié.

Au même moment, un bel homme d'une quarantaine d'années, à la carrure impressionnante, les croisa dans les couloirs.

Il passa devant la directrice et s'arrêta pour les saluer.

— Carl, justement, je parlais de vous.

— En bien, j'espère ? demanda Carl d'une voix suave en plantant son regard bleu cristallin dans les yeux de sa supérieure.

Birdie remarqua combien Jane avait rougi.

— Évidemment. Je vous présente Birdie Keller et sa sœur

Lisbeth Appelbee, nos nouvelles résidentes.

Carl exiba son sourire digne d'une publicité pour le dentifrice. Il était vêtu d'un uniforme médical dont la tunique, un peu trop ajustée, faisait saillir ses muscles lorsqu'il croisait ses bras. Il rassembla sa longue chevelure noire sur le côté avant de leur tendre la main pour les saluer.

— Bienvenue, mesdames. J'espère avoir le plaisir de m'occuper de vous très vite. Veuillez m'excuser, je dois filer, une patiente m'attend.

Birdie fut surprise par la douceur de cette poignée de main.

Avant de s'éloigner, il prit le temps d'attacher ses cheveux en un chignon qui lui donnait l'allure d'un Viking des temps modernes.

Toutes les trois le regardèrent médusées, retenant leur souffle.

— Carl est sur la liste des suspects, chuchota Jane.

— Je veux bien me dévouer pour faire son interrogatoire, glissa Lisbeth avec un soupir alangui. Il a l'air d'avoir des doigts de fée.

Les deux femmes échangèrent un petit rire de connivence, tandis que Birdie, insensible au charme du jeune homme, continuait de réfléchir à l'enquête.

— Il soignait Agatha ?

— Non, pas que je sache. D'après son dossier, elle ne supportait pas qu'on la touche.

Elles firent un tour rapide par la salle de restaurant, puis

Jane les conduisit jusqu'à leur appartement où attendaient leurs valises.

Birdie scanna la pièce, un peu déçue que toutes les affaires d'Agatha aient été enlevées. Elle aurait aimé se plonger dans l'univers de la victime. Le genre de décoration qu'elle aimait, quel objet elle utilisait le plus souvent, ou encore, à quel endroit elle préférait s'asseoir. Birdie remarqua que l'agencement du mobilier dans le salon était original. Le sofa faisait face au mur de l'entrée, parfait pour regarder la télévision, cependant, elle ne comprenait pas pourquoi l'un des fauteuils, qui aurait dû se trouver à droite du canapé, avait été glissé dans un coin, sous une fenêtre trop haute pour y voir quelque chose en étant assis. Il aurait été plus évident de le mettre face aux grandes vitres pour admirer la vue sur la mer et les ferries.

— À part ses effets personnels, est-ce que les meubles ont été déplacés ? s'enquit-elle auprès de Jane.

La directrice prit le temps de bien regarder autour d'elle avant de répondre.

— Non, je ne pense pas.

Étrange, pensa Birdie.

Lisbeth, adossée contre l'îlot central de la kitchenette, montra le plafond du doigt.

— Qu'en est-il de la sécurité ? À part dans le hall d'entrée, je n'ai pas vu de caméra de vidéosurveillance.

— C'est parce que nous n'en avons pas. C'est un sujet à controverse qui fait chaque fois débat lors des réunions du comité de direction. Pour l'instant, je n'ai pas eu à prendre part à la discussion. Certains de nos pensionnaires tiennent à leur vie privée. Alors que leurs enfants se sentiraient rassurés d'en avoir.

— On peut s'enfermer ? demanda Lisbeth en observant le loquet de la serrure.

— Oui. Toutes les portes s'ouvrent avec un pass magnétique et elles peuvent se verrouiller de l'intérieur.

— Et comment faites-vous si une personne fait un malaise ? s'inquiéta Birdie.

— Chaque membre du personnel dispose d'un passe-partout. Les pensionnaires peuvent porter un collier d'alerte, cependant, aucun n'en veut.

— Un collier d'alerte ?

— En cas de chute ou de malaise, la personne n'a qu'à presser le pendentif pour prévenir les secours.

— C'est ingénieux, reconnut Birdie. Et en cas d'incendie ?

— Le système déverrouille automatiquement toutes les portes.

Birdie, les mains sur les hanches, observait les lieux, l'air absorbé dans sa réflexion.

— Donc, si j'appuie sur l'un des boutons d'alarme, je peux entrer partout ?

— Oui, dut admettre Jane avec réticence. Cependant, j'ai remarqué qu'ici, personne ne fermait sa porte à clé.

— Pas même Agatha ? insista Birdie.

Jane se concentra sur la question.

— Si je crois que vous avez raison. Il me semble que j'ai dû utiliser mon pass pour entrer dans sa chambre le soir de sa mort.

Birdie se mordilla la lèvre inférieure comme si elle choisissait les mots exacts.

— Vous avez effectué des exercices d'évacuation récemment ?

— Pas depuis mon arrivée. Nous en avons un par trimestre et le prochain est prévu dans un mois.

— Et des fausses alertes ? proposa Lisbeth.

Jane se passa la main sur le visage, trahissant son angoisse.

— Nous en avons eu une deux jours avant la mort d'Agatha. L'une de nos pensionnaires, qui a un début de démence, a activé l'alarme incendie par erreur. L'une des résidentes l'a vue faire et elle a tout de suite donné l'alerte. Nous n'avons pas eu à évacuer.

— Il nous faudrait une copie du rapport d'incident s'il y en a un, ainsi que le nom de la personne qui a déclenché l'alarme, demanda Birdie.

— Oui, bien sûr. La résidente s'appelle Virginia. Vous la verrez ce soir au dîner. Je l'ai mise sur la liste des suspects parce qu'elle était présente ce soir-là, cependant, je pense qu'elle n'a rien à voir avec cette histoire. Vous vous en rendrez compte par vous-même, la pauvre n'a plus toute sa tête.

Birdie et Lisbeth échangèrent un regard lourd de sous-entendus.

— Jouer la carte de la sénilité est un excellent alibi, ajouta Birdie à l'attention de la directrice.

Jane leur répondit d'une moue peu convaincue.

— Si c'était le cas, elle aurait arrêté de simuler après la mort d'Agatha. À cause de sa pathologie, Virginia et son mari risquent l'expulsion. On essaie de maintenir son cadre de vie comme elle l'a toujours connu depuis son arrivée, mais c'est de plus en plus difficile. Surtout pour son mari. Nous ne sommes pas un établissement adapté à ce genre de pathologie. Elle n'a aucune raison de faire croire qu'elle est atteinte de démence.

Le téléphone portable de Jane sonna et, en voyant le nom de son correspondant, elle leva les yeux au ciel agacé.

— Désolée, c'est le Président, je dois prendre l'appel. Installez-vous et si vous avez besoin de quoi que ce soit, n'hésitez pas à demander.

Une fois seules, Birdie et Lisbeth observèrent les lieux avec attention.

— C'est un très bel appartement, fit remarquer Lisbeth, en promenant sa main sur le revêtement en velours du canapé. Confortable, moderne, tout en conservant l'aspect historique, on est loin de la maison de retraite qui sent le vieux chou.

Lisbeth jeta un œil à sa montre, en se levant, l'air de rien.

— Bon, je vais m'installer et me préparer pour ce soir. J'ai un de ces mal de dos…

Birdie, qui connaissait Lisbeth depuis trente ans, savait

où son amie voulait en venir.

— N'y pense même pas ! On va se répartir les chambres équitablement.

— Tu n'as pas l'impression d'exagérer ? s'offusqua Lisbeth. Il y a une vraie chambre avec une vue sur l'océan et un cagibi.

Birdie éclata de rire face à la mauvaise foi de son amie.

— Ne nous chamaillons pas et laissons le hasard choisir pour nous. On tire à pile ou face ?

Lisbeth, qui adorait parier, se rassit en attendant que Birdie sorte son porte-monnaie.

— Pile ! annonça-t-elle en se frottant les mains pour se porter chance.

Birdie, qui héritait de l'autre côté, lança la pièce en l'air avant de la plaquer contre le revers de sa paume.

— Face ! jubila la vieille dame victorieuse.

Lisbeth soupira et traîna des pieds jusqu'à son lit sur lequel, mauvaise perdante, elle jeta son sac, avant de s'y asseoir pour tester la qualité du matelas.

— Je sens ma sciatique se réveiller...

— Pense à l'alibi que ça te donnera pour prendre rendez-vous avec Carl.

Lisbeth, une main posée sur la hanche, eut un sourire coquin.

— S'il faut souffrir pour résoudre cette enquête, je n'ai pas d'autre choix que de me sacrifier.

Birdie leva les yeux au ciel, amusée.

— Il nous reste encore un peu de temps avant le dîner, je te propose de commencer à fureter dans les effets personnels de la victime que Rose nous a laissés dans le placard.

Lisbeth considéra l'option.

— Tu ne préfères pas qu'on s'en occupe ce soir ? Il ne nous reste qu'une heure avant le dîner, et on doit encore se préparer.

Birdie, surprise, montra sa tenue du jour : un pantalon en lin bleu et un tee-shirt bleu ciel moulant.

— Quoi ? Je ne suis pas bien comme ça ?

Lisbeth l'observa des pieds à la tête en tordant ses lèvres pour montrer son doute.

— Je pense que tu peux faire un petit effort, comme enfiler une robe. Je suis certaine que tout le monde sera apprêté.

Birdie haussa les épaules pour montrer qu'elle s'en fichait.

— Comme tu veux, moi, je vais prendre une douche. Tu ne viendras pas te plaindre quand les autres diront de toi que tu ne ressembles à rien, se moqua Lisbeth.

— Tu es ma sœur, je compte sur toi pour prendre ma défense !

— Compte là-dessus ! s'exclama-t-elle en riant depuis la salle de bain.

Birdie ouvrit le placard et commença par la première boîte. Elle fut déçue de ne trouver que des bibelots sans importance et une quantité impressionnante de tortues en cristal. La détective remballa le tout, en espérant avoir plus de chance avec le deuxième carton. Il contenait beaucoup de paperasse, notamment des relevés de compte, qu'elle analysa avec minutie. La victime laissait un petit pactole derrière elle. Elle s'empara de son téléphone pour envoyer un message à la directrice et lui demander qui avait hérité de la fortune d'Agatha.

Sans s'en rendre compte, Birdie avait étalé tout un tas de dossiers autour d'elle, avant d'arriver à la fin de la boîte, d'où elle sortit un cahier vert. Sur chaque page étaient collées diverses coupures de presse qui parlaient toutes d'un meurtre vieux de plus de quarante ans. Les dates de parution commençaient au lendemain de la découverte du corps et continuaient jusqu'à près d'un an plus tard. Birdie les parcourut en diagonale. La victime était le directeur adjoint d'une banque qui avait été assassiné dans son bureau un samedi midi. Le pauvre homme n'avait été retrouvé que le lundi suivant, à la réouverture de la banque. Malgré un investissement important des forces de police, l'affaire n'avait jamais été résolue et le coupable courait toujours.

Birdie se demanda pourquoi Agatha s'intéressait à cette enquête. Peut-être connaissait-elle la victime ? Plutôt que de ranger le carnet, elle le garda avec elle. Elle voulait le montrer aux autres pour avoir un avis.

Elle était en train de tout remettre à sa place quand elle réalisa que ces deux cartons ne contenaient aucune photographie ou souvenir de vie. Ce détail fit naitre une sensation de malaise chez Birdie. Agatha était vraiment une drôle de personne.

Lisbeth ressortit de la salle de bain enroulée d'une serviette.

— Tu peux ouvrir, s'il te plaît ? Il y a beaucoup de vapeur et je crains que l'alarme incendie se déclenche.

Encore à ses réflexions, Birdie s'exécuta. Au passage, elle se cogna le petit doigt du pied contre le fauteuil qui n'avait rien à faire là. Quelle drôle de place ! Pourquoi s'asseoir face à un mur, au lieu de profiter de la vue sur la mer trois mètres plus à droite ? Elle releva la fenêtre à guillotine pour faire rentrer l'air frais et une odeur de tabac la submergea. Incommodée, elle s'apprêtait à refermer quand elle entendit une voix féminine s'élever.

— Faut que je demande à l'infirmière si l'on peut augmenter le dosage de Madame Kramer pour l'hypotension. Elle a failli me tomber dans les pommes aujourd'hui.

Birdie comprenait à présent l'utilité du fauteuil à cet endroit.

— Elles sont comment les nouvelles ? demanda une seconde voix féminine que Birdie qualifia de plus jeune.

— Aucune idée, je ne les ai pas encore rencontrées.

— J'espère qu'elles ne seront pas trop pénibles.

— J'espère surtout qu'elles apporteront plus de joie de vivre que cette vieille pie d'Agatha.

— Ne dis pas du mal des morts, la morigéna la plus jeune.

— Arrête, personne ne pouvait se l'encadrer. Ce n'est pas

maintenant qu'elle est morte qu'on va en faire une sainte.

Birdie tourna la tête juste à temps pour voir Lisbeth sortir à nouveau de la salle de bain, mais cette fois-ci habillée. Elle mima une série de signes de la main pour lui demander de garder le silence et de s'approcher pour écouter.

Elles tendirent l'oreille plusieurs minutes et seul le silence leur répondit. Les deux employés devaient avoir fini leur pause. Par précaution, Birdie referma la fenêtre et expliqua tout à son ami.

— Tu crois qu'Agatha écoutait les conversations du personnel ? demanda Lisbeth.

— Non seulement elle les espionnait, mais je pense surtout qu'Agatha a entendu quelque chose qu'elle n'aurait pas dû.

Chapitre 6

Assise au comptoir de la cuisine pour manger un sandwich au thon devant son ordinateur, Rose bâillait à s'en décrocher la mâchoire. Après être rentrée du travail, elle était partie promener Hercule, qui à présent, dormait allongé sous ses pieds. Elle avala une bouchée de son repas en grimaçant. Elle avait acheté du thon en boîte alors qu'elle détestait le poisson, juste parce que c'était facile à préparer.

Rose détestait cuisiner. Sans compter qu'elle n'était pas douée pour ça. À chaque fois qu'elle avait essayé de suivre une recette, le résultat avait été catastrophique. Encore une fois pleine de bonnes résolutions, elle s'était promis de s'y mettre à son retour de Keppel Island. Elle avait lu dans un magazine que les plats les plus faciles à cuisiner étaient des daubes et ça lui avait donné envie de se lancer. Bon, pour l'instant, elle avait seulement acheté le vin.

La deuxième bouchée n'était pas meilleure. Pour masquer le goût, elle déroba un avocat et de la mayonnaise dans la réserve d'Edward, espérant qu'il ne s'en apercevrait pas. Elle soupira en se promettant d'aller faire de vraies courses et de remplacer tout ce qu'elle avait pris dans le placard de son colocataire. Heureusement que le repas du midi était fourni à la maison de retraite. Cela lui permettait d'avoir quelque chose de consistant dans l'estomac.

Un peu de mayonnaise tomba sur le dossier d'Agatha que lui avait fait passer la directrice. Elle l'essuya avec le doigt avant de le porter à la bouche. Elle venait de terminer la lecture. Charlotte n'avait rien exagéré des drames qui avaient touché la victime. En revanche, il ne contenait aucune information sur les prétendus pouvoirs médiumniques de la vieille dame.

Charlotte avait vraiment l'air convaincue par les capacités surnaturelles d'Agatha. Rose, quant à elle, n'y croyait pas une seconde. Elle était ce qu'on pourrait qualifier de sceptique. Pour elle, les fantômes, l'au-delà, la magie ou encore la lithothérapie n'étaient qu'un ramassis d'inepties. Et pourtant, elle avait essayé !

Sa meilleure amie était passionnée par le paranormal. Pendant des années, elles avaient tenté de parler aux morts avec une planche à Ouija, des bougies et des formules magiques. Sans succès, alors qu'elle avait tellement envie d'y croire. Surtout après la mort brutale de son grand-père.

Rose ignorait comment Agatha s'y prenait, mais elle devait avoir un moyen bien tangible pour trouver des informations.

Elle reposa le dossier qui ne lui apprit rien de plus que ce qu'elle ne savait déjà et ouvrit son ordinateur. Jane avait refusé qu'elle consulte les dossiers des autres résidents sur la liste des suspects. Pour une question de confidentialité et de respect de la vie privée, mais surtout par peur du procès, si elle venait à être découverte.

Rose allait devoir faire les recherches elle-même et la tâche n'allait pas être aisée. Vu leur âge, leur présence sur internet risquait d'être inexistante. Autant se concentrer sur les trois membres du personnel présents ce soir-là. À savoir, Charlotte, la femme de ménage, Carla l'infirmière en chef, et Carl le kinésithérapeute.

Après une heure à fouiller les méandres des réseaux sociaux, Rose dut se rendre à l'évidence, ses collègues n'avaient pas une vie trépidante. Rien ne sortait du lot. Ils ne postaient pas grand-chose et leurs présences en ligne se résumaient à quelques photos de vacances et d'anniversaire.

Hercule se releva d'un coup, alertant Rose d'une présence dans la maison. Edward venait de rentrer. Rose sentit son estomac se nouer. Cela ne faisait que trois jours qu'ils cohabitaient et ils n'avaient fait que se croiser. Rose regrettait l'époque où elle gardait la maison et le chien pour lui. Au moins, elle se sentait chez elle. Alors que là, elle avait l'impression d'être une intruse.

Le dogue de bordeaux se précipita contre les jambes de son maître pour le saluer. Ce dernier, plutôt que de l'accueillir, retira ses chaussures méticuleusement. Il les plaça ensuite dans le placard de l'entrée. Il avisa celles de Rose, qui traînaient sous la console, et il lui lança un regard peu amène. Rose se mordit la lèvre. Elle avait encore oublié de ranger les siennes. Le poids dans son ventre s'alourdit.

— Bonjour, Edward, tu as passé une bonne journée ? demanda-t-elle pour essayer de détendre l'atmosphère.

Le trentenaire avait un faux air de Tom Hidelton dans le rôle de Loki. Musculature sèche, visage asymétrique et cheveux assez longs pour qu'il puisse les attacher.

— Non, je viens de passer une heure coincée dans le train, lança-t-il à Rose comme si c'était de sa faute.

D'humeur massacrante, il avança jusqu'à la cuisine et découvrit le plan de travail en pagaille. À présent, Rose pouvait lire l'exaspération sur son visage.

— Sans compter le bazar que je trouve en rentrant !

Rose trouvait qu'il exagérait. Tout ça pour un peu de vaisselle et quelques miettes qui traînaient.

— Je suis en train de dîner, dit-elle avec un ton plus sec que ce qu'elle aurait voulu. Je te promets de tout nettoyer quand j'aurai terminé.

Edward se massa la tempe comme s'il avait mal à la tête.

— Et si moi, je veux me préparer à manger, je fais comment ?

Rose lui jeta un regard peu amène. Elle comprenait qu'elle vivait chez lui, cependant, il était hors de question qu'il passe ses nerfs sur elle.

— Tu n'as pas l'impression d'en faire des caisses ? Il y a trois couverts dans l'évier et le paquet de pain de mie ouvert sur le comptoir. Ce n'est pas comme si j'avais retourné la cuisine.

— Et la pelure d'avocat ? Et le tube de mayonnaise ? C'est une question de respect !

— Une question de respect ? Pour de la vaisselle dans l'évier ? Faut vraiment te faire soigner !

Hercule qui sentait la tension monter, se mit à tourner en

rond sur lui-même en gémissant. Le pauvre était en train de faire une crise d'angoisse. Edward soupira en se pinçant le nez, avant de tourner les talons et de monter à l'étage sans rien ajouter. Rose se précipita pour calmer le chien à grand renfort de câlins et de caresses.

— Ne t'inquiète pas, mon chéri, ton papa est un peu grincheux, le rassura-t-elle.

Rose enfouit son visage dans le cou du canidé pour sentir sa chaleur, son cœur battait la chamade. La colocation allait être plus compliquée que Birdie ne l'avait prévue. Avec un sentiment de vide, elle s'agrippa au dogue de Bordeaux comme une bouée de sauvetage. Après quelques minutes, Hercule s'apaisa et elle aussi. Elle devait rester positive. Après tout, ils ignoraient tout l'un de l'autre. Au mieux, ils avaient échangé trois phrases depuis son arrivée. Rose était persuadée qu'il leur suffirait d'apprendre à se connaître pour devenir amis. Et si, malgré ça, Edward ne supportait pas sa présence, elle pourrait toujours aller squatter chez Birdie en attendant de trouver un appartement. Ce n'était pas non plus la fin du monde, même si ça lui brisait le cœur de ne plus voir Hercule.

Rose se releva du sol de la cuisine en se sentant vidée. Elle s'approcha du comptoir, commença à ranger avant de changer d'avis. Après tout, elle allait finir son repas et continua ses recherches sans se laisser polluer par ce malotru.

Une demi-heure plus tard, Edward redescendit les escaliers, l'air penaud.

— Je… Je viens te présenter des excuses, murmura-t-il la tête baissée. J'ai passé une mauvaise journée et je me suis défoulé sur toi. Ça ne se reproduira plus.

Rose le jaugea, les bras croisés et un sourcil haussé.

— Excuses acceptées.

Elle lui tendit la main pour enterrer la hache de guerre. Edward parut soulagé et, pour la toute première fois, elle le vit sourire.

— Tu veux bien garder cet épisode entre nous ? J'aimerais que ma grand-mère ne l'apprenne pas. Elle serait capable de me virer de chez moi !

— Donc, si j'ai bien compris, j'ai un moyen de pression sur toi !

— Attention, jeune dame, un grand pouvoir implique de grandes responsabilités.

Ils rirent de connivence. Edward faillit dire quelque chose, puis se ravisa. Il se balança d'un pied sur l'autre. Rose sentait qu'il était prêt à avoir une vraie conversation.

— Je reconnais que ça ne doit pas être simple pour toi de cohabiter avec moi.

— Disons que j'ai perdu l'habitude de vivre avec quelqu'un, reprit-il. J'imagine que ma grand-mère t'a parlé de ce qui s'est passé avec mon ex ?

Rose hocha la tête. Birdie lui avait effectivement raconté comment, un an plus tôt, sa copine était partie du jour au lendemain en laissant Hercule et un mot sur la table du salon pour dire qu'elle refaisait sa vie avec le meilleur ami d'Edward. Lui qui pensait que c'était la femme de sa vie, il avait été anéanti.

Edward caressa le dogue de Bordeaux. L'animal frotta son crâne contre sa jambe et y laissa un énorme filet de bave. Son maître souffla en découvrant les dégâts et Rose rit de bon cœur en lui tendant un torchon.

— C'est elle qui voulait un chien, avoua-t-il. Elle a insisté pour l'adopter et, dès qu'on l'a eu, elle s'en est très vite désintéressée, alors qu'Hercule l'adorait. Malgré toute la colère que je ressentais pour elle, je n'ai pas pu me résoudre à le placer à la SPA.

— Je suis contente que tu ne l'aies pas fait. C'est un animal si adorable.

— Et si baveux...

Tous les deux rirent poliment avant de s'observer, un peu mal à l'aise.

— Ça te dit un verre ? J'ai acheté une bouteille de rouge, proposa-t-elle.

Rose servit deux verres de vin. Adieu la daube ! Bonjour l'apéro !

— Comment se passe votre nouvelle enquête ? demanda-t-il en montrant du menton le dossier d'Agatha.

— Tu es au courant ! s'exclama Rose, surprise que Birdie ait tout raconté à son petit-fils.

— Ça fait partie de notre accord. J'ai toujours eu de l'admiration pour les excentricités de ma grand-mère et, même si je n'ai jamais compris son obsession pour les enquêtes criminelles, je veux savoir ce qu'il se passe. Parfois, elle est tellement enthousiaste qu'elle se met en danger et je veux pouvoir la protéger d'elle-même.

— Je vois tout à fait de quoi tu parles…

Rose s'aperçut qu'Edward avait déjà terminé son verre de vin et elle le resservit.

— Vous êtes très proche, constata-t-elle.

— Ma grand-mère m'a en quelque sorte élevé. Mes parents se sont déchirés pendant des années avant de divorcer. À chaque fois qu'ils se disputaient à cause des infidélités de mon père, ils m'envoyaient chez elle. Au final, j'ai passé plus de temps chez Birdie que chez eux.

Quelques mois plus tôt, Rose avait rencontré le père d'Edward au repas de Noël organisé par Birdie. Un vieux beau sur le retour qui lui avait fait du rentre-dedans. Rose se fit la réflexion que, dans son malheur, Edward avait eu de la chance de grandir dans le giron de sa grand-mère.

— C'est la vie, comme vous dites en France. Alors, tu as déjà des pistes ?

— Pas vraiment, on vient juste de commencer. Pour l'instant, on a juste une liste de suspects et je suis en train d'effectuer des recherches sur eux.

— Comment tu t'y prends ? demanda Edward avec curiosité.

— En général, j'utilise les réseaux sociaux. C'est souvent une mine de renseignements. Les gens ne se rendent pas compte de ce que leur présence en ligne peut révéler d'eux. Malheureusement, pour cette enquête, ça va être un peu plus compliqué que d'habitude vu l'âge de certains des suspects. Du coup, j'adapte, je creuse dans les archives des journaux pour voir si des noms ressortent dans des articles de presse.

Edward plissa les lèvres, impressionné.

— C'est malin.

— Et après, je rentre toutes les informations dans mon fichier Excel, expliqua Rose en montrant l'écran de son ordinateur.

Edward se passa une main sur le visage et lâcha un petit rire.

— Je suis très étonné que tu ne travailles pas avec un tableau blanc comme tous les détectives qui se respectent, se moqua-t-il.

— Je te l'accorde, ce n'est peut-être pas très sexy, mais, grâce à ce fichier, j'ai une vue d'ensemble sur l'affaire et je suis certaine de n'oublier aucun détail. C'est une technique qui a fait ses preuves et que j'ai apprise quand je travaillais au service des fraudes d'une grande assurance.

Il plissa des yeux et lit à voix haute :

— Personnel : Carla Douglas, infirmière en chef, Carl White, kinésithérapeute, et Charlotte Wilson, femme de ménage. Pourquoi le prénom de Charlotte est-il souligné en bleu ?

— Parce que je ne pense pas qu'elle soit coupable. Ce n'est que mon avis personnel et c'est pour ça que je la garde dans mon tableau.

Edward hocha la tête et continua la lecture.

— Résident : Ava et Greta Riley, Aldo Pizzoni, Graziella Davis, Arthur et Virginia Cox. Et bien, cela fait beaucoup de suspect. Combien de temps vous avez pour trouver l'assassin ?

— À peine quelques jours...

Il haussa les sourcils, avec une moue dubitative, peu convaincu de la réussite de cette opération.

— Bien, je vais te laisser travailler, tu as du pain sur la planche.

Edward se retira en leur souhaitant une bonne nuit, laissant Rose dans la cuisine, Hercule à ses pieds. Elle se resservit un verre avant d'ouvrir un moteur de recherche pour y taper le nom d'Agatha.

Surprise, elle n'eut pas à fouiller longtemps et tomba sur un article de blog d'une lycéenne consacrée à la victime. La jeune fille y racontait combien elle était frustrée de ne pas avoir pu publier, dans le journal local, l'article qu'elle avait préparé sur Agatha à cause de son décès le jour de son centième anniversaire.

Rose trouva sans difficulté l'établissement de l'étudiante.

Elle devait absolument lire cet article !

Chapitre 7

L'heure du repas venait de sonner pour Birdie et Lisbeth. Elles entrèrent dans la grande salle du restaurant où le silence se fit, et toutes les têtes convergèrent vers elles. Sans savoir où elles devaient s'asseoir, elles attendirent qu'on vienne les chercher. Loin d'être impressionnée par la curiosité des pensionnaires, Birdie se faisait un plaisir de sourire à chaque regard croisé, tout en admirant la salle qui s'étendait devant elle. Du couvent, ils avaient conservé le plafond avec ces voutes en croisée d'ogives et les dalles de pierre polie par les siècles, dont les irrégularités avaient été comblées par une résine transparente. Ce que préférait Birdie, c'était l'immense baie vitrée qui faisait face à la salle et offrait une vue enchanteresse sur le parc. Au bout de quelques minutes, une femme en blouse blanche à l'air sévère vient se présenter à elle.

— Mesdames, bonsoir. Je suis Carla, infirmière en chef, je vais vous conduire à votre place, mais avant ça, j'aimerais savoir si vous prenez des traitements. Étant donné que vous avez avancé votre arrivée d'une semaine, je n'ai pas reçu vos dossiers médicaux.

À la dernière remarque, Birdie comprit que ce manque d'organisation lui déplaisait et qu'elle les en tenait pour responsables.

— Vous n'aurez pas à vous inquiéter pour nous, ma sœur et moi ne prenons aucun médicament, répondit Birdie avec un sourire avenant pour essayer de l'amadouer.

— Du paracétamol parfois, mais seulement pour traiter la gueule de bois, ajouta Lisbeth, pensant faire un trait d'humour qui tomba à plat.

Habituée aux excentricités de ses résidents, Carla se contenta de relever un sourcil.

— Suivez-moi. Il est d'usage que notre plus ancienne résidente invite les nouveaux à sa table.

— Elle a un balai dans le... chuchota Lisbeth à l'oreille de Birdie une fois que l'infirmière eut le dos tourné.

Birdie lui jeta un regard noir et continua de sourire à tous ceux qui les observaient. Ils n'étaient pas plus d'une trentaine de résidents dans l'immense salle, cependant, la disposition des tables rondes donnait l'impression d'assister à un gala.

Carla les présenta rapidement à Graziella, avant de repartir chercher les médicaments.

— Enchantée de faire votre connaissance et bienvenue parmi nous, les accueillit la doyenne de l'établissement.

La vieille dame, qui devait avoir le même âge qu'elle, la gratifia d'un clin d'œil. Birdie la trouva raffinée et coquette, avec des cheveux blancs soigneusement peignés, des vêtements sur mesure en lin blanc, des bijoux en argent simples et un rouge à lèvres de qualité qui rehaussait son teint.

Elle prit place tandis que l'infirmière distribua des piluliers. Graziella, assise à la droite de Birdie, se pencha vers elle, l'air un peu surpris.

— Vous ne prenez rien ? Aucune pilule ?

— Non, et ma sœur non plus.

— Vous avez de la chance. J'ai trop de tension et du cholestérol, expliqua-t-elle en enfournant trois cachets d'un coup en les faisant passer avec une gorgée d'eau.

Graziella prit l'initiative de faire les présentations du couple assis à la gauche de Lisbeth.

— Voici Arthur et sa femme Virginia. Je vis ici depuis quinze ans. De tous les résidents, je suis la plus ancienne. Arthur et Virginia, quant à eux, sont arrivés il y a seulement deux ans.

De toute évidence, la pensionnaire s'enorgueillit de ce détail.

Le vieil homme leur sourit. Birdie remarqua combien son regard noisette paraissait doux et bienveillant. Quoiqu'un peu dégarni, il conservait les vestiges de sa chevelure poivre et sel avec une coupe très courte, presque rasée. En soi, elle le trouva plutôt bel homme.

— Aux yeux de Graziella, nous sommes encore de nouveaux arrivants, s'amusa Arthur. Nous vous souhaitons la bienvenue.

Il prit la main de sa femme, qui regardait le jardin d'un air absent, pour la ramener à la réalité. Cette dernière, un peu perdue, le regarda sans comprendre avant de se tourner vers les nouvelles arrivées. Elle les salua en hochant la tête.

— Enchantée, murmura Virginia.

Birdie vit dans les yeux d'Arthur un mélange de tristesse

et d'angoisse. Graziella dut le sentir aussi, car elle reprit en main la conversation.

— Alors, que pensez-vous de notre résidence ?

— Cet endroit est incroyable ! On se croirait dans une station thermale en Europe dans ce qui se faisait de plus luxueux dans les années soixante.

— On est aux petits oignons ici, continua Graziella. Vous allez voir, l'équipe médicale est incroyable. Tout est pensé pour notre bien-être et notre confort. Ici, on finit presque tous centenaires !

Seule une trentaine de personnes vivaient dans cette résidence. La liste d'attente était interminable et les loyers exorbitants, mais Birdie devait admettre que, globalement, les résidents se portaient bien pour leur grand âge.

— Vous ne vous ressemblez pas du tout, la coupa Virginia d'une voix douce.

Contrairement à beaucoup de personnes âgées, elle avait une masse de cheveux impressionnante qui n'avait pas perdu leur couleur châtain. Coupé au carré avec une frange qui soulignait l'éclat de ses yeux verts qui brillaient d'inquiétude.

Birdie se sentit figée, mais Lisbeth rebondit aussitôt.

— Encore heureux. Je n'aurais pas supporté de faire un mètre soixante.

Birdie entra dans son personnage et la foudroya du regard.

— Parce que c'est mieux de faire la taille d'un séquoia ?

La tablée éclata de rire, y compris Virginia, qui parut satisfaite. Elle se tourna vers Arthur et elle posa sa tête contre son épaule. Avec tendresse, il déposa un baiser au sommet de son crâne.

— Aux joies de la fratrie, trinqua Graziella en levant son verre, imité par les autres.

Le service commença et l'on apporta à leur table une salade de tomates accompagnée d'une burrata, le tout joliment présenté. Birdie remarqua que Virginia avait reçu un gaspacho.

À peine le serveur s'était retiré que Graziella se tourna vers elle avec un regard avide de questions.

— Comment avez-vous entendu parler de notre bel établissement ?

Birdie lui sortit la petite histoire qu'ils avaient concoctée la veille.

— C'est ma fille qui s'est occupée de tout. Après le décès de nos maris, nous nous sommes installées ensemble, ma sœur et moi. Avec le temps, nos enfants ont quitté Sydney pour poursuivre leurs carrières. Les plus proches se trouvent à Brisbane, tandis que les plus éloignés sont en Europe. Il y a six mois, ma fille s'est vue offrir un très beau poste à Singapour et elle pensait le refuser pour ne pas laisser sa mère et sa vieille tante dans leur maison devenue un peu trop grande.

Graziella hocha la tête avec compréhension.

— Elle a eu raison, à nos âges, c'est important d'être entouré. Vous allez voir, ici, le personnel est aux petits soins ! Vous ne manquerez de rien. Nous avons un nombre important d'activités et je ne peux que vous conseiller d'abuser du spa ! Ces petites bulles sont venues à bout de mon mal de dos.

— Malheureusement, l'eau chaude fait baisser ma tension. Je nage plutôt en piscine ou en mer. Pendant des années, je faisais trente minutes de longueur à Nilsen Park tous les matins. C'est une habitude que j'aimerais reprendre en étant ici.

— Nous avons un club de nage que je fréquentais à une époque, dit Graziella avec une pointe de nostalgie. Le problème, c'est qu'ils se lèvent trop tôt. Ils tiennent absolument à y aller pour le lever du soleil.

Graziella arqua un sourcil pour montrer sa désapprobation. Birdie sentit qu'il y avait autre chose de plus profond dans son refus d'y aller.

— Ça tombe bien, le matin, je me lève comme les poules.

La vieille dame grimaça et Birdie sut qu'elle avait touché une corde sensible. Graziella paraissait hésiter à lui faire une confidence et, après avoir pris une gorgée de vin, cette dernière se pencha vers elle pour que les tables à côté ne puissent pas l'entendre.

— Si vous aimez nager avec des crabes, c'est une excellente idée. Je sais de quoi je parle, j'en ai fait partie pendant des années. Au départ, l'ambiance était très bonne enfant, puis, avec le temps et certains arrivants, les longueurs ont laissé place aux ragots et aux messes basses.

D'un coup de menton, Graziella désigna les sœurs Riley assises un peu plus loin.

— Enfin, reprit-elle, ça a peut-être changé depuis. Vous me donnerez votre ressenti. Pour ma part, je suis inscrite au club de lecture, de Pilates et de jeux vidéo.

— Pardon ? demanda Lisbeth en levant le nez de son assiette. Vous avez un club de jeux vidéo ??

— Figurez-vous que c'est un excellent moyen d'augmenter les réflexes et de ralentir le vieillissement cérébral. Venez, je vous assure qu'on s'y amuse comme de petits fous !

— Je veux bien le croire, je joue parfois avec mes petits-enfants à des simulations de combat et je peux vous assurer que je leur mets souvent « la pâtée », comme ils disent.

— J'espère qu'ils ne vous laissent pas gagner parce que vous allez tomber de haut. Le niveau est très bon dans notre groupe ! s'exclama Graziella, toute contente. Vous allez adorer ! La compétition entre nous est féroce et le perdant doit servir le goûter !

— Je vais vous aplatir, la prévint Lisbeth, en pointant vers elle le bout de sa fourchette.

Graziella éclata d'un petit rire cristallin.

— Vous n'avez aucune chance.

Birdie regarda sa « sœur » en secouant la tête. À croire qu'elle oubliait la raison de leur présence ici. Elle sauça le jus de tomate mêlée au vinaigre balsamique de son entrée, quand elle sentit le poids d'un regard sur sa nuque. Plutôt que de se retourner, elle chercha la personne qui l'observait dans le reflet de la baie vitrée du restaurant. Elle reconnut les sœurs Riley, qui faisaient des messes basses.

— Et vous, quel club avez-vous intégré ? demanda Lisbeth à Arthur et Virginia.

Birdie n'écouta pas la réponse, plongée dans son espionnage discret de la table derrière elle. Aldo amusait la galerie en racontant une anecdote sur son fils, qu'il avait emmené au restaurant la veille. Il parlait si fort que Birdie sut qu'il avait pris des pâtes *alle vongole*, tandis que les deux sœurs Riley riaient sous cape en regardant dans sa direction. Les deux femmes lui faisaient penser au chat siamois dans La Belle et le Clochard, ce dessin animé de Disney.

Ses réflexions furent interrompues par Graziella, qui se pencha à son oreille.

— Ne vous retournez pas, vous êtes dans le viseur des sœurs Riley.

— Pardon, de qui parlez-vous ? demanda-t-elle en jouant les innocentes.

— Les sœurs Riley ! Les deux pimbêches qui sont assises derrière. Si vous aspirez à une vie calme et tranquille, je vous conseille de les éviter comme la peste. Ce sont deux vieilles filles confites dans la méchanceté.

— Ah bon ? lui répondit Birdie, intéressée par cette soudaine confidence.

— Ne vous méprenez pas, je ne suis pas le genre de personne qui aime colporter les ragots, se défendit Graziella.

Elles doivent être en train de se demander quel « club » vous rejoindrez. Jusqu'à présent, elles nous fichaient la paix, mais maintenant qu'Agatha n'est plus là...

Birdie saisit l'opportunité au vol.

— Agatha ?

— La personne que vous avez remplacée, si je peux m'exprimer ainsi.

Soudain, Birdie adopta une attitude peinée.

— Toutes mes condoléances. Je n'avais pas réalisé que j'avais pris la place d'un être cher.

Graziella lui prit la main et la serra avant de la gratifier d'une petite table.

— Ne dites pas de bêtises ! Je suis très contente que vous soyez parmi nous. Nous n'avons pas eu de nouveaux résidents depuis longtemps et je suis plus que ravie de cette bouffée d'oxygène.

— Comment s'y prenait votre amie pour les tenir à distance ? Que j'utilise la même technique.

Une ombre passa sur le visage de Graziella et Birdie vit que son teint pâlit légèrement.

Au grand désarroi de Birdie, Graziella fut interrompue par le serveur qui déposa devant eux le plat principal, des pâtes à la carbonara. La recette originale ! L'odeur la saisit et la projeta en Italie, lors de son voyage de noces avec son mari. Un moment de sa vie qu'elle n'oublierait jamais tellement elle avait été heureuse. La puissance de cette réminiscence faillit lui arracher une larme. Elle observa Arthur et

Virginia avec une pointe de jalousie. Arthur discutait à bâton rompu avec Lisbeth, toujours en tenant la main de sa femme avec douceur.

Birdie ne s'était jamais vraiment remis de la mort de son mari. Un accident l'avait arraché à elle et la seule chose qu'il avait empêchée de sombrer dans la dépression, avait été de prouver l'innocence de Lisbeth lorsqu'elle avait été accusée de meurtre.

Au lieu de continuer à se complaire dans la nostalgie, elle se força à se concentrer sur le présent et se tourna vers Graziella, qui prit la parole en premier.

— Moi aussi, la première fois que j'ai goûté ces carbonara, j'ai bien failli en pleurer. Hector est un chef étoilé français remarquable.

Birdie rougit d'avoir été aussi transparente et, plutôt que de nier, elle préféra jouer la carte de l'honnêteté avec sa nouvelle amie.

— Un instant, j'ai eu l'impression de me retrouver dans ce petit restaurant de Florence lors de ma lune de miel.

— L'Italie, quel beau pays ! J'y suis allé à plusieurs reprises sans jamais m'en lasser.

Graziella se mit alors à parler de ses nombreux voyages en Europe, tandis que Birdie réfléchissait à une façon de remettre le sujet d'Agatha sur la table. Le repas touchait maintenant à sa fin et le serveur vint leur apporter la touche finale, un tiramisu. Là encore, une recette traditionnelle. Les boudoirs avaient été réalisés à la main et la touche d'amaretto sublimait le dessert. Un régal !

— Si je mange comme ça tous les jours, je vais grossir à vue d'œil, commenta Lisbeth en repoussant son assiette vide.

— Détrompez-vous ! La nourriture est savoureuse et calorique, mais les portions sont contrôlées par la diététicienne de l'établissement.

Birdie remarqua que les résidents commençaient à se lever et elle sentit que quelqu'un se tenait derrière elle. Elle se retourna pour découvrir l'une des sœurs Riley.

— C'est bientôt la pleine lune, fit-elle remarquer avec un sourire mauvais.

La remarque énigmatique eut l'effet de figer les convives. Arthur serrait les poings, tandis que Virginia commençait à s'agiter.

— Ça vous dit qu'on se retrouve dans la salle de jeu ?

— Je ne veux pas y aller ! Ne me force pas à y aller ! s'écria Virginia en se levant. Je ne veux pas la voir !

— Merci, Greta, répondit Arthur sèchement. Tu avais vraiment besoin de faire référence à Agatha devant ma femme ?

La colère d'Arthur était palpable. Cependant, loin d'être ébranlée, Greta se mit à rire, ce qui donna à Birdie l'envie de la gifler.

Il attrapa le bras de sa femme avec douceur et l'emmena avec lui.

Sans se départir de son sourire carnassier, Greta haussa une épaule avant de repartir, visiblement satisfaite de son intervention.

Birdie et Lisbeth échangèrent un regard circonspect et, voyant leur trouble, Graziella leur expliqua la situation.

— Quand je vous disais que ces vieilles pies étaient confites dans la méchanceté, je n'exagérais pas. Virginia a eu une attaque il y a trois mois, expliqua Graziella, et, depuis, elle perd un peu la notion des choses. Elle a oublié qu'Agatha était morte.

— C'est moi où elle avait l'air terrifiée ? demanda Lisbeth.

Graziella joua avec sa boucle d'oreille gauche, tout en baissant les yeux sur son assiette vide.

— Oui, Agatha pouvait faire cet effet-là.

Birdie voulait poser plus de questions, mais Graziella mit fin à leur conversation en sortant de table à son tour.

Chapitre 8

À la fin du repas, plusieurs activités étaient proposées aux résidents. Une projection dans la salle de cinéma, divers jeux de société, une marche digestive, mais la plupart des habitants se rendait au bar pour discuter, prendre un café ou un petit remontant.

Les sœurs Riley, accompagnées d'Aldo, n'échappèrent pas à la règle. Avec un signe discret à Lisbeth, Birdie l'invita à se lever pour les suivre. Graziella, dans leur sillage, elles se retrouvèrent toutes les trois dans un canapé en velours rouge faisant face à l'entrée du grand salon.

Birdie aimait avoir une vue d'ensemble sur la salle. Voir les résidents évoluer entre eux lui donnait l'impression de regarder une série sur les adolescents au lycée. À croire qu'on ne grandissait jamais vraiment.

En un coup d'œil, Birdie remarqua qu'il y avait plus de femmes que d'hommes et que ces derniers étaient presque tous en couple. Elle aperçut Aldo au bar. À ses côtés, les sœurs Riley attendaient patiemment, comme deux gardes du corps aux aguets.

— Qu'en pensez-vous ? l'interrompit Graziella.

Birdie, qui n'avait rien suivi de leur conversation, tomba des nues.

— Pardon ?

Heureusement, Lisbeth lui sauva la mise.

— Pas besoin de lui demander son avis, ma sœur n'y entend rien en réalité virtuelle.

— Quel dommage, j'expliquais à Lisbeth combien les casques qu'il faut pour jouer me donnaient des tensions cervicales.

— Ha oui, en effet, c'est problématique, répondit Birdie avec son petit sourire de mamie empathique qui n'en avait rien à faire.

Elle jeta un regard en coin à Lisbeth en essayant de lui faire comprendre par télépathie de se consacrer à l'affaire. À la façon dont cette dernière dégaina son téléphone portable pour lui montrer les derniers modèles plus légers, Birdie sut que c'était peine perdue. Autant prendre les choses en main elle-même !

— Je suis désolée, s'excusa-t-elle, j'avais la tête ailleurs. Je repensais à cette pauvre Virginia, elle avait l'air si terrifiée.

L'entrain qui animait Graziella un peu plus tôt, disparut en un claquement de doigts.

— Ne vous inquiétez pas, Arthur a l'habitude de gérer ses crises.

— Tout de même, insista Birdie, je ne comprends pas l'intérêt de tourmenter une personne qui n'a plus toute sa tête. Depuis combien de temps, ces deux sœurs vivent-elles ici ?

— Ça va bientôt faire quatre ans. La vie était tellement plus paisible avant leur arrivée. Comme quoi, il suffit parfois de quelques personnes pour changer la dynamique d'un groupe.

— C'est quoi leur histoire ? Pardon, je suis un peu curieuse, s'excusa Birdie de peur que Graziella ne la sente trop intrusive.

Peine perdue, la vieille dame semblait ravie de cancaner.

— Elles n'ont jamais travaillé de leur vie. Ce sont des héritières. Leur famille est à la tête d'une entreprise florissante dans le bois. Elles ne se sont jamais mariées et, à part répandre leurs méchancetés, elles n'ont pas beaucoup de loisirs.

Lisbeth, qui ne perdait pas une miette de la conversation, posa la question qui démangeait Birdie.

— Laquelle est en couple avec le vieux beau ?

Graziella tira sur son chemisier blanc en évitant leur regard.

— Aucune des deux. Même si elles aiment faire croire le contraire, surtout Greta.

Comme si elle sentait qu'on parlait d'elle, Greta se retourna pour les fusiller du regard. Birdie sentit Graziella se ratatiner dans le canapé, tout en jetant un œil à sa montre d'un air affolé.

— Mince, il est déjà si tard. Mesdames, je vais devoir vous laisser, j'ai un coup de fil à passer. Je vous souhaite une bonne soirée et je vous dis à demain.

Après le départ de Graziella, Lisbeth se tourna vers Birdie.

— Je me fais des idées ou notre nouvelle amie craint ces deux vipères.

Birdie n'eut pas le loisir de donner son point de vue. Les

sœurs Riley, accompagnées d'Aldo, s'approchaient. Le mafieux de pacotille mâchouillait un gros cigare éteint. Fumer à l'intérieur faisait partie des rares interdits de la maison de retraite.

— Alors, les filles, on trouve ses marques ? demanda-t-il en se tapant sur le ventre.

— Aldo, ne taquine pas nos nouvelles amies, le rabroua Greta avec un ton mielleux tout en lui prenant le bras gauche. Les pauvres, elles ont déjà dû survivre à un dîner avec Graziella.

— Vous devriez faire attention à la qualité des personnes que vous choisissez de fréquenter, poursuivit Ava avec une grimace mesquine, ou vous risquez de mourir d'ennui.

Le ton ouvertement moqueur crispa Birdie. Elle se sentait toute petite, assise dans ce grand sofa, alors que tous les trois se tenaient debout face à elles. Juste assez proche pour que ni Birdie ni Lisbeth ne puissent se lever sans les faire reculer. Elle se revoyait à l'école face aux pestes populaires. Sans s'expliquer pourquoi, une bouffée de colère et un sentiment d'humiliation montèrent dans sa gorge. Elle n'avait qu'une envie : disparaître.

— Vous avez des problèmes de vue ? les interrogea Lisbeth d'un ton un peu sec.

— Pardon ? s'étonna Greta, surprise par la question.

— C'est-à-dire que vous êtes tellement proche que j'ai l'impression que vous cherchez mes points noirs.

Greta n'aurait pas réagi différemment si Lisbeth l'avait

giflée. Cependant, la remarque cinglante les fit reculer. Aldo tenta d'apaiser la situation.

— Allons, les filles, ne vous battez pas. Il y a assez d'Aldo pour tout le monde !

Il rit à sa propre blague et ne récolta qu'un silence gênant. Greta se pencha à son oreille tout en parlant assez fort pour qu'il l'entende.

— Va fumer, nous te rejoignons dans une minute.

Le vieil homme se passa la main dans ses cheveux gominés tout en faisant un clin d'œil avant de s'éloigner en se dandinant jusqu'au jardin.

— Excusez, Aldo, il n'a aucun savoir-vivre.

— Contrairement à vous, lâcha Lisbeth, mordante.

Les deux sœurs avaient l'air de prendre plaisir à voir que Lisbeth ne se laissait pas intimider, et elles s'assirent à leur tour sur des fauteuils, en souriant.

— Nous sommes parties du mauvais pied. Nous n'aurions pas dû vous mêler à nos querelles avec Graziella. C'était puéril. Je m'appelle Greta et voici ma sœur Ava.

Le revirement de situation laissa Birdie sceptique. Graziella n'avait pas exagéré lorsqu'elle leur avait conseillé de se méfier de ces deux harpies.

— Je suis ravie que vous soyez parmi nous, déclara Ava. Peut-être seriez-vous intéressées pour rejoindre le club de nage. Nous nous retrouvons à six heures trente dans le grand hall devant la réception.

— Avec plaisir ! Vous nagez en mer ou en rock pool ? demanda Birdie qui avait retrouvé la parole.

Greta prit sa sœur par l'épaule, coupant cette dernière dans son élan avant qu'elle ne puisse répondre.

— À la rock pool de Fairy Bower.

— Nous ne connaissons pas bien Manly, nous étions des eastern suburbs.

— Oh, comme c'est charmant, répondit Greta sur un ton légèrement méprisant. C'est celle avec les statues en allant à Shelly Beach. J'espère que ce n'est pas trop tôt pour vous, parce qu'on n'attend pas les retardataires.

— Aucun problème, répondit Birdie avec aplomb.

Une fois les deux sœurs parties rejoindre Aldo au jardin, Lisbeth ne manqua pas de se plaindre.

— Dire qu'il faut qu'on se lève aux aurores pour supporter ses deux pestes…

Chapitre 9

Jack regardait discrètement l'heure tout en veillant à écouter le discours prononcé par sa femme. En sa qualité de consul de Grande-Bretagne, elle remettait un prix littéraire à un auteur britannique. Aux aguets, il attendait de sentir son téléphone vibrer dans sa poche de costume. Birdie ne devrait plus tarder à l'appeler.

D'ordinaire, il adorait accompagner sa femme dans ce genre de cérémonie. Les petits fours y étaient toujours excellents et les discussions stimulantes, mais ce soir, il avait l'esprit ailleurs. Cette nouvelle affaire le contrariait. Il n'aimait pas savoir Birdie et Lisbeth seules là-bas. Le fait que Rose travaille sous couverture était une chose. Que Birdie et Lisbeth dorment dans les couloirs, alors qu'un possible assassin se promène, en était une autre.

Sa femme venait de descendre de l'estrade sous les applaudissements. Leurs regards se croisèrent et elle dut remarquer que quelque chose n'allait pas, car Jack vit passer un voile d'inquiétude sur son visage. Elle ne pouvait pas le rejoindre tout de suite. À cause de sa fonction, elle savait qu'elle serait très vite happée par plusieurs invités, qui avaient à cœur de s'entretenir avec elle. Elle se toucha le lobe de l'oreille droite, leur code secret pour se demander si tout allait bien et il répondit en mettant la main sur le ventre avec un pouce vers le haut qui pouvait se traduire par : « Est-ce que ça va ? Tout est ok. »

Jack sentit enfin la vibration familière de son portable et il se dirigea vers le petit salon de l'hôtel de luxe où se tenait la soirée. Il sortit ses écouteurs sans fil et accepta l'appel vidéo. Aussitôt, les visages de ses amis apparurent à l'écran.

— Alors ? commença-t-il. Comment ça se passe à la maison de retraite ?

— Tout va bien pour nous ! le rassura Birdie.

— Cet endroit est génial ! On enquête en buvant des cocktails presque aussi bons que les tiens, dit Lisbeth en trinquant avec son verre devant la caméra du téléphone.

— On attaque ? demanda Rose avec humeur. Il y en a qui commencent tôt demain…

Jack avait bien senti que la jeune femme n'avait pas apprécié de se voir reléguée au rôle de femme de ménage quand lui s'était vu offrir une couverture en or : bénévole de soutien émotionnel canin. Il était d'accord que la décision était injuste, surtout en considérant le lien particulier qui liait Rose et Hercule. Cependant, il n'avait pas protesté pour autant. Le ménage ne le rebutait pas, en revanche, fouiller dans les chambres de personnes vulnérables le dérangeait beaucoup plus. Rose était bien plus douée que lui pour ça.

Birdie prit le relais.

— Qu'as-tu trouvé ?

— Rien sur internet qui soit intéressant. J'ai eu beau creuser, je n'ai trouvé aucune piste de ce côté-là. Cependant, j'ai déterré un article de blog écrit par une lycéenne. Elle a fait une interview de notre victime et elle devait être publiée dans le journal local. Bien sûr, à cause du décès d'Agatha, tout a été annulé. Je me disais que ça serait intéressant de le lire. Vous en pensez quoi ?

— Bonne idée, approuva Jack. Tu sais dans quelle école elle étudie ?

Rose quitta un instant l'écran, sûrement pour vérifier ses notes.

— Saint-Andrew, à Nord Sydney.

— Parfait, c'est un lycée qui a un jumelage avec une ville d'Angleterre. Ma femme s'y est rendue l'année dernière pour la remise de prix de l'éloquence. Je vais me débrouiller pour les contacter.

Il vit Rose se frotter les yeux tout en étouffant un bâillement. Elle continua à lire ses notes.

— Je pense qu'on peut retirer ma collègue Charlotte de la liste des suspects. Cette nana est une vraie Gossip Girl. En une matinée, j'ai appris plus de choses sur cet établissement qu'avec Jane. La pauvre ne sait vraiment pas ce qui se passe dans sa maison de retraite.

— Tu nous intrigues, intervient Birdie.

— Charlotte, ma collègue m'a expliqué que, Kelly, celle que je remplace s'est fait licencier après avoir été accusée de vol. Toujours d'après Charlotte, ce sont de fausses accusations perpétrées par l'un de leurs collègues dont elle ignore l'identité, pour l'instant. C'est cette histoire qui fait que l'ambiance dans la maison de retraite est tendue. Elle jure que Kelly est innocente et je veux bien la croire. Il y a quelque chose de bizarre dans cette affaire. Personne n'a porté plainte. Ni la direction ni la victime. Et la police n'est pas intervenue.

— Effectivement, ce n'est pas banal, conclut Jack. Avec des résidents de ce standing, on pourrait s'attendre à ce qu'un bataillon de police intervienne.

— Et ce n'est pas tout, toujours d'après Charlotte, Agatha était médium et elle organisait des séances de spiritisme.

Un long frisson parcourt l'épine dorsale de Jack. Tout ce qui tournait au surnaturel lui fichait la frousse.

— Birdie, tu sembles sceptique, fit remarquer Rose.

— Disons que je n'ai jamais été une adepte du paranormal. Pour moi, ce sont tous des charlatans et je pense qu'Agatha n'échappait pas à la règle. Avec Lisbeth, nous avons découvert que sa chambre comportait une particularité. L'une de ses fenêtres donnait au-dessus du coin fumeurs des employés.

— En effet, confirma Jack, soulagé de trouver une explication rationnelle. Ce n'est pas difficile d'imaginer qu'elle répétait en séance ce qu'elle entendait.

— Reste à savoir, ajouta Rose, si Agatha jouait les médiums pour amuser la galerie ou si elle s'en servait pour faire pression sur les autres résidents. D'après ce que j'ai compris, elle avait l'air particulière.

— Oui, c'est aussi ce que j'ai compris, acquiesça Birdie. J'ai l'impression qu'elle était crainte. Avec Lisbeth, on se charge de creuser cette piste !

— J'imagine que je n'ai pas mon mot à dire ? demanda cette dernière en avalant la dernière gorgée de son cocktail.

La remarque sarcastique de Lisbeth fut accueillie avec des sourires.

— Non, répondirent-ils tous en cœur.

— Pour ma part, reprit Birdie, je n'ai rien trouvé dans ses effets personnels à part un carnet qui contenait des coupures de presse d'une affaire de meurtre vieille de plus de quarante ans. Un banquier assassiné. Le coupable n'a jamais été arrêté. Il n'y a aucune indication sur son lien avec la victime ou son intérêt pour cette histoire.

— J'aimerais jeter un œil à ce carnet, demanda Rose.

— Tu crois que c'est important ?

— Aucune idée. Autant, n'écarter aucune piste.

— Je me disais, commença Birdie avec son expression la plus innocente de mamie gâteau. Pourquoi n'irais-tu pas rendre une petite visite à notre inspecteur préféré ? Pour, par exemple, lui demander une copie du dossier d'enquête.

Jack comprit où Birdie voulait en venir et il sourit en voyant le visage de Rose se décomposer.

La jeune femme rougit comme à chaque fois qu'elle était mal à l'aise. Jack soupçonnait Rose d'être amoureuse du policier, et à les voir interagir, il aurait mis sa main au feu que ce sentiment était partagé. Toutefois, il avait du mal à comprendre ce qui les empêchait de devenir un couple.

— Tu rêves ! Lance ne me donnera jamais accès à ce dossier !

— Fais-lui les yeux doux, il ne te dit jamais non, insista la vieille dame.

Birdie n'avait pas tort. Depuis la première enquête où Rose s'était retrouvée témoin d'un assassinat, Lance lui apportait toujours son soutien. Même lorsqu'il jouait les réfractaires, il finissait toujours par céder. Pour elle, il était prêt à tout. Il l'avait encore prouvé trois semaines plus tôt, quand l'inspecteur avait tout lâché pour voler au secours de Rose, alors qu'elle venait de se faire arrêter pour meurtre…

Jack eut une idée brillante et se reprocha de ne pas l'avoir eue plus tôt.

— Peut-être que tu pourrais commencer par lui parler de la prise de sang toujours en attente. Un coup de fil de sa part devrait accélérer le processus. Je vous rappelle que, pour l'instant, nous n'avons toujours pas de certitude sur la mort, naturelle ou non, d'Agatha.

Chapitre 10

Après avoir raccroché avec ses amis détectives, Rose s'installa dans son lit avec son ordinateur et Hercule, qui roupillait, collé contre sa jambe. Elle s'étira et étouffa un bâillement. Elle aussi aurait bien aimé dormir, mais elle avait du pain sur la planche. Elle devait poursuivre ses recherches. Déterminée, elle ouvrit le dossier consacré à la femme de Lance.

Elle avait beau avoir fait une promesse à l'inspecteur, elle ne pouvait pas se résoudre à laisser ce crime impuni. Trois semaines plus tôt, alors qu'ils étaient bloqués sur Keppel Island avec un meurtrier en liberté, Lance lui avait confié son terrible secret. Alors qu'il venait tout juste de se marier, la femme qu'il avait rencontrée quelques mois plus tôt, l'avait quitté le jour du voyage de noces. En l'escroquant au passage de plusieurs millions de dollars.

Aujourd'hui, elle avait progressé un peu dans cette enquête. Un peu plus tôt dans la matinée, elle avait reçu un email du célébrant qui avait officié la cérémonie. Il lui avait envoyé les bancs, une copie du certificat de mariage ainsi qu'une photo des mariés. Rose eut un choc en découvrant le père de Lance. Il avait l'air si jeune et en bonne santé. En deux ans, les AVC provoqués par le choc du vol de toutes les économies de Lance avaient considérablement affaibli le vieil homme.

Rose ne comprenait pas pourquoi Lance n'essayait pas

de mettre la main sur Mila et son frère. Déjà pour les punir de ce qu'ils avaient fait, et surtout, pour les empêcher de recommencer. Parce que s'il y avait bien une chose dont Rose était certaine, c'était qu'ils allaient recommencer. C'était une constante fiable qu'elle avait identifiée lorsqu'elle travaillait comme assistante au bureau des fraudes d'une grande assurance.

Les gens qui trichent sans se faire prendre continuent de le faire.

Elle regarda à nouveau la photo. Lance avait l'air si heureux. Rose ne l'avait encore jamais vu aussi insouciant. Il souriait comme si c'était le plus beau jour de sa vie. Ce qui devait être le cas. Dire que son existence allait basculer à peine quelques jours après que cette photo ait été prise, réveilla un sentiment de colère chez Rose.

Comment pouvait-on faire autant de mal impunément ? Cette escroquerie était tellement vicieuse. Draguer un homme, le fréquenter suffisamment longtemps pour qu'il accepte une demande en mariage, contracter plusieurs emprunts, tout ça pour disparaître le jour de la lune de miel en laissant des dettes mirobolantes à éponger.

Déterminée à tout faire pour la retrouver, Rose scanna le fichier, sélectionna le visage de Mila et de son frère pour ensuite faire une recherche par image. Elle croisa les doigts pour trouver un résultat probant.

Son souhait fut exaucé, elle obtint une touche pour le frère de Mila. Il ne s'appelait pas James, mais Cory Slatan.

Le lien renvoyait vers le site internet d'un lycée qui recensait les anciens élèves par année. Quinze ans plus tôt, Cory avait gagné une compétition de cricket avec son école.

Rose examina de plus près les deux clichés et la ressemblance était frappante. Grâce au grain de beauté sous l'œil gauche, elle eut l'intime conviction que Cory et James étaient bien la même personne. Il y avait de grandes chances que, si elle le retrouve, elle pourrait aussi mettre la main sur Mila.

Seul un de ses coéquipiers était identifié. Elle les chercha sur internet. Rapidement, elle découvrit qu'il vivait à Sydney et qu'il tenait un magasin d'équipement sportif. Sa première vraie piste en deux semaines. Elle envoya un email sur la fiche contact de son site internet en espérant qu'il lui répondrait vite.

Elle referma le dossier de Lance pour se mettre à travailler sur l'enquête en se frottant les yeux. Pour essayer de se maintenir éveillée, elle s'étira de tout son long. Sentant qu'elle bougeait, Hercule ouvrit un œil et il lui léchouilla le coude en guise d'encouragement avant de se rendormir.

— Quel partenaire tu fais… lui fit-elle remarquer en le grattant derrière l'oreille.

Le chien se rendormit comme un bienheureux alors qu'elle sentit son portable vibrer. Lance acceptait de la voir au poste de police le lendemain matin. Parfait, se dit-elle. Il ne lui restait plus qu'à en apprendre un peu plus sur cette vieille affaire. Birdie lui avait envoyé un peu plus tôt le nom de la victime.

Marc Thompson, un homme de quarante-deux ans sans histoire, marié et père de deux enfants. Décrit par ses collègues comme intègre et travailleur et par ses amis et sa famille comme une personne aimante et gentille. À l'époque, la police n'avait trouvé aucun mobile. Les opérations financières tenues par la victime n'avaient révélé aucune fraude. Il n'a jamais détourné d'argent, ne s'est jamais servi dans la caisse et n'a aucun ennemi.

Rose trouva la photo choisie pour illustrer la victime. Assis derrière un bureau, entouré de livres avec un petit garçon sur les genoux, tous les deux occupés à écrire une lettre.

Pourquoi Agatha s'intéressait-elle à cette affaire ?

Rose lança une recherche avec le nom d'Agatha et de Marc, mais aucun résultat ne ressortit. D'après internet, ils ne se connaissaient pas. Seulement, Rose savait que le web avait aussi ses limites. Rose commençait à désespérer quand elle eut un éclair de génie. Elle reprit le dossier d'Agatha pour retrouver le nom de son défunt mari. Peut-être ce dernier avait-il travaillé avec Marc Thompson ? Elle souffla de frustration quand elle se rendit compte que rien ne les liait.

Pour ne négliger aucune piste, elle croisa les noms de chacun des suspects avec celui de Marc et des mots clés, comme le nom de la banque.

Rien. Le néant.

Rose caressa Hercule en s'interrogeant sur les raisons qui avait poussé Agatha à enquêter sur ce vieux meurtre et si ça avait un lien avec sa mort.

Chapitre 11

Quand le réveil sonna à six heures quinze, Birdie se réveilla en sursaut en se demandant où elle était. Son cœur battait la chamade, et son cerveau patinait sans rien reconnaître de sa chambre.

— Éteins cette fichue alarme, lui cria la voix familière de Lisbeth depuis l'autre pièce.

Birdie s'exécuta en reprenant ses esprits. Assise sur le lit, les yeux collés par la fatigue, elle massa sa nuque douloureuse. Elle regretta de ne pas avoir amené son oreiller ergonomique. Un cadeau de sa fille dont elle ne pouvait plus se passer.

Tout en se brossant les dents, Lisbeth passa la tête par la porte de la chambre.

— Je ne trouve pas mon maillot de bain. Tu n'en aurais pas un de rechange ?

Birdie se frotta les yeux englués de fatigue.

— J'ai préparé nos affaires hier, tout est dans le sac posé sur le bar de la cuisine.

— Tu es un ange ! C'est avec toi que j'aurais dû me marier ! Tu devrais te dépêcher. On doit retrouver le groupe dans dix minutes.

Birdie était plutôt d'un naturel vif au réveil, mais sans ses sept heures de sommeil, il lui était toujours difficile de donner le change. Elle sortit du lit en maugréant et fit quelques étirements avant d'enfiler sa tenue de plage.

Enfin prêtes, elles descendirent dans le hall, où elles ne trouvèrent personne.

Elles attendirent une dizaine de minutes avant que Lisbeth, lassée, aille se renseigner auprès du réceptionniste.

— Excusez-moi, nous devons rejoindre le club de nage.

— Ils sont déjà partis, madame, vous les trouverez à Shelly Beach.

— Quelles vieilles biques, pesta Lisbeth. En plus de nous donner la mauvaise heure, elles nous ont fait croire qu'elles nageaient en rock pool. Quelle immaturité ! La directrice n'exagérait pas quand elle disait avoir l'impression de travailler en école maternelle. J'ai horreur qu'on se moque de moi !

— Calme-toi, lui conseilla Birdie, l'esprit encore embrumé par le sommeil. Si tu veux mon avis, elles ont voulu nous bizuter. Rappelle-toi de la scène qu'elles nous ont jouée hier.

— Je vais bizuter leur capacité pulmonaire. Je vais leur maintenir la tête sous l'eau. Ça va leur faire bizarre. Je ne sais pas si la mort d'Agatha est criminelle, je peux t'assurer que la leur le sera !! fulmina-t-elle.

Birdie prit le bras de son amie de toujours pour l'apaiser tout en se mettant en route. Elle sortit son téléphone pour vérifier où se trouvait la plage.

— On est à treize minutes à pied. Il nous suffit de rejoindre la promenade et de tourner à droite. Ensuite, c'est tout droit.

Un faible voile de lumière éclairait l'horizon, annonçant

un magnifique lever de soleil.

Malgré l'heure matinale, les rues fourmillaient déjà de vie. Une bande de rainbow loriket piaillaient sur un muret, répondant à des cacatoès, dont les cris stridents résonnaient depuis les lignes électriques.

Elles croisèrent des coureurs qui s'entraînaient seuls, ou en groupe, des surfeurs avec la planche sous le bras, des marcheurs venus profiter des premiers rayons et des parents avec des bébés en portage.

Cette marche leur fit beaucoup de bien. Lisbeth cessa de ronchonner et Birdie émergeait enfin.

Arrivées à la plage de Manly, elles prirent à droite, tout en suivant la bordée de pins d'un côté et l'océan de l'autre. Sur la promenade, elles passèrent devant un café, d'où une odeur de torréfaction s'échappait, qui fit saliver Birdie. Elle aurait bien aimé s'arrêter pour commander un cappuccino et dévorer un cake à la banane. Les pâtisseries avaient l'air si appétissantes.

L'horizon se drapait d'une teinte violet orangé, alors qu'une brise marine, chargée d'embrun, fit frissonner Birdie qui resserra son gilet contre elle. Le grondement de l'océan leur fit plusieurs fois tourner la tête. Les surfeurs, déjà nombreux, se battaient pour prendre les vagues.

— Il y a beaucoup de houle, fit remarquer Birdie avec une petite pointe d'angoisse dans la voix. Je ne pense pas me baigner s'il y a autant de courant.

Pourtant bonne nageuse, Lisbeth partageait son inquiétude. Une inquiétude qui s'envola quand elles découvrirent Shelly Beach au bout d'une corniche réservée aux piétons.

— Je dois avouer que c'est un bel endroit, admit Lisbeth en arrivant vers la crique, dont les rochers protégeaient les baigneurs du courant et des vagues. Une oasis de calme dans l'effervescence de l'océan.

— Moui, c'est pas mal.

Birdie lança un regard en coin à son amie.

— Quoi ? répliqua Lisbeth avec mauvaise foi. Tu sais que je préfère les plages du Sud de Sydney.

Birdie se mit à rire de bon cœur. Une vieille rivalité opposait les habitants de Sydney entre ceux originaires du nord et du sud de la ville. Ou plus exactement, les plages du nord à celles du sud, reliées par le Sydney Harbour Bridge. Suivant l'endroit où l'on vivait, il existait un "bon" et un "mauvais" côté du pont. Birdie faisait partie des personnes qui appréciaient les deux et qui trouvaient cette guéguerre ridicule.

Les voilà, fit Birdie en montrant du menton un groupe sur la plage.

Au même moment, les sœurs Riley les aperçurent et elles leur firent signe de les rejoindre. Greta riait aux éclats en voyant la tête que tirait Lisbeth.

— J'avais parié avec ma sœur que vous ne viendriez pas et maintenant, je lui dois vingt dollars. Ne vous offusquez pas, c'était un bizutage amical ! Tout le monde ici y est passé.

— Les amis, coupa Ava, voici les nouvelles Lisbeth et Birdie.

Le petit groupe les salua de la tête. Birdie reconnut quelques-uns des résidents pour les avoir croisés la veille. Contrairement aux sœurs Riley, ils ne prenaient pas plaisir au mauvais tour qu'elles leur avaient joué. Certains regardaient leurs pieds, comme s'ils avaient honte.

Le reste du groupe commença à se changer. Birdie et Lisbeth les imitèrent. En ce mois d'avril, les températures étaient encore bonnes et Birdie n'eut aucun mal à entrer dans l'eau. Le contact avec l'océan balaya instantanément sa fatigue et son manque de sommeil. En quelques brassées, elle se sentait déjà régénérée.

Le soleil se levait à peine, déchirant le ciel de rayures pourpres et orangées. Un sentiment de bien-être l'envahit. Elle s'allongea sur le dos, l'océan couvrait ses oreilles, étouffant le murmure du monde. Birdie soupira d'aise, portée par l'eau, elle se sentait si légère.

Après quelques minutes d'éternité, elle se redressa.

Au loin, Lisbeth nageait un crawl parfait, suivie de près par les sœurs Riley et trois autres personnes. Birdie sourit, son amie avait toujours été athlétique. Quant à elle, elle se contentait d'une brasse monotone, mais qui lui permettait de garder la tête hors de l'eau et, surtout, de pouvoir discuter avec les autres.

Un homme de son âge, qui, lui non plus, ne cherchait pas la performance, s'approcha. Birdie ignorait son nom, car il ne figurait pas sur la liste des suspects.

— Que ça fait du bien ! dit-elle pour faire la conversation.

J'avais oublié combien j'aimais ça.

Le crâne dégarni, une musculature sèche et une peau tannée par le soleil, l'homme adapta son rythme à celui de Birdie.

— Sans ma nage du matin, je suis ronchon, avoua-t-il. Lorsque ma femme était encore en vie, elle m'envoyait à l'eau dès que je commençais à râler.

— C'est un excellent conseil.

— Oui, c'est toujours mieux que de me recevoir un coup de poêle sur la tête.

Birdie pouffa de rire. À la façon dont il jouait la victime, Birdie su que cet homme avait partagé de vrais moments de complicité avec sa défunte épouse.

— Faites attention qu'elle ne vous entende pas depuis là-haut.

L'homme eut un sourire triste.

— Et pourtant, j'aimerais. Elle me manque, vous savez.

— Je n'en doute pas. Moi aussi, je suis veuve et je donnerais tout pour pouvoir reparler à mon mari.

Un long silence les engloba, chacun semblait happé par ses propres pensées. L'esprit de Birdie vagabonda dans les divers souvenirs qu'elle gardait de son époux Charles. Le seul et unique homme de sa vie. Celui qui la faisait tourner en dansant, celui qui la faisait rire jusqu'aux larmes, celui qui lui avait offert trois beaux enfants, mais surtout, celui qui lui avait donné envie de sourire chaque jour de sa vie. Birdie se rendit compte qu'elle pensait beaucoup à lui ces derniers temps.

— C'est dommage que vous n'arriviez que maintenant, vous savez. Si vous aviez emménagé à peine un mois plus tôt, vous auriez pu lui parler.

Birdie comprit ce que l'homme était en train de dire avec un temps de retard. Elle s'arrêta de nager, interdite.

— Quoi ? Comment ça, lui parler ?

— Eh bien, normalement, c'est un secret. Enfin... maintenant, ça n'a plus beaucoup d'importance si je vous le révèle.

Elle fixait son interlocuteur qui tournait autour du pot avec l'envie de le secouer comme une bouteille de shampoing vide.

— Je vous promets de ne rien dire.

— L'une des femmes de notre groupe était médium. Elle pouvait parler avec les morts. Vous le croirez ou non, mais j'ai pu discuter avec mon Elisabeth à travers elle.

— C'est impossible ! s'exclama Birdie d'un ton incrédule.

— Je vous le jure sur ma vie ! Elle m'a dit des choses que seuls ma femme et moi savions.

— Alors, c'est vrai ? Une autre résidente m'a parlé d'Agatha, mentit Birdie. C'est bien comme ça qu'elle s'appelait ?

L'homme eut l'air étonné.

— Vous êtes bien renseignée ! Au moins, personne ne m'accusera d'avoir parlé.

— Je ne comprends pas, pourquoi c'est un secret ?

L'homme dont elle ignorait le nom se remit à nager et

elle fut obligée de le suivre pour avoir sa réponse. Il regardait Birdie comme s'il réalisait qu'il venait de commettre une grosse bourde.

— Je suis désolé, je ne peux rien dire.

Le pensionnaire accéléra sa nage, mais Birdie, tenace, put tenir la distance.

— Je vous présente mes condoléances pour votre amie, dit-elle pour briser le silence.

Cette fois-ci encore, l'homme s'arrêta. À croire qu'il ne pouvait pas faire deux choses à la fois.

— Pas besoin. Elle n'était pas mon amie. Elle n'était l'amie de personne ici et quiconque vous dira le contraire est un sacré menteur.

— Oui, j'ai cru comprendre que c'était une personne un peu particulière, acquiesça Birdie avec un sourire conciliant.

— C'est peu de le dire. Agatha était une femme étrange qui avait l'art de mettre tout le monde mal à l'aise. Son don faisait froid dans le dos tellement elle était précise.

L'homme traça des cercles dans l'eau avec le regard au loin. Birdie sentait son besoin de se confier et ses réticences à le faire. Plutôt que de continuer à lui demander de parler d'Agatha, elle dévia la conversation.

— Je n'ai jamais participé à une séance de spiritisme. Vous voulez bien me raconter comment ça se passait ?

— En fait, c'est un peu comme dans les films. On se réunissait uniquement les soirs de pleine lune, dans la salle de jeux de société. Personne n'y va jamais, on était sûrs d'être tranquilles. On éteignait toutes les lumières à part la grosse bougie qu'apporterait Agatha et, bien sûr, sa planche de Ouija.

Birdie faillit penser à haute voix et se rattrapa au dernier moment. Les affaires dans le placard d'Agatha ne contenaient aucune planche à Ouija. Où était-elle passée ?

— Vous lui demandiez de vous mettre en contact avec un être cher et elle le faisait ?

— Non, pas tout à fait. Elle débutait toujours la séance par sonder les esprits et, ensuite, elle répétait ce qu'ils lui disaient.

Birdie avait du mal à comprendre le procédé.

— Mais comment elle faisait pour parler à votre femme ?

— Pour parler à un être cher, il fallait d'abord qu'on la prévienne à l'avance et qu'on apporte un objet lui ayant appartenu. Ensuite, elle appelait trois fois son nom pour l'invoquer.

— Et ça marchait à chaque fois ?

— Parfois même, elle arrivait à capter d'autres âmes de l'au-delà. Je dois dire que c'était assez impressionnant.

À force de rester sans bouger dans l'eau, Birdie commençait à avoir froid et elle n'était pas la seule.

— On sort de l'eau ? J'ai la chair de poule, dit l'homme en lui montrant son bras pour lui montrer qu'il ne mentait pas.

Plongée dans une intense réflexion, Birdie s'emmaillota dans sa serviette, face aux rayons du soleil pour se réchauffer. Alors qu'elle se demandait comment ces révélations allaient pouvoir l'aider dans leur enquête. L'homme, qui avait pris le temps de se changer, s'approcha d'elle, penaud.

— Je suis désolé, j'ai l'impression que je vous ai perturbée avec mes histoires. Je n'aurais pas dû vous en parler.

Birdie lui sourit pour le rassurer. Le pauvre avait mal interprété son silence.

— Pas du tout, rassurez-vous. Ma sœur a, elle aussi, un don médiumnique. Pas aussi poussé qu'Agatha. Elle ne peut pas parler aux morts sur commande et elle n'a jamais organisé de séances. En revanche, elle peut sentir les esprits et, surtout, les écouter.

L'homme paru impressionné. Il voulut rajouter quelque chose et se ravisa.

Birdie, quant à elle, se demanda ce qui l'avait poussé à raconter ce mensonge. Elle n'avait pas réfléchi, c'était sorti tout seul. Outre le fait que Lisbeth allait encore râler, elle réalisa que ce petit mensonge pourrait bien leur être utile pour l'enquête.

Chapitre 12

Rose, accompagnée d'Hercule, se présenta à la réception du poste de police où travaillait Lance. Le planton toisa le chien, puis Rose, l'air vaguement agacé.

— C'est un animal de thérapie ? Parce que, sinon, vous devez le laisser dehors. Ce n'est pas un endroit où emmener son animal de compagnie.

Rose s'apprêtait à mentir quand l'inspecteur Carter arriva dans son costume couleur bleu marine. Elle ne l'avait pas vu depuis trois semaines et elle sentit son cœur s'accélérer quand il lui sourit. Grand, les épaules carrées, des cheveux courts et crépus avec une barbe de trois jours qu'il entretenait chez le barbier, Rose avait presque oublié combien elle le trouvait beau.

— C'est bon, elle est avec moi et ce gros toutou aussi, s'extasia Lance avec des paillettes dans les yeux.

Il se décala pour les laisser entrer dans le commissariat et ferma la marche. Rose passa devant le planton avec un air narquois.

— Je suis contente qu'Hercule soit avec vous. Cela fait des lustres que je ne l'ai pas vu !

— Je savais que ça vous ferait plaisir.

Elle savait surtout que l'inspecteur devenait complètement gaga dès qu'il était en présence d'animaux et elle comptait là-dessus pour l'amadouer. Une technique qui avait déjà fait ses preuves.

Une fois dans le bureau, Lance passa cinq minutes à câliner et à cajoler Hercule, qui adorait toute cette attention. Lui aussi aimait beaucoup l'inspecteur. Rose les regarda avec un sourire attendri au coin des lèvres.

— Bon, vous allez me dire pourquoi vous êtes là ? dit Lance en se redressant. J'imagine que ce n'est pas une visite de courtoisie.

— Et pourquoi pas ? répondit Rose à peine offensée.

L'inspecteur retira sa veste, et dévoila une chemise couleur lavande qui faisait ressortir sa peau noire. Il s'assit derrière son bureau avec la mine amusée de celui à qui on ne la faisait pas.

— Vous voulez dire que vous venez en personne me remercier d'avoir parcouru deux mille kilomètres pour vous sortir de prison ?

Rose baissa la tête un peu honteuse, Lance avait raison, elle n'avait même pas pris le temps de l'appeler depuis son départ de Keppel Island. Quelques semaines plus tôt, Lance avait tout abandonné pour sauter dans un avion alors qu'elle venait d'être arrêtée pour meurtre. Non seulement il l'avait innocentée, mais ils avaient travaillé ensemble pour trouver le vrai coupable.

— Tout à fait ! ... et je viens aussi vous demander un service, admit Rose avec une petite voix et un regard implorant.

— Ça alors ! Quelle surprise ! Je ne m'y attendais pas !

Rose fronça la bouche pour retenir un sourire, tandis que Lance la regardait comme un cas désespéré.

— Que puis-je faire pour vous ? lâcha-t-il, vaincu, après un silence de quelques secondes.

— Pas grand-chose. C'est un tout petit service. Vraiment tout petit petit.

— Arrêtez de tourner autour du pot, la prévint Lance de sa voix grave.

— Vous avez juste à appeler les services de... Rose chercha le terme exact, de médecine légale pour faire passer des examens sanguins en priorité.

L'attitude de l'inspecteur passa de la surprise à la perplexité.

— Et pourquoi je ferais ça ?

Rose hésita à tout lui raconter. Si elle lui expliquait la situation, elle briserait la confiance de Jane et, en même temps, elle savait qu'elle ne pourrait pas y couper, alors elle lui avoua tout. Lance écoutait attentivement et prenait des notes. Rose s'attendait à ce qu'il explose, comme à chaque fois qu'elle et le Emerald Club prenaient une affaire qui aurait dû revenir à la police. Mais, à sa grande surprise, loin de perdre son calme, l'inspecteur s'empara du téléphone.

— Inspecteur Carter, division criminelle de Rose Bay, j'aimerais savoir si vous avez un échantillon au nom de Agatha Craine ? Très bien. J'aimerais qu'il soit analysé le plus vite possible. Je veux une complète. Merci de me tenir au courant des résultats dès que vous les recevrez.

Rose, n'en croyait pas ses yeux. Elle qui pensait que l'inspecteur l'enverrait promener.

— Merci de me prendre au sérieux.

— Vous ne me laissez pas vraiment le choix. Parce que, soit vous courez après des chimères, soit il y a un coupable en liberté dans cette maison de retraite et l'on ne peut pas lui laisser une chance de recommencer. Imaginez qu'il se rende compte de ce que sont vraiment venues faire Lisbeth et Birdie. Imaginez un instant qu'il s'en prenne à elles. Vous voulez prendre ce risque ?

Rose baissa les yeux, soudain absorbée par les détails de ses chaussures.

— Non, bien sûr que non.

— Bien. On va déjà commencer par attendre les résultats, reprit l'inspecteur d'une voix plus douce, ensuite on avisera. Cependant, je vous préviens que s'ils reviennent positifs à quoi que ce soit de suspect, je serais dans l'obligation de prévenir mes supérieurs et de lancer une procédure officielle.

— Lance, promettez-moi de rester discret. On est déjà en place. Si vous arrivez avec vos grands sabots, le coupable va se douter de quelque chose.

Il leva les yeux au ciel, mi-exaspéré, mi-amusé.

— Je connais mon travail. Je sais être discret.

Rose fit une moue dubitative.

— Ne le prenez pas mal…

— Un conseil, la coupa Lance, ne finissez pas cette phrase. Parlez-moi plutôt de ce que vous avez découvert jusqu'à présent ?

Cette fois-ci, sans aucune hésitation, Rose lui partagea tout ce qu'ils avaient appris. De la liste des suspects, à l'histoire de vol de bijoux, sans oublier les prétendues capacités médiumniques de la victime.

— Il y a une dernière chose que vous devez savoir. La victime…

— Présumée, la coupa Lance.

— Agatha, reprit-elle en levant les yeux au ciel, s'intéressait à une vieille enquête pour meurtre. Un banquier qui a été assassiné dans son bureau. Le coupable n'a jamais été arrêté. J'ai effectué quelques recherches et je n'ai trouvé aucun lien entre cette mort et les noms de nos suspects.

Après qu'elle lui eût donné le nom de la victime, Lance fit une recherche rapide sur son ordinateur.

— Effectivement. J'ai bien un résultat. Marc Thompson est mort dans son bureau. Il a reçu un coup mortel à l'arrière du crâne par un objet contondant qui n'a jamais été retrouvé. Aucune trace d'effraction. L'inspecteur de l'époque penchait pour un coup de l'intérieur.

— Ils avaient identifié des suspects ?

— Oui, plusieurs.

— Est-ce que vous voulez bien me donner accès à ce dossier ?

— Et puis quoi encore ? C'est une affaire qui concerne la police, pas les citoyens lambda. Je vous rappelle que c'est moi, le représentant des forces de l'ordre.

Malgré le ton peu amène de son ami, Rose ne se laissa pas démonter. Elle avait compris depuis longtemps que Lance aboyait beaucoup, mais qu'il ne mordait pas. En tout cas, pas elle.

— Imaginez si, sans ce dossier, on rate un élément important et que l'assassin prenne l'ascendant sur Birdie et Lisbeth alors qu'elles sont seules et livrées à elles-mêmes dans cette maison de retraite bourrée de suspect.

À la façon dont le policier prit sa tête dans ses mains, elle sut qu'elle avait gagné.

Chapitre 13

Jack et sa femme prenaient toujours le petit-déjeuner dans la cuisine, sur une petite table aux chaises en plastique de designer qu'il trouvait inconfortable. Seulement, il ne pouvait pas s'en plaindre ni les changer, étant donné que leur logement était gracieusement offert le temps du contrat de sa femme.

Malgré leurs différentes affections, la seule chose à laquelle ils n'avaient jamais dérogé était le menu "so british" de leur repas matinal. Œufs, saucisses, haricots blancs à la tomate et deux tranches de pain de mie pour accompagner le tout.

— Tu as toujours le contact du directeur de St Andrew, demanda Jack l'air de rien, en servant un thé noir à sa femme.

— Oui, pourquoi ?

Jack s'était bien préparé à cette question, mais n'avait pas trouvé d'arguments valables. Sa femme savait qu'il passait son temps libre dans une association qui faisait des recherches pour des clients, pour autant, elle ignorait que le Emerald Club était une agence de détectives. En tant que mari de la consule de Grande-Bretagne, il ne pouvait pas se retrouver mêlé à des activités de ce genre.

Il détestait mentir à son épouse, alors, il préféra donner comme excuse, une demi-vérité.

— C'est pour mon amie du club. Elle voudrait s'entretenir avec une élève qui a écrit un article sur une centenaire.

— Hum… fit sa femme en buvant une gorgée de son earl grey brûlant. Je peux te donner son numéro.

Aussitôt dit, elle sortit son téléphone de la poche de son peignoir et lui envoya les coordonnées. Elle continua à regarder son portable et Jack la vit changer de couleur. Il ne connaissait que trop bien cette expression.

— Un problème ?

— Malheureusement, oui. Je viens de recevoir un message du vice-consul. Il y a eu un grave accident dans le nord du Queensland impliquant quatre de nos ressortissants. Des gamins d'une vingtaine d'années. D'après le rapport, au moins l'un d'entre eux est décédé, annonça-t-elle dans un soupir affecté.

Jack posa sa main sur celle de sa femme. Il savait ce que ça voulait dire. Elle allait passer une journée difficile à appeler la famille, organiser le rapatriement et s'assurer que les jeunes gens reçoivent tous l'aide nécessaire.

— Je suis désolée, mon chéri, je vais devoir t'abandonner.

Jack regarda sa femme partir à la hâte en se sentant un peu coupable de ne pas pouvoir la soutenir davantage.

Après avoir débarrassé, il passa un coup de fil au directeur de St Andrew, qui décrocha à la deuxième sonnerie. Après s'être présenté, Jack entra tout de suite dans le vif du sujet.

— C'est une excellente nouvelle. Notre élève sera ravie de voir paraître son papier dans le journal de la maison de retraite. La pauvre a travaillé tellement dur. Vous savez comment sont les adolescents, tout leur tient tellement à cœur.

— Quand pouvez-vous me l'envoyer ?

— Un instant. Je regarde son emploi du temps. Kathy a une heure de permission ce matin à dix heures.

Une idée jaillit dans l'esprit de Jack. Et si, en plus de l'article, il pouvait recueillir les impressions de la jeune fille.

— Pensez-vous que ce soit possible que je la rencontre ? J'aimerais beaucoup pouvoir l'interviewer à son tour. Rien de compliqué, seulement qu'elle puisse me parler de ses motivations à devenir journaliste. Vous savez, nos résidents apprécieront d'en apprendre un peu plus. Ils sont très sensibles à ce genre de chose.

— Quelle excellente idée !

Jack se présenta devant l'entrée du prestigieux établissement avec dix minutes d'avance et une boule à l'estomac. Il détestait mentir. Surtout à une jeune fille innocente. Pourquoi avait-il eu cette idée ? Depuis qu'il faisait partie de ce club de détective amateur, il s'était plus d'une fois retrouvé tiraillé, entre son éthique personnelle et la nécessité de trouver des indices pour résoudre des crimes. Maintenant, voilà qu'il se mettait seul dans le bourbier. Birdie commençait à vraiment exercer une mauvaise influence sur lui.

Il fut conduit par un surveillant dans le bureau du journal de l'école où la professeure de journalisme l'attendait avec Kathy. L'adolescente au regard vif et au visage ingrat se leva avec un grand sourire décoré de bagues en acier. Jack pouvait deviner son excitation de voir son travail recevoir toute l'attention qu'il méritait.

— De quoi avez-vous besoin ? demanda Kathy avec ardeur.

L'engouement de la jeune fille lui fit perdre ses moyens. Il s'assit en faisant racler sa chaise dans un crissement strident, et, quand il sortit un bloc-notes de sa sacoche, il envoya voler son stylo au milieu de la pièce. Kathy bondit comme un ressort pour aller lui chercher, tandis qu'il s'excusait platement.

Une fois installé, il pouvait entendre son cœur battre à toute allure. Il avala sa salive, sans prêter attention aux deux paires d'yeux qui le fixaient.

— Alors… Euh… déjà, j'aimerais beaucoup savoir comment tu as été choisie pour mener cet entretien.

La jeune fille jeta un regard pour chercher le consentement de sa professeure qui répondit à sa place.

— Dans le cadre de nos activités parascolaires, nous travaillons avec le journal local pour que nos élèves intéressés par le journalisme puissent couvrir certains événements, et publier leur article dans une colonne spéciale.

— Je me suis portée volontaire pour cette interview, rajouta Kathy avec empressement. Je trouve que les personnes âgées sont fascinantes et qu'elles ont beaucoup à nous apprendre, rajouta la jeune fille en gesticulant sur sa chaise.

Jack avait l'impression de dégouliner de transpiration.

— Bien. Très bien… Euh… Comment s'est passé l'entretien ?

— Bien, je crois. Agatha était très gentille avec moi. Elle a vite compris que je n'avais encore jamais fait ça, pourtant elle m'a mise à l'aise. J'avais l'impression de discuter avec ma grand-mère.

Jack hochait la tête. Il ne savait pas comment continuer et il se tourna vers sa professeure, qui le prit comme un signal pour encourager la jeune fille.

— Raconte-lui comment tu as préparé ton interview ? Quelles questions tu avais prévu de lui poser ?

— Oui, j'en avais écrit un paquet, mais je n'en ai pas eu besoin. Elle a tout pris en main. Elle a commencé par me raconter son histoire personnelle. C'était tellement triste. Cette femme a eu beaucoup de mérite dans la vie. C'est terrible tout ce qui lui est arrivé. Perdre tous les gens qu'on aime les uns après les autres, c'est vraiment horrible.

Jack hocha la tête d'un air entendu. À présent que l'entretien était lancé, il commençait à se sentir un peu plus à l'aise.

— Est-ce qu'elle t'a parlé de ses amis à la maison de retraite ?

La jeune fille prit un instant pour réfléchir, la bouche entrouverte qui laissait voir son appareil dentaire, puis elle consulta ses notes.

Jack regardait le carnet de Kathy. Contenait-il une phrase ou une information importante pour leur enquête ?

— Non, je ne crois pas. Elle m'a dit qu'elle aimait beaucoup vivre dans cette institution parce qu'elle ne s'y sentait pas comme un vieux débris. Et ce sont ses mots, précisa l'adolescente de peur que Jack ne croie qu'elle se permettrait une telle familiarité.

Jack ne savait pas trop quoi rajouter. C'est surtout Rose et Birdie qui excellaient dans la conduite des interrogatoires. Heureusement pour lui, la lycéenne était d'humeur bavarde.

— C'est tellement triste qu'elle soit décédée la veille de son anniversaire. Elle m'a confié qu'elle avait prévu de faire des révélations fracassantes au journal.

Jack se redressa sur sa chaise, soudain très attentif.

— Des révélations fracassantes ? Tu as une idée de quoi il pouvait s'agir ?

— Non, pas vraiment, mais si je devais parier, je dirais que ce devait être des conseils de longévité qu'on n'entend pas à la télévision ou sur internet.

— Comment ça ? demanda Jack sans comprendre.

— Ben, elle m'a avoué qu'elle fumait et qu'elle buvait tous les jours. Ce n'est pas vraiment ce qui est recommandé par les organismes de santé publique.

Jack ne put s'empêcher de sourire. Malgré son jeune âge, Kathy tenait à parler comme une adulte, jusqu'à prendre un ton un peu ampoulé.

— Tu as raison, le journaliste aurait eu du mal à expliquer ça à ses auditeurs.

Toutes les deux eurent un petit rire de connivence.

— Est-ce que tu as gardé des notes écrites de ton entretien avec Agatha ?

— Mieux que ça, je l'ai enregistrée. Comme j'étais un peu stressée, j'ai fait une vidéo. Je voulais être sûre de ne rien oublier. Je peux vous l'envoyer si vous voulez.

Jack n'en croyait pas sa chance.

— Oui, merci, ça me sera très utile.

Une fois sorti du lycée, Jack partagea la vidéo aux autres membres du Emerald Club. Un message de Rose lui annonçait qu'elle l'attendait avec Hercule dans un café de la promenade, le Hemingway. Comme l'auteur, avait-elle précisé. Birdie proposa qu'ils s'y retrouvent tous.

Assis dans le bus qui le conduisait à Manly, Jack regarda l'enregistrement fait par Kathy. Voir la victime en vie lui paraissait étrange. Avec ce qu'il savait sur elle, il s'était imaginé une diseuse de bonne aventure à l'air mauvais. Il avait tout faux. Agatha ressemblait beaucoup à Birdie : elle était petite et frêle avec un visage doux. Enfin, en apparence. Parce qu'en réalité, dès qu'Agatha ouvrit la bouche, il sentit une malveillance dans sa voix.

Tout comme lui avait dit la jeune fille, Agatha avait pris l'entretien en main. Elle commença par parler de la mort de ses parents, puis de celle de son mari et, enfin, de celle de ses enfants. Jack trouvait qu'Agatha brandissait les drames de la vie telle une carte de visite. Pourquoi ne pas plutôt évoquer des souvenirs heureux de son enfance, de sa rencontre avec son mari ou encore des moments partagés avec ses enfants ? Pourquoi ne se concentrer que sur les moments dramatiques ? Un journaliste expérimenté aurait sûrement posé la question.

Quelque chose dans cette interview sonnait faux. Agatha ne racontait pas sa vie comme on pourrait l'entendre d'une centenaire. Jack se serait attendu à de petites histoires dans l'Histoire. À croire qu'elle essayait de montrer une face de sa personnalité pour en dissimuler une autre.

Jack dut écouter plus de la moitié de l'entretien avant qu'Agatha n'évoque ses fameuses révélations fracassantes. Bien sûr, elle ne donnait aucune information quant à la nature de ses soi-disant révélations, mais, à voir ses yeux briller de malveillance, Jack mit sa main au feu que ce n'étaient pas des conseils de santé controversés.

Chapitre 14

Le café n'acceptait les chiens qu'en terrasse et Rose dut s'installer dehors malgré le petit vent automnal. Elle commanda sans attendre un grand cappuccino et un sandwich œuf et bacon avec de la sauce barbecue ainsi qu'un supplément de frites. Elle n'avait rien avalé depuis la veille au soir et son estomac criait famine.

Assise face à la plage de Manly, elle observait les gens aller et venir. Les touristes étaient faciles à repérer, sac à dos avec la gourde d'eau sur le côté, s'arrêtant pour faire des photos tous les trois mètres, jusqu'à trouver l'angle parfait. L'allée de pins, la bande de sable et l'océan en fond.

Sur la promenade, des mamans se promenaient, en leggins et brassière, comme si elle sortait d'un cours de yoga avec une poussette dans une main et un café dans l'autre. Assis sur la rambarde en pierre, des hommes en costard cravate mangeaient, à même la barque en carton, des frites et du poisson frit. Sur l'océan, des surfeurs glissaient sur les vagues, sous le regard des sauveteurs en mer. Tandis que sur la plage, des nuées de mouettes s'envolaient soudain, alors qu'un enfant les poursuivait en hurlant, les bras levés vers le ciel.

Quand le serveur apporta son plat à Rose, Hercule se redressa pour renifler son assiette.

— N'y pense même pas, le prévint-elle.

Le dogue de Bordeaux posa sa grosse tête sur ses genoux

et il se mit à chouiner en lui jetant des regards désespérés.

— Arrête d'essayer de me faire croire que tu n'as pas mangé depuis des jours. Je t'ai nourri ce matin. Tu exagères.

Il se mit alors à couiner tel un gros bébé et Rose n'eut pas à cœur de lui refuser une tranche de bacon.

— Tu es vraiment impossible, râla-t-elle tout en le caressant derrière les oreilles.

Une fois Hercule couché à ses pieds, elle croqua avec envie dans ce qui ressemblait à un burger façon petit-déjeuner. Elle essuya un peu de jaune d'œuf qui coulait sur sa lèvre, quand elle vit Jack lui faire signe depuis la promenade.

Il prit place à côté d'elle et, à son tour, gratta le derrière des oreilles d'Hercule.

— Comment va mon alibi à fourrure ?

— S'il essaie de te faire croire qu'il n'a rien eu à manger, ne l'écoute pas. Ce chien ment comme il respire, répondit Rose avec ironie.

Hercule comprit qu'on parlait de lui et il pencha la tête sur le côté. À croire qu'il se concentrait pour essayer de comprendre ce que Rose disait de lui.

— J'espère que Lisbeth et Birdie ne vont pas tarder, j'attaque mon service dans une heure. Pendant que j'y pense. J'ai réussi à décrocher un rendez-vous après mon service, avec l'ex-collègue de Charlotte.

— Excellente nouvelle.

— Il faut aussi que je vous briefe sur mon entrevue avec l'inspecteur.

— Attends, je les vois qui arrivent.

Après que leurs amies eurent pris place, Rose se lança.

— On se fait un point rapide ? Je commence à dix heures et je ne peux pas me permettre d'être en retard. Charlotte est absente pour la journée.

— On est tout ouïe, approuva Birdie. Que t'a dit Lance ?

Rose leur résuma son entrevue.

— D'après lui, on devrait être fixés sur les résultats de la prise de sang d'Agatha d'ici ce soir ou demain matin.

— Et pour l'affaire non classée ? demanda Jack.

— Il a accepté que je jette un œil au dossier, mais pas que j'en fasse une copie. J'ai pris des photos de tout ce que je pouvais, mais je n'ai pas encore eu le temps de vous les envoyer. Pour résumer, la police avait bien trois suspects. Des employés de la banque. Une secrétaire, une réceptionniste et un agent de sécurité. D'après les notes de l'inspecteur de l'époque, il y a une possibilité qu'ils aient fait le coup ensemble. Je vais effectuer une recherche sur ces trois personnes pour essayer de les retrouver.

Lisbeth commanda un café et une pâtisserie.

— Notre cher inspecteur ne peut pas s'en charger ?

— Non, il m'a expliqué qu'il ne pouvait pas faire de recherches sur des citoyens sans bonne raison et il préfère éviter que son supérieur soit au courant. Surtout si l'on n'est pas encore certains qu'Agatha ait été assassinée.

Ils hochèrent tous les trois la tête, sachant combien le surintendant Young pouvait être pointilleux dès qu'il s'agissait du règlement et des lois. Le chef de Lance était connu pour avoir les dents longues et, dans son cas, il allait finir par trouver du pétrole avec. Il ne vivait que pour une chose : construire sa future carrière politique. Il était prêt à tout pour y parvenir. Rose le savait, le surintendant Young n'hésiterait pas à jeter Lance sous un bus si ça pouvait le faire bien voir auprès du Premier ministre.

— Il a raison d'être prudent, déclara Jack. Ce serait dommage qu'un non-lieu soit prononcé parce que la procédure n'a pas été respectée. Je m'en voudrais jusqu'à la fin de ma vie si un coupable restait en liberté à cause de nous. Surtout avec les profils de nos suspects. Ils ont les moyens de se payer des armées d'avocats.

Les quatre détectives cessèrent de parler quand la serveuse revint avec la commande de Lisbeth.

— De notre côté, on n'a pas chômé, reprit Birdie. Je vous confirme qu'Agatha organisait des séances de spiritisme dans la salle de jeux de société chaque soir de pleine lune. D'après la personne qui m'en a parlé, elle pouvait parler aux défunts sur commande, à condition d'apporter un objet lui ayant appartenu. Et parfois, les esprits venaient lui parler spontanément. De ce que j'ai compris, elle paraissait très convaincante.

— Tu m'étonnes, s'exclama Lisbeth en haussant une épaule.

Rose mangeait une frite tout en réfléchissant.

— Il faudrait savoir qui participait. On sait qu'Agatha

écoutait les conversations du personnel pendant leurs pauses. On se doute qu'elle utilisait ces informations pour faire croire aux autres qu'elle avait des dons médiumniques. On peut raisonnablement penser que l'un des participants a craint qu'elle révèle quelque chose d'énorme. Les fameuses révélations fracassantes dont elle parle dans la vidéo que nous a envoyée Jack. Et je suis prête à parier qu'elles ont quelque chose à voir avec cette affaire non classée sur laquelle elle enquêtait.

— Ça va être compliqué de savoir qui y participait, ajouta Birdie. J'ai l'impression qu'ils veulent garder toute cette histoire secrète.

— Ce qui prouve bien qu'ils ont quelque chose à cacher, ajouta Rose en buvant une gorgée de son cappuccino qui avait refroidi.

— Je suis étonné que tu ne leur fasses pas croire que tu es toi-même médium pour leur tirer les vers du nez, plaisanta Jack avant de paniquer en voyant l'expression de joie se dessiner sur le visage de Birdie.

— C'est bien que tu abordes ce thème, car…

Rose, Lisbeth et Jack se redressèrent, anxieux de découvrir dans quoi Birdie les avait encore entrainés. S'il y avait bien une chose qu'ils avaient apprise au cours de leurs différentes enquêtes, c'est que Birdie n'hésitait pas à user de ruses et de subterfuges pour extorquer des aveux.

— J'ai peut-être laissé entendre à un des résidents qui participait aux séances que Lisbeth était un peu médium, elle aussi.

Cette dernière manqua de s'étouffer avec son café.

— Quoi ?? Mais pourquoi moi ?

Birdie éluda en balayant la question de sa main, comme si ça n'avait pas l'importance.

— Parce que dans le cas où ils chercheraient une personne pour remonter leur petit club, ils penseront à toi et l'on saura qui y participe. C'est notre meilleure option !

— Pour qui est-ce la meilleure option ? protesta Lisbeth avec indignation. Si l'assassin me croit capable d'entrer en contact avec les morts, il se sentira à nouveau menacé, et il s'en prendra à moi !

— Lisbeth a raison, protesta Jack. C'est risqué. Il faut que vous restiez prudentes. Je vous rappelle qu'il y a un meurtrier dans cette institution.

La vieille dame se tourna vers Rose, dans l'espoir de trouver un peu de soutien.

— Ils ont raison, trancha la jeune femme. Tu as lancé un hameçon, si quelqu'un mord, tant mieux, mais, en attendant, faites profil bas.

Birdie capitula en soupirant.

— Je promets de ne pas remettre le sujet sur le tapis. Même si je suis persuadée que l'assassin fait partie de ce cercle, conclut Birdie en croisant les bras sur sa poitrine.

Chapitre 15

Rose poussa son chariot de ménage jusqu'à la chambre des sœurs Riley. Tout comme Lisbeth et Birdie, elles avaient décidé de partager un appartement. La jeune femme pénétra dans le salon sans se stresser, elle savait qu'elle ne serait pas dérangée. Les deux résidentes ne seraient pas rentrées avant une bonne heure de leur séance de Pilates. Une odeur de naphtaline et de renfermé la prit à la gorge.

La première chose que fit Rose fut d'ouvrir les fenêtres pour aérer. Une bouffée d'air frais s'engouffra dans la pièce et, après quelques minutes, l'atmosphère était plus respirable. Pour se donner un alibi dans le cas où l'une des sœurs rentrerait plus tôt, elle brancha l'aspirateur, pulvérisa du produit pour faire briller les meubles et, bien sûr, elle enfila ses gants de ménage.

Elle observa avec attention la pièce principale. Le mobilier que les sœurs Riley avaient décidé d'apporter donnait à la pièce un aspect sinistre. Rose eut un frisson en découvrant la décoration. Qui accrochait des tableaux de clowns tristes aux murs ? Il y en avait de toutes les tailles et de toutes les couleurs. Il y en avait même un sur chacune des portes de leurs chambres avec leurs noms peints à la main.

Rose choisit en premier celle de Greta et commença ses recherches par la table de chevet où elle découvrit une correspondance avec un homme qui signait toutes ses lettres de la lettre C. Trop vague, les lettres ne donnaient aucune indication sur son auteur. En y réfléchissant, elles ne donnaient aucune information sur le destinataire non plus. En fait, elles pouvaient parler à tout le monde. On aurait dit que le texte avait été pompé sur un site de génération de déclarations d'amour.

Au cas où, Rose les prit en photos, puis elle veilla à les reposer en essayant de les remettre exactement comme elle les avait trouvées. Elle continua son inspection en passant la main sous le matelas, en vain. Elle passa ensuite en revue les placards, mais là encore, sans grand succès. Dans la penderie, elle tomba sur une boîte à bijoux qui contenait surtout des bagues et des boucles d'oreilles. Rose n'y connaissait rien, pourtant, au premier coup d'œil, elle put tout de suite dire qu'il devait y en avoir pour une petite fortune. Elle la reposa et entreprit de faire le ménage pour de vrai.

En arrivant à la salle de bain, elle s'en donna à cœur joie en fouillant dans les tiroirs. Quelle ne fut pas sa surprise d'y trouver une boîte de préservatifs ! Rose la reposa avec un air dégoûté.

La chambre d'Ava contrastait avec celle de sa sœur. Ici, tout respirait le romanticisme ! De la décoration florale, au ton rose pâle des draps en passant par les tapis douillets et les coussins en satin. Même la pièce sentait la lavande.

Greta devait avoir une sorte d'ascendant sur sa sœur pour imposer une atmosphère aussi sinistre dans leur espace commun. Rose se demanda si Ava se sentait étouffée dans son quotidien et son espace était une échappatoire.

Après un examen rapide de la table de chevet, Rose fut étonnée de trouver un paquet de lettres similaires. Cette fois-ci, Rose lut plus attentivement certains passages. Elle compara avec les photos prises un peu plus tôt et elle eut rapidement la confirmation que l'écriture était similaire et signée de la même initiale. Un homme s'amusait-il à charmer les deux sœurs ? Étaient-elles au courant ? Et si oui, cultivaient-elles une jalousie ? Plus Rose trouvait des indices, plus elle se posait de questions. Elle s'attarda sur l'une des lettres, plus précisément sur une mention en bas de page qui lui avait échappé. "Ne dis rien à ta sœur, gardons cette histoire pour nous deux, les gens ne comprendraient pas". Rose en était maintenant certaine, quelqu'un jouait sur les deux tableaux ! Les sœurs Riley avaient beau ne pas lui avoir fait bonne impression, elle eut un élan d'empathie pour ces femmes qui avaient passé leur vie à attendre le prince charmant.

Que se passerait-il si l'une venait à apprendre la correspondance de l'autre ? Est-ce qu'Agatha l'avait découvert ? Si, comme elle, une des femmes de ménage s'amusait à fouiller dans les affaires, il lui aurait été facile de découvrir le pot aux roses. Une seule confidence à la pause cigarette dans le petit jardin et Agatha aurait été au courant.

Rose réfléchit. C'était possible. Certes. Cependant, est-ce que ça constituait un mobile assez fort ?

Chapitre 16

Nerveux, Jack s'avança dans le hall. Il détestait mentir et, depuis qu'il était ami avec Lisbeth et Birdie, il avait l'impression que le mensonge faisait partie intégrante de sa vie. Hercule, qui avait dû sentir son désarroi, lui lécha la main, laissant un filet de bave sur son poignet. Avec un air de dégoût, Jack sortit un mouchoir en tissu de sa veste, brodée à ses initiales, pour s'essuyer. Si Lisbeth le voyait faire, elle n'hésiterait pas une seconde à se moquer. De son enfance passée dans un pensionnat privé en Angleterre, il avait gardé une certaine éducation qui le faisait passer pour un dandy auprès des Australiens.

Jane vint l'accueillir en personne et le conduisit dans la salle de lecture.

— Voici notre bibliothèque. J'ai choisi cet espace, car elle donne un accès direct au jardin. Comme ça, si notre ami Hercule a une envie pressante, il pourra se soulager en toute tranquillité. C'est aussi un lieu très fréquenté par nos résidents.

— Merci ! Vous avez pensé à tout !

Jane sourit, ravie du compliment.

— J'ai fait apporter une collation légère pour nos résidents. Pour certains d'entre eux, le morning tea est un véritable rituel. Vous trouverez du thé et de petits gâteaux. Il y a aussi une gamelle d'eau, au cas où notre brave toutou aurait soif. Vous faut-il autre chose ?

Jack observa la salle avec un nœud à l'estomac. D'ordinaire, il n'était jamais seul pour enquêter et il ne se sentait pas du tout à la hauteur. Il redoutait d'interroger des personnes âgées. Elles pouvaient être si fragiles et influençables. Il se sentait comme le loup au milieu de la bergerie.

— Non, ça sera tout, merci.

Jane avisa d'un œil circonspect son nouvel animateur en thérapie canine.

— Vous vous sentez bien ?

Jack sentit que sa cliente commençait à douter de lui et redressa ses épaules pour donner le change.

— Oui. C'est parfait !

— Bien, répondit-elle pas tout à fait convaincue. N'hésitez pas à revenir vers moi si vous avez besoin de quoi que ce soit. Restez ici au moins une heure, puis vous pourrez aller vous promener dans les couloirs. Le déjeuner est servi à midi, vous avez votre place à la table du personnel.

Une fois que la directrice eut tourné les talons, les épaules de Jack s'affaissèrent de nouveau. Il se sentait comme un imposteur. Non, il ÉTAIT un imposteur ! Cependant, Jack n'eut pas le loisir de s'apitoyer plus longtemps sur lui-même car un groupe de résidents entra dans la bibliothèque.

— Oh, mais regardez-moi cette merveille ! s'exclama une résidente avec un sourire radieux dirigé vers Hercule.

Ce dernier jappa et s'approcha pour renifler les mains de la vieille dame. Jack, occupé à saluer le reste du groupe, ne fit pas attention et un morceau de friand à la saucisse passa rapidement de la poche de la mamie à la gueule du dogue de Bordeaux.

Quelques minutes plus tard, une odeur pestilentielle se répandit dans la pièce.

— C'est quoi qui pue comme ça ? demanda l'une des pensionnaires avec un rictus écœuré.

Jack, lui aussi incommodé par les effluves fétides, n'avait osé rien dire de peur que l'un des pensionnaires n'ait eu un "accident". Puis, il se rappela d'une information capitale que Rose lui avait fournie avant de lui laisser Hercule.

— Y a-t-il parmi vous quelqu'un qui aurait nourri le chien ? demanda-t-il avec méfiance, les scrutant du regard.

Le groupe se tourna à l'unanimité vers une seule et même personne.

— Un tout petit bout de friand à la saucisse, s'excusa la vieille dame.

Une des femmes se leva pour ouvrir la porte-fenêtre tant l'air était devenu irrespirable. Jack se passa la main sur le visage.

— Ce chien ne digère pas le gluten.

— Je pense qu'il vaut mieux qu'on sorte un peu, proposa l'un des résidents.

Une fois à l'air libre dans le jardin, Hercule eut envie de batifoler. Jack avait amené une balle que plusieurs pensionnaires s'amusaient à lui lancer à tour de rôle.

Le dogue de Bordeaux courait dans tous les sens, visiblement aux anges. Il prenait garde à agir avec douceur quand il ramenait la balle et il se laissait caresser.

Et dire que Rose s'était inquiétée des réactions du chien face à autant de stimulations. Voilà peut-être la solution pour guérir son anxiété de séparation, devenir chien de support émotionnel.

Jack commençait à se sentir à l'aise dans son rôle et, une fois que le groupe se fatigua de jouer avec Hercule, il décida de se promener dans le jardin à la recherche de l'une des personnes sur sa liste de suspects. Birdie lui avait fait une description détaillée d'Arthur et de Virginia et il les aperçut près de la fontaine.

L'air de rien, il jeta la balle dans leur direction qui roula jusqu'aux pieds de Virginia. Alors plongée dans la contemplation de l'eau qui coulait d'une vasque renversée, la femme sembla s'éveiller et elle se baissa pour l'attraper. Hercule arriva vers elle en courant, mais ralentit l'allure à son approche. La vieille femme déconcertée regarda l'animal, tandis que son mari plaça son bras entre le chien et sa compagne comme pour la protéger.

— Ne vous inquiétez pas, c'est un chien de thérapie, les rassura Jack de loin.

En arrivant à leur hauteur, il vit que Virginia caressait Hercule, qui avait posé sa tête sur ses genoux.

— On dirait qu'il vous a adoptée !

Virginia le regarda en souriant. Hercule lui mit la balle dans la main.

— Tu veux jouer, mon grand ?

Virginia se leva sans l'aide d'Arthur et, d'un pas incertain, elle se mit à jouer avec Hercule. Son mari la regarda faire avec prudence, prêt à intervenir si elle montrait le moindre signe de faiblesse.

— Ne vous inquiétez pas, le rassura Jack, c'est un chien très doux.

— Je ne peux pas m'en empêcher. C'est difficile de la voir dans cet état.

La mine abattue d'Arthur arracha à Jack un sentiment de tristesse. Il le comprenait sans le connaître. Si sa femme venait un jour à souffrir du même mal, il se sentirait complètement dépourvu. Elle représentait tout pour lui. Personne d'autre qu'elle ne savait aussi bien ce qu'il pensait. Avec elle, il n'avait pas besoin de jouer un rôle : il pouvait être lui-même. Il n'imaginait même pas la douleur qu'il ressentirait si un jour il devait perdre cette connexion. Un équilibre fragile qui, il le savait, ne tenait qu'à un fil que la maladie, la vieillesse ou des accidents de la vie pouvaient couper à tout moment.

— Je suis désolé.

— Ne le soyez pas. Même si c'est dur, elle est toujours près de moi. Nous avons eu une très belle vie et une retraite des plus délicieuses. Si vous l'aviez connue avant, c'était une femme avec un esprit brillant et aiguisé. Nous pouvions discuter pendant des heures sans jamais nous ennuyer.

Birdie avait eu le nez fin quand elle avait proposé à Jane cette idée de thérapie canine. Arthur avait envie de se confier, alors autant en profiter. Jack s'assit sur un banc de pierre à ses côtés.

— Que lui est-il arrivé ? Elle est tombée malade ?

Le visage d'Arthur se froissa comme s'il redoutait d'en parler.

— Non, un AVC. Ça a été très soudain. Elle n'a pas de séquelles physiques à proprement parler, en revanche, elle souffre de pertes de mémoire. Parfois, elle oublie même qui je suis.

Le visage du vieil homme se ferma et Jack vit qu'il serrait le poing. Il avait l'air en colère. Arthur se mura dans un long silence et Jack, pour l'en faire sortir, choisit de lui parler de sa femme.

— Comment vous êtes-vous rencontrés ?

Le pensionnaire tourna la tête vers lui, les yeux pleins de malice, brillants à l'idée d'évoquer d'heureux souvenirs. Jack remercia son instinct.

— Nous nous sommes connus à l'armée. À l'époque, j'étais un simple soldat tandis qu'elle travaillait déjà en tant qu'infirmière dans mon camp d'entraînement militaire. Je me suis blessé lors d'un exercice. Je suis tombé d'une hauteur de trois mètres et, au passage, je me suis fracturé une dizaine d'os. J'ai bien failli ne jamais m'en relever. Pourtant, elle m'a remis sur pied avec patience et bienveillance.

— C'est comme ça que vous êtes tombés amoureux ?

Arthur sourit en y repensant.

— Moi, oui, dès le premier regard. Dès que j'ai repris

connaissance, elle était penchée au-dessus de moi. Je sais que ça va faire cliché, mais j'ai cru que j'étais mort et qu'elle était un ange du paradis. Alors, bien sûr, je lui ai dit.

— Elle a dû trouver ça très romantique.

— Pas du tout ! Elle m'a plutôt envoyé paitre, dit Arthur en rigolant. Ma Virginia, ce n'était pas le genre à se laisser facilement séduire. Elle s'était promis de ne fréquenter aucun homme de la base. Elle ne voulait surtout pas alimenter les ragots.

— Mais alors comment avez-vous fait ?

— La patience, mon garçon, la patience. J'ai respecté son choix. C'était dur, bien sûr, mais je savais que je venais de rencontrer la femme de ma vie. J'ai passé deux mois à l'hôpital et j'ai profité de chaque occasion pour apprendre à mieux la connaître et la faire sourire. Dans mon malheur, j'ai eu de la chance, mes blessures m'avaient laissé des séquelles trop graves et j'ai été réformé. À peine, j'avais rendu mon uniforme que je suis retourné la voir. Vous m'auriez vu... J'ai mis mon plus beau costume, acheté un bouquet de fleurs et glissé dans ma poche la bague de ma grand-mère. J'ai attendu la fin de son service à l'entrée de la caserne. Au bout d'une heure, il s'est mis à pleuvoir à torrents et je me suis retrouvé complètement trempé, mais je n'ai pas bougé. Je ne voulais surtout pas la rater. Quand elle est sortie, je ne ressemblais plus à rien. Pourtant, je ne me suis pas démonté. Et au milieu de la rue, j'ai posé un genou à terre et je lui ai demandé de faire de moi le plus heureux des hommes.

— Et elle a dit oui ?

— Elle a dit oui.

— Quelle histoire magnifique ! C'est très émouvant, avoua Jack. Vous avez réussi à la charmer !

— Je n'ai rien réussi du tout. Elle m'a avoué plus tard être aussi tombée amoureuse au premier regard, seulement comme elle refusait de se mettre avec un homme de la caserne, elle avait commencé à s'informer pour travailler dans le privé. Figurez-vous qu'elle s'était même débrouillée pour avoir mon adresse et qu'elle avait prévu de me rencontrer accidentellement dans le civil. Nous étions faits l'un pour l'autre.

Jack se mit à rire, touché par cette tranche de vie.

— Alors, vous êtes tous les deux retournés à la vie civile ?

Arthur lança un regard amoureux à sa femme.

— Eh oui ! À l'époque, nous formions ce que les jeunes d'aujourd'hui appelleraient un couple moderne. J'ai repris mes études pendant que Virginia travaillait pour subvenir à nos besoins. Je suis devenu ingénieur en chef dans la première entreprise de logiciel en Australie et je me suis mis à très bien gagner ma vie. Assez pour que Virginia puisse réaliser son rêve de devenir peintre.

— Votre femme est peintre ? rebondit Jack admiratif.

Il avait toujours trouvé les artistes, de tout genre, fascinants, sûrement parce que lui-même n'avait jamais été capable de produire quoi que ce soit.

— Eh oui ! Une véritable artiste ! Le début de sa carrière

était difficile, mais après quelques années, elle a commencé à se faire une place et elle a rencontré un galeriste qui a changé sa vie. Elle a même eu des commandes à l'international. Certaines de ses toiles se vendent toujours, vous savez.

Jack sentit qu'Arthur était particulièrement fier du travail de sa femme.

— J'adorerais voir ses œuvres.

— J'aimerais beaucoup vous les montrer ! s'exclama-t-il avec un sourire radieux, avant de se raidir soudainement, comme s'il avait oublié quelque chose d'important. Malheureusement, ça ne sera pas pour maintenant. Le déjeuner doit bientôt être servi et, ensuite, je dois conduire Virginia à son cours de gym. Je m'y suis mis aussi et je peux vous dire que c'est une vraie torture. Je suis aussi souple qu'une planche de bois.

Jack rit de bon cœur. Il compatissait, lui non plus n'était pas un modèle de souplesse.

Arthur le remercia, puis il se leva pour rejoindre Virginia, qui jouait toujours avec le chien. Avec douceur, il prit le coude de sa femme pour l'aider à se diriger vers la résidence. Celle-ci se laissa faire sans résister, l'air ailleurs, elle souriait. Jack les regarda s'éloigner avec un petit vague à l'âme. Son intuition lui disait qu'il pouvait rayer le couple de la liste des coupables.

Il interrogea Hercule et le chien tourna la tête sur le côté et il se mit à gémir. Est-ce que lui aussi croyait en leur innocence ? Très sûrement. Jack était convaincu que les animaux sentaient les bonnes personnes ou, en tout cas, qu'ils pouvaient détecter les mauvaises intentions.

Chapitre 17

Le réfectoire était déjà bondé. Jack aperçut Lisbeth et Birdie, mais elles lui tournaient le dos. Il se dirigea vers sa table quand Hercule tira sur sa laisse avec force et lui échappa pour se précipiter vers Rose. Jack, surpris par le comportement et la force de l'animal, réagit trop tard.

L'une des choses qu'ils n'avaient pas prévues dans leur super plan, c'est l'attachement d'Hercule pour Rose. Le chien se mit à aboyer pour rejoindre celle qu'il considérait comme sa maîtresse. Un instant, les conversations les plus proches s'arrêtèrent pour regarder l'étrange attitude du chien. Heureusement, Rose sauva la situation en réagissant au quart de tour.

— Oh, mais c'est Hercule. Comment vas-tu depuis ce matin, mon grand ? C'est fou, il se souvient quand je lui ai dit que je lui réserverai un morceau de viande. C'est impressionnant de voir comment les animaux ont la bonne mémoire dès qu'il s'agit de nourriture, s'exclama-t-elle en rigolant.

Les membres du personnel et les résidents, après un regard attendri au chien qui attendait sagement planté devant Rose, retournèrent à leurs discussions.

Elle souffla de soulagement et disparut en cuisine. Hercule, sur ses talons, dut attendre devant les portes qu'elle revienne avec une gamelle de nourriture et un bol d'eau qu'elle plaça dans un coin de la pièce, au calme. Elle profita que plus personne ne faisait attention à elle pour attirer l'attention de Jack. Elle lui fit un signe de la main pour le prévenir qu'elle quittait le réfectoire. Jack répondit par un clin d'œil discret avant de s'installer au bout de la table du personnel pour pouvoir surveiller Carl, assis trois places plus loin sur sa droite. D'un hochement de tête, Jack salua la directrice qui discutait avec une jeune femme. D'après la description qui lui en avait été faite, il en déduit que c'était Charlotte, le binôme de Rose.

Un serveur déposa devant lui une salade orientale à la carotte. Jack remarqua que Carl commençait à manger sans attendre que tout le monde soit servi. Assise à la gauche de Jack, l'infirmière en chef, qui avait apporté son repas, venait de faire réchauffer son assiette. Il trouva étrange qu'elle boude la cuisine de l'établissement pour des restes qui avaient l'air d'avoir été assemblés à la va-vite.

— C'est si mauvais que ça ? lui demanda Jack pour briser la glace avec une pointe d'humour.

Elle se tourna vers lui avec dédain.

— Je ne mange que ce que je prépare. Je ne fais confiance à personne quand il s'agit de la qualité de ce que j'ingère.

Jack se trouva un peu déstabilisé face à cette réaction surprenante.

— Ah bon ? Pourquoi ? Le cuisinier crache dans la nourriture ?

L'infirmière haussa les épaules comme s'il avait dit une énormité et c'est Carl qui l'éclaira avec dédain.

— Figurez-vous qu'elle s'est mis en tête que quelqu'un avait essayé de l'empoisonner.

Jack allait demander des détails quand Jane manqua de s'étouffer et toussa avec force. Ces voisins de table lui servirent de l'eau et lui prodiguèrent moult conseils pour reprendre son souffle.

— Comment ça ? Quelqu'un a essayé de vous empoisonner ! demanda-t-elle d'une voix étranglée. Qu'est-ce que c'est que cette histoire ? Pourquoi je n'en ai pas entendu parler ?

Les lèvres crispées, l'infirmière en chef garda la tête haute et préféra ignorer la question.

— Parce qu'il n'y a rien à dire. Il y a environ un mois, Madame a simplement été malade une fois après un repas et, au lieu de reconnaître qu'elle a bu un coup de trop, elle nous a tous accusés d'avoir essayé de l'éliminer.

L'infirmière en chef reposa bruyamment sa fourchette sur la table.

— Combien de fois dois-je vous le dire ? Je n'ai bu qu'un seul verre ! Quelqu'un a mis de la drogue dans mon plat et ça a bien failli me tuer. Et vous savez très bien qu'il n'y a que les membres du personnel qui ont accès à la nourriture ! Donc c'est forcément l'un d'entre vous qui a cru bon de me faire cette "petite blague" qui aurait pu très mal tourner. Tout ça parce que vous êtes tous persuadés que c'est moi qui ai dénoncé cette jeune écervelée. Alors que ce n'est pas moi !

— On sait tous que ce n'est pas toi ! Tu nous l'as assez répété, cracha Carl avec un air mauvais.

Jane avait l'air catastrophée par ce qu'elle venait d'entendre.

— Carla, vous viendrez me voir dans mon bureau après le repas.

La directrice s'excusa et se leva de table. Jack, qui faisait face à la salle, remarqua plusieurs visages de pensionnaires tournés vers eux avec curiosité. Carl, lui aussi, partit juste après avoir englouti son repas. Jack saisit l'opportunité d'être seul avec Carla pour l'inciter à se confier.

Il se pencha vers l'infirmière en chef qui mangeait du bout des lèvres une sorte de curry végétarien.

— Vous pensez vraiment que l'un de vos collègues a tenté de vous empoisonner ? chuchota-t-il.

Elle lui donna l'impression d'être agacée par ces questions, puis, après l'avoir jaugé du regard, elle décida de lui répondre d'un ton plus neutre.

— J'en suis tout à fait certaine ! Je me suis fait une prise de sang qui a révélé des traces de benzodiazépine.

Jack n'était pas familier avec les termes de pharmacopée et Carla eut l'air de s'en rendre compte.

— C'est un médicament qui peut être utilisé comme somnifère. Ponctuellement, il détend les muscles en cas de contractures. On l'utilise aussi pour traiter les crises d'anxiété ou d'angoisse. Chez un adulte en bonne santé, ça agit comme un calmant. Ça aurait dû me rendre somnolente. Le problème, c'est que j'ai une sensibilité à cette molécule qui donne l'impression que je suis saoule. J'ai dû rentrer chez moi en taxi et j'ai passé une nuit atroce à avoir des hallucinations.

Jack commençait à comprendre pourquoi Carla était aussi en colère contre ses collègues. Pour une infirmière, se retrouver dans cet état sur son lieu de travail aurait pu avoir de très lourdes conséquences.

— Tout ça parce qu'ils sont persuadés que j'ai dénoncé l'une de nos collègues, reprit-elle toujours amère. Alors que je n'y suis pour rien !

— Pourquoi vous pensent-ils responsables ?

Jane se pinça les lèvres.

— Pour une histoire de disparition de bijoux qui ne tient pas la route.

Jack donna l'impression de tomber des nues.

— Vous avez eu des vols ?

— Oui, il y a quelques semaines. Apparemment, certaines de nos pensionnaires disent s'être fait dérober des objets de valeurs, mais je ne les crois pas.

— Pourquoi ça ?

— Parce que quand on se fait voler une bague à cinq chiffres, on appelle la police. La gamine qui s'est fait accuser n'est qu'un bouc émissaire. Je suis certaine d'une chose, les résidentes ont menti.

— Menti ? Pour quelles raisons ?

Carla haussa les épaules pour montrer qu'elle n'en savait rien, avant de tourner la tête vers la table de Birdie et Lisbeth avec un regard appuyé.

— Aucune idée. Tout ce que je peux vous dire, c'est qu'il faut se méfier. Certaines de ces petites mamies sont de véritables vieilles peaux qui n'ont qu'une idée en tête. Nuire.

Chapitre 18

Pendant que tout le monde était occupé à déjeuner, Rose voulait en profiter pour se rendre plus tôt à l'espace spa. Elle dut d'abord faire un grand détour pour aller chercher son chariot à ménage. Pour des raisons de sécurité, elle n'avait pas le droit de le laisser traîner sans surveillance. Elle fonçait à toute allure dans les couloirs au mépris de toutes les recommandations de sécurité quand elle fut forcée de s'arrêter. Sur le chemin, un papi à l'air perdu l'appela.

— Excusez-moi, mademoiselle. Pouvez-vous m'aider, s'il vous plaît ?

Rose avait envie de crier de frustration et, au lieu de ça, elle prit son plus beau sourire.

— Oui, monsieur, que puis-je faire pour vous ?

— Je suis désolée, c'est un peu gênant.

— Dites-moi, dit Rose avec appréhension.

— J'ai besoin d'aller au petit coin, mais je n'arrive pas à déboutonner mon pantalon, dit-il en montrant ses mains tordues par l'arthrose. C'est ma fille, elle vient me voir aujourd'hui et, pour lui faire plaisir, j'ai mis le jean qu'elle m'a offert, mais il y a trop de boutons.

Le pauvre homme avait l'air au supplice et Rose ne pouvait pas le rembarrer.

— Bien sûr !

Elle le suivit dans la salle de bain, si gênée que le rouge lui monta aux joues. Jamais de son existence, elle n'avait eu l'occasion d'accompagner quelqu'un aux toilettes. Elle se sentait gauche et embarrassée.

— En général, je ne laisse pas une femme me toucher la braguette sans l'avoir invitée à prendre un verre auparavant, plaisanta le vieil homme pour alléger la situation.

— Pour moi, vous ferez bien une exception !

Ils rirent de bon cœur et l'inconfort laissa place à un moment de complicité. Rose attendit derrière la porte que le résident termine pour l'aider à fermer les boutons.

— Et dire qu'il y a une époque, je dirigeais la mairie de Waverly, se lamenta-t-il. Je prenais des décisions importantes pour le bien-être de mes concitoyens et, aujourd'hui, j'ai besoin qu'on me remonte la braguette comme un enfant de quatre ans. Croyez-moi, ma petite, quand je vous dis qu'on devient bien peu de choses en vieillissant.

— Ne dites pas ça. Vous avez eu une belle carrière, dont certains ne feront que rêver, le rassura Rose d'un ton convaincu.

— Vous êtes mignonne. Je ne vous retiens pas plus longtemps, je sais que vous avez du travail.

Il la raccompagna jusqu'à la porte.

— Oui, et je ferais bien de m'y mettre avant de me faire tirer les oreilles ! Je dois aller faire le ménage dans le spa et le cabinet du kiné.

À cette annonce, le résident eut l'air contrarié.

— Rendez-moi service, mademoiselle ! Ne tombez pas dans le panneau de ses yeux bleus, ce type est une ordure.

Rose, soudain très intriguée, se pencha vers le vieil homme pour l'encourager à la confidence.

— Pourquoi dites-vous ça ?

— Son attitude envers les femmes d'ici… Il est un peu trop charmant, si vous voyez ce que je veux dire. Je ne serais pas étonné qu'il s'enfuie avec l'une d'entre elles. De préférence avec une pleine aux as et prête à casser sa pipe.

— Dans ce cas, je ne risque pas grand-chose, plaisanta Rose. Je suis fauchée comme les blés.

Son trait d'humour ne fit pas sourire le vieil homme.

— Promettez-moi de faire attention. D'après ce que j'ai entendu, l'une de vos anciennes collègues s'est fait licencier à cause de lui.

Rose, choquée, ne savait pas trop quoi penser. Est-ce que le papi était du genre jaloux et possessif ou le kiné était-il vraiment un prédateur ? Un instant, elle en voulut à Charlotte de ne pas l'avoir prévenue qu'il y avait un coureur de jupons dans le service. À ses yeux, il n'y avait rien de pire que de ne pas mettre au courant les nouvelles de ce genre de détail.

Rose prit congé et poussa son chariot vers le spa avec beaucoup moins d'entrain et une nouvelle piste à creuser.

Elle repensa aux correspondances trouvées chez les sœurs Riley. Elles étaient signées d'un C. Le cerveau de Rose fonctionnait à plein régime allant de théorie en théorie. Une en particulier résonnait dans son esprit et expliquait pourquoi le vol des bijoux n'avait pas été signalé à la police. Parce qu'il n'y avait pas eu de vol. Carl devait les avoir reçus en cadeau et, comme il courait plusieurs lièvres à la fois, l'une de ces dames a dû se rendre compte de la supercherie et vouloir lui causer du tort pour se venger.

Forte de cette déduction, Rose s'arrêta devant la porte du cabinet. À cette heure-ci, elle espérait qu'il serait encore vide. Les soins ne reprenaient pas avant quatorze heures.

Au moment où elle s'apprêtait à l'ouvrir, Carl en sortit, ce qui eut le mérite de surprendre Rose et de la faire hurler à plein poumon.

— Pardon, excusez-moi, je pensais que personne n'était là, se reprit-elle, le cœur battant à toute allure.

Le kinésithérapeute, lui aussi effrayé par cette rencontre fortuite, sursauta avant de refermer la porte tout de suite derrière lui, forçant Rose à reculer.

— Qui êtes-vous ? Et qu'est-ce que vous faites là ?

Rose se sentit heurtée par son ton sec et inquisiteur. Cet homme n'était pas juste surpris, il était sur la défensive. Comme s'il avait quelque chose à cacher.

— Je suis la nouvelle femme de ménage. Je m'appelle Rose. J'ai commencé hier et nous n'avons pas encore été officiellement présentés. D'après ma fiche de route, je dois m'occuper de votre bureau.

Rose sentit que Carl se détendait maintenant qu'il savait ce qu'elle était venue faire.

— C'est vrai, Jane m'a prévenu de votre arrivée. Cependant, il doit y avoir une erreur. J'ai une patiente qui doit bientôt arriver. Vous passerez un coup de chiffon magique plus tard.

Il rigola à son propre commentaire, persuadé d'être hilarant. Il mit une main sur sa hanche et l'autre dans l'encadrement de la porte, tout en souriant avec un air charmant. Pour Rose, cette position ne mentait pas. Même s'il paraissait soulagé, il ne voulait surtout pas que Rose découvre ce qu'il cachait.

— C'est mieux si vous revenez plus tard, insista-t-il.

Loin d'être impressionnée, Rose insista en jouant les idiotes.

— Je ne vais pas avoir de problème pour ne pas avoir fait mon travail ?

— Ne vous inquiétez pas, ce n'est pas moi qui irai m'en plaindre.

Rose abdiqua et fit semblant de quitter l'aile "bien-être". Elle attendit dans un recoin pendant quelques minutes de voir qui Carl recevait en dehors des heures de rendez-vous.

Au bout de dix minutes à prétendre faire la poussière sur l'une des statues dans le corridor qui menait à la réception, elle faillit abandonner quand Graziella arriva dans sa direction. Elle venait non pas du secteur des résidents, mais bien de l'aile "bien-être". Voilà pourquoi Carl avait refermé la porte derrière lui, il ne voulait pas que Rose puisse voir qu'il n'était pas seul.

Quoi qu'il se soit passé dans le cabinet du kiné, la patiente avait le sourire aux lèvres.

Le kinésithérapeute était-il l'amant de toutes ces femmes ? L'idée dérangea un peu Rose. Elle envoya un message sur le groupe pour parler de sa découverte et elle profita pour demander à Lisbeth et Birdie si Graziella avait l'air de souffrir pendant le repas. Rose devait écarter toutes les autres options. Peut-être l'avait-il reçue en urgence pour la soulager d'une douleur qui ne pouvait pas attendre ?

Birdie ne tarda pas à répondre. "Non, elle n'avait pas l'air d'avoir mal. Cependant, elle a prétendu avoir besoin d'aller chercher quelque chose dans sa chambre. Elle a disparu après l'entrée et elle n'est revenue qu'à la fin du repas. On est avec elle, dans le grand salon pour boire un café. Je vais essayer de lui tirer les vers du nez."

Parfait, se dit Rose. Autant profiter que Graziella était occupée pour aller fouiner chez elle. Normalement, le ménage dans cette aile n'était prévu que pour le lendemain. Elle hésita puis elle se dit qu'après tout, si elle était prise la main dans le sac, elle pourrait toujours prétendre s'être trompée. Après tout, son binôme qui était censé la former était absent pour la journée.

Rose poussa son chariot en réfléchissant. Elle était prête à parier que les relations entre le personnel et les résidents devaient être interdites par le règlement. Si Agatha l'avait appris, Carl aurait perdu non seulement son travail, mais aussi sa réputation. Dans l'histoire, il était celui que le scandale aurait le plus éclaboussé.

Rose monta au premier étage et toqua à la chambre de

Graziella. Sans réponse, elle poussa la porte. Identique à la suite de Lisbeth et Birdie, il donnait sur des feuilles de bananiers, ce qui donnait un aspect de jardin suspendu.

Pour donner le change au cas où la résidente rentrerait plus tôt que prévu, Rose, sortie des gants, un chiffon et pulvérisa du produit désinfectant dans l'air pour donner l'impression qu'elle travaillait. Elle commença par le lit en vérifiant sous le matelas que rien n'était caché, puis elle inspecta la table de chevet. Bingo ! Elle y trouva là aussi un paquet de lettres toutes attachées par un ruban pourpre. Sur les enveloppes, seulement le prénom de Graziella. Rose hésite à défaire le nœud de peur de ne pas savoir le refaire. Elle tira sur une des enveloppes qu'elle réussit à faire glisser hors du tas. Elle parcourut rapidement la lettre pour se rendre compte qu'elle était identique à celles envoyées aux sœurs Riley et qu'elles étaient signées du même C calligraphié.

À présent, le doute se dissipait. Cependant, elle ne pouvait accuser Carl sans la moindre preuve concrète. Elle en mettait sa main au feu, aucune des femmes ne soutiendrait ses accusations. Même si elles se sentaient trahies, Rose avait l'intime conviction que les résidentes préféraient nier plutôt que de se retrouver mêlé à un tel scandale. Elles l'avaient déjà fait, et cette pauvre Kelly en avait fait les frais.

Rose envoya au groupe sa découverte et elle se mit à faire le ménage pour de vrai. Alors qu'elle était perdue dans ses pensées, à la recherche d'un moyen pour confondre leur suspect, Rose déplaça un fauteuil pour passer l'aspirateur.

Et c'est avec une grande surprise qu'elle découvre le jeu de Ouija, qui appartenait à Agatha. Elle reconnut tout de suite la boîte qu'elle avait vue dans la vidéo qu'avait envoyée Jack le matin même.

Que faisait-elle dans la chambre de Graziella ?

Chapitre 19

À la fin du repas, Arthur et Virginia les saluèrent et partirent se préparer pour leur cours de gym, laissant Graziella, Lisbeth et Birdie seules.

— Vous laisserez vous tenter par un café dans le grand salon ? proposa Graziella. Nous avons du temps avant de rejoindre le club de jeux vidéo. Lisbeth, j'espère que vous êtes toujours prête à relever le défi !

— C'est vous qui n'êtes pas prête ! Je vais tous vous laminer ! se vanta Lisbeth en la suivant jusqu'au bar qui donnait sur le jardin.

Tandis que les deux femmes parlaient du jeu vidéo auquel elles allaient s'affronter, Birdie s'installa dans le même canapé en velours rouge que la veille afin de pouvoir avoir une vue d'ensemble sur la salle. Elle aurait préféré s'asseoir face au jardin pour admirer les nombreuses fleurs qui le parcouraient. Elle aurait aussi donné cher pour profiter des rayons du soleil. Seulement, elle n'était pas là pour s'amuser. Comme il faisait beau, la baie vitrée avait été ouverte en grand, permettant aux résidents d'aller et de venir à leur guise. Sans être étouffant, cet après-midi sentait bon l'été.

Birdie vit le message de Rose et elle réfléchit à un moyen de récolter les confidences de Graziella sur sa visite chez le kinésithérapeute pendant la pause repas.

— Fais quand même attention à ne pas te faire mal à la hanche, dit Birdie avec un regard appuyé en direction de

Lisbeth pour que celle-ci joue le jeu.

— Au pire, j'irais faire un tour dans le cabinet de ce très charmant kiné. Comment s'appelle-t-il déjà ?

— Carl, l'informa Graziella. Cet homme est un magicien ! Il est vraiment à notre écoute et il sait se rendre disponible.

— Hum… disponible, répéta Lisbeth avec un regard coquin qui fit rougir Graziella avant de la faire éclater de rire.

— Vous n'y pensez pas ! s'offusqua faussement la vieille dame. Même si j'avoue que je suis sa préférée.

Le clin d'œil de Graziella fit rigoler les trois femmes comme des collégiennes.

— Ce midi, reprit-elle, je me suis rendu compte que j'avais oublié mon patch à la lidocaïne pour mon épaule et il a accepté de me voir sur son temps de repos. C'est un homme en or qui se soucie vraiment de notre bien-être.

Au même instant, Birdie vit Aldo et Greta entrer bras dessus, bras dessous. Ils prirent place dans deux fauteuils en cuir rouge, au fond de la salle. Avec des manières rustres, Aldo claqua des doigts en direction du barman.

— Aldo est prêt à commander, gueula-t-il si fort qu'il éteignit les conversations, y compris entre Lisbeth et Graziella.

Cette dernière jeta un regard écœuré à ce vieux beau qui prenait toute la place. Birdie devait reconnaître que l'homme n'avait aucune classe et qu'il faisait tache dans le décor.

Le jeune homme derrière le bar se retint de rouler les yeux avant de venir prendre leur commande.

— Aldo va prendre un café et un whisky et Greta va prendre une tisane.

La sœur Riley se mit à ricaner comme une jeune fille à qui l'on sort le grand jeu pour la première fois. Ava les rejoignit dans la foulée.

— Et voilà la plus belle, cria Aldo en lui claquant la fesse avec un rire gras.

Birdie vit passer une ombre sur le visage de Greta.

Assis, les jambes écartées, le buste en arrière, Aldo se gratta la touffe de poils poivre et sel qui s'échappait de sa poitrine. Il prit une gorgée de son café en faisant du bruit avec sa bouche avant d'afficher une moue de dégoût.

— Argh, ce petit con a oublié qu'Aldo prend son p'tit noir avec du sucre. Qui va chercher un susucre à son Aldo chéri ?

Greta fut plus rapide que sa sœur et elle se précipita au comptoir dans une course pathétique.

— Ce que certaines sont prêtes à faire pour avoir un peu d'attention, chuchota Graziella. Ce sont de vraies "Pick me girl" comme dit ma petite-fille.

Birdie la regarda sans comprendre.

— Si j'ai bien saisi, ça veut dire que c'est une fille qui fait tout pour être choisie par un homme, expliqua Graziella. Même si elles sont vieilles filles, je ne comprends pas comment Ava et Greta peuvent avoir envie de s'arracher les faveurs d'Aldo. Il est si…

— Libidineux ? proposa Lisbeth.

— Comme vous dites ! Il les traite comme des moins que

rien et elles, elles continuent à papillonner autour de lui et à lui donner de l'importance.

Graziella pouvait juger autant qu'elle voulait les sœurs Riley, Birdie sentait dans son ton une forme de jalousie.

— On ne peut pas leur en vouloir. C'est difficile de vieillir seule, accorda Birdie. Surtout si elles n'ont jamais été mariées.

— C'est sûr que quand on l'a été, on idéalise beaucoup moins le mariage, observa Lisbeth, cynique, en buvant une gorgée de son latte.

Toutes les trois rirent sous cape.

— Le plus important à nos âges, c'est d'être entouré des gens que l'on aime.

— Et qui nous aiment aussi ! ajouta Lisbeth.

— D'ailleurs, le bruit court que vous vous êtes faites des ennemies, Lisbeth. Je vous félicite.

— Pardon ? Que voulez-vous dire ?

— Vous avez battu les sœurs Riley à la nage. Tout le monde ne parle plus que de ça. C'est une première, vous savez.

Lisbeth haussa les épaules sans comprendre où était le problème.

— Elles sont très compétitives. Elles voudront leur revanche.

Loin de se sentir menacée, Lisbeth esquissa un large sourire.

— Je suis prête à leur donner.

— Je vous conseillerai quand même de faire attention à

vos arrières. Elles aiment prendre les gens en traître.

Birdie sentait que la rivalité qui opposait Graziella et les sœurs Riley ne provenait pas que d'un simple manque de compatibilité.

— Hier, elles nous ont fait comprendre qu'un désaccord vous oppose.

Graziella baissa la tête, un peu honteuse.

— Imaginez qu'à une époque, nous étions amies.

Cette révélation eut l'effet de surprise escompté.

— Effectivement, c'est difficile à croire, approuva Birdie. Que s'est-il passé ? Enfin, si ce n'est pas trop indiscret.

Graziella joua avec son jonc en argent, un peu mal à l'aise. Elle portait une tenue en lin blanche qui faisait ressortir ses ongles vernis de rouge et sa bouche carmin.

— Disons qu'elles m'ont trahie et je l'ai appris de la plus horrible des manières, grâce à Agatha. Enfin, même si c'est de l'histoire ancienne, je ne leur ai jamais pardonné de m'avoir humiliée. Ce sont de vieilles pies jalouses et mesquines.

Birdie aurait bien voulu inciter Graziella à plus de confidences, mais, à nouveau, elles furent interrompues par la voix du vieux beau.

— Aldo doit aller fumer les filles. Vous savez qu'Aldo a besoin de son cigare après manger. Ça l'aide à digérer.

— Cette façon de parler de lui à la troisième personne me donne une irrépressible envie de l'étrangler, chuchota Graziella avec colère.

Il fallut qu'il s'y reprenne à deux reprises pour sortir du fauteuil dans lequel il s'était si bien enfoncé. Une fois debout, il claqua des doigts et les sœurs Riley se levèrent à leur tour pour le suivre. Il marchait en se dandinant. Son regard croisa celui de Birdie et il dévia pour aller leur parler. Ava et Greta se postèrent un peu en retrait chacune d'un côté.

— Salut, les filles. Comment ça va ?

La question ne visait personne en particulier et aucune ne répondit.

— Hé ben, les filles, vous avez perdu votre langue ? Aldo vous impressionne ?

Birdie posa une main sur celle de Lisbeth pour lui éviter de partir au quart de tour.

— Et avec quoi comptes-tu nous impressionner ? répondit finalement Graziella, à cran.

Le vieil homme partit dans un éclat de rire gras.

— Tu sais très bien avec quoi.

Le clin d'œil qui suivit cette remarque était éloquent et Graziella passa au rouge cramoisi.

— Bon, si vous changez d'avis, les filles, rejoignez-moi dehors. Il y aura assez d'Aldo pour tout le monde.

Il rit à son bon mot et partit dans le jardin accompagné des sœurs Riley, qui jetèrent un regard mauvais à Graziella.

— Vous avez vraiment eu une aventure avec ce type ? s'exclama Lisbeth, choquée.

Graziella mit une main devant son visage.

— Vous vous doutez que ce n'est pas un épisode dont je

suis fière. Aldo venait d'arriver chez nous et, à cette époque-là, il ne jouait pas au macho. C'était un homme un peu brut de décoffrage. Il était dans le bâtiment et, même s'il était à la tête d'une compagnie florissante, il a toujours gardé un pied dans le béton comme il disait. À son arrivée, c'était un homme simple, drôle avec un manque de manières qui le rendait charmant. J'ai tout de suite été sous le charme, je l'avoue. Il faut dire que cela faisait longtemps que nous n'avions pas eu d'homme célibataire et, à ce moment-là de ma vie, j'avais envie d'un petit peu de romance. Pour ne rien arranger, à cette époque, avec Ava et Greta, nous n'arrêtions pas d'échanger des lectures sentimentales.

— Que s'est-il passé ? s'enquit Birdie qui voulait avoir le fin mot de l'histoire.

Graziella soupira.

— Il s'est passé que ce monsieur cachait bien son jeu. Il entretenait aussi une relation avec chacune des deux sœurs. Je me suis sentie tellement trahie quand je l'ai appris. Elles étaient mes amies, je leur confiais tout. Nous étions inséparables.

— Comment l'avez-vous découvert ? demanda Lisbeth.

— Vous vous souvenez quand je vous ai dit qu'Agatha était médium ?

Elles hochèrent la tête,

— Nous avions l'habitude de tenir une séance tous les mois pour la pleine lune. Agatha nous réunissait dans la bibliothèque et, avec une planche de Ouija, elle faisait parler les morts. Parfois, on pouvait entrer en contact avec de proches disparus. Et parfois, c'étaient les fantômes des anciens résidents qui venaient lui parler. Et quand c'était le cas, ce n'était jamais bon.

Birdie et Lisbeth échangèrent un regard discret.

— Pourquoi ? l'interrogea Birdie qui se doutait déjà de la réponse.

— Parce qu'ils révélaient des secrets sur les résidents. C'est comme ça que j'ai appris pour Aldo, devant tous les autres. Je ne me suis jamais vraiment remise de cette humiliation et, depuis, je n'ai plus jamais remis les pieds à une séance.

Soudain, Graziella se redressa. Elle regarda sa montre et se leva.

— Il est temps pour moi d'aller exploser des aliens ! Lisbeth, vous vous joignez à nous ?

— Plutôt deux fois qu'une !

Plongée dans une profonde réflexion, Birdie les regarda partir. Elle devait absolument découvrir qui assistait à ces cérémonies. Elle en était certaine, la clé de ce mystère reposait là.

Fatiguée de son réveil matinal, elle décida de monter dans sa chambre pour se reposer un peu. En poussant la porte, elle soupira, Lisbeth avait laissé les fenêtres ouvertes. Birdie redoutait que les insectes ne rentrent. Elle enclencha la climatisation et alla les fermer. Arrivée sous celle qui donnait sur le coin fumeurs des soignants, une odeur de tabac lui retourna le cœur. Elle s'apprêtait à passer la tête par l'encadrement pour voir qui se tenait en dessous, quand la voix de Jane s'éleva de loin.

— Carla ? Vous pouvez venir dans mon bureau ? J'ai quelques questions à vous poser.

— Ce n'est pas possible. On ne peut jamais être tranquille, râla l'infirmière à voix basse avant de répondre à haute voix. Oui, j'arrive. Donnez-moi cinq minutes, je finis ma cigarette.

Chapitre 20

Lance conduisait en direction de Manly en empruntant le Sydney Harbour Bridge. Il profita de la vue spectaculaire sur la baie et l'Opera House.

En début d'après-midi, les résultats d'analyse étaient enfin revenus. La directrice avait eu raison d'embaucher le Emerald Club. Il appela Birdie pour la mettre au courant. Rose allait sûrement lui en vouloir de ne pas l'avoir prévenue en premier, mais la vieille dame ferait une meilleure couverture.

Elle répondit à la troisième sonnerie.

— Inspecteur, que me vaut le plaisir ?

— Ce n'est pas un appel de courtoisie, j'en ai peur. Pouvez-vous parler librement ?

— Oui, je suis seule dans ma chambre. J'imagine que les résultats de la prise de sang d'Agatha confirment le meurtre.

Lance sourit devant la sagacité de Birdie. Il pouvait ne pas être toujours d'accord avec ses choix, cependant, il devait reconnaître qu'elle et ses amis étaient très perspicaces pour des amateurs.

— En effet, elle a été empoisonnée aux benzodiazépines. À une dose trop forte pour être accidentelle. Celui qui lui a fait prendre les comprimés ne voulait pas qu'elle se réveille.

Il entendit la vieille dame soupirer.

— J'espère, inspecteur, que vous ne m'appelez pas pour nous convaincre d'arrêter nos investigations.

Un petit rire s'échappa de Lance.

— Ça fait longtemps que j'ai compris que c'était une peine perdue. Figurez-vous que c'est même le contraire. J'en ai parlé avec mon supérieur et, après avoir évalué la situation dans son ensemble, il est d'accord pour que nous travaillions ensemble sur ce dossier.

— Ça a dû lui coûter, ricana Birdie.

Lance ne rajouta rien, mais il n'en pensait pas moins. Convaincre le surintendant Young n'avait pas été une tâche aisée. Il détestait lorsque des civils se mêlaient à ses enquêtes, en particulier ceux du Emerald Club, qu'il considérait comme une bande d'olibrius sauvages. Lance avait dû lui rappeler que ces mêmes détectives avaient permis de résoudre plusieurs affaires insolubles par le passé et, surtout, qu'ils laissaient toujours la police recueillir les lauriers. C'était surtout ce dernier élément qui avait convaincu le surintendant.

— Au moment où je vous parle, je suis en route pour "The last resort".

— Vous voulez parler à Jane ? s'affola Birdie.

— Oui, je n'ai pas le choix. Nous devons suivre la procédure. En revanche, je me disais que vous pourriez me servir de couverture, afin de ne pas éveiller les soupçons.

— Excellente idée ! Vous serez mon petit-fils.

— Très bien. On se rejoint dans une heure !

— Parfait, je préviens les autres !

Jack attendait déjà dans le salon de Birdie et Lisbeth. Hercule était à ses pieds quand Rose entra. Le chien se leva aussitôt et se précipita vers elle pour réclamer des câlins.

— Coucou, mon tout beau, l'accueillit-elle en lui faisant des bisous sur le crâne. Je n'ai que dix minutes pour faire le point.

Birdie remarqua que Rose ne prenait pas le temps de s'asseoir, la pauvre ne voulait pas risquer de perdre trop de temps.

— Pareil, à cette heure-ci, je suis censé être dans la bibliothèque.

— Je ne vous aurais pas dérangé si ce n'était pas important. Mettons-nous-y vite, s'exclama Birdie en claquant ses mains.

— On n'attend pas Lisbeth ? demanda Rose en désignant la porte d'entrée.

— Non, elle est occupée avec Graziella. Je lui ferai un topo tout à l'heure.

La doyenne du Emerald Club leur récapitula sa conversation avec l'inspecteur Carter.

— Super… grommela Rose en croisant les bras d'un air agacé.

Birdie fut décontenancée par l'attitude réfractaire de sa jeune amie, avant qu'elle n'en comprenne la vraie raison. Elle devait se sentir blessée que Lance ne la contacte pas pour la prévenir. Ces deux-là avaient une amitié un peu ambiguë et leurs rapports pouvaient être houleux quand l'un d'eux se sentait blessé ou trahi. Birdie en avait déjà été témoin.

— Lance n'avait pas le choix de me contacter en premier. Il doit suivre la procédure. On a déjà de la chance que son supérieur soit d'accord pour que l'on travaille avec eux. C'est d'ailleurs la raison pour laquelle il m'a contactée, afin de préserver les apparences. Avoue que ça serait dommage de tout faire échouer pour un coup de fil mal placé.

La remarque de Birdie sembla apaiser les velléités de la jeune femme.

— Tu as raison, admit-elle sans mauvaise foi.

Jack se passa une main sur les sourcils, avec un air grave.

— Carla, l'infirmière en chef, prétend avoir été victime d'une tentative d'empoisonnement aux benzodiazépines. C'est un médicament qui sert à soigner l'anxiété. Cependant, si la quantité consommée est importante ou si l'on possède une sensibilité à la molécule, comme Carla, cela peut s'avérer fatal. Elle accuse ses collègues d'avoir voulu lui donner une leçon, parce qu'ils la croient coupable d'avoir fait renvoyer Kelly pour le vol des bijoux.

Un silence accueillit cette révélation.

Birdie leur parla de la découverte qu'elle venait de faire au sujet de l'infirmière.

— Si l'assassin a aussi cherché à se débarrasser de Carla, c'est que ses notes doivent contenir des informations compromettantes, avança Rose. Il faudrait que j'essaie d'aller dans son bureau pour les lire.

Birdie fut surprise que Jack ne proteste pas. Rose parlait de violer le secret professionnel et il semblait d'accord. Il fallait admettre qu'il ne leur restait moins de trois jours pour confondre le coupable.

— C'est possible, reprit-il. Carla pense que cette histoire de vol a été montée de toutes pièces. Elle pense qu'il s'agit peut-être d'une fraude à l'assurance ou d'un truc dans le genre. Elle a désigné votre table et Graziella en particulier.

Rose se pinça l'arête du nez, les yeux fermés. Son cerveau devait être en ébullition.

— Résumons. Agatha a été empoisonnée et Carla pense l'avoir étée aussi. J'ai trouvé une correspondance, signée d'un C majuscule, chez chacune des sœurs Riley et aussi chez Graziella. Et enfin, il se peut que les bijoux et le meurtre n'aient pas de lien.

Ce résumé plongea les trois amis dans une profonde réflexion. S'ils arrivaient à démêler cette pelote de laine, ils savaient qu'ils pourraient confondre le tueur.

— Il ne nous reste plus qu'à réfléchir à la meilleure façon de s'y prendre, conclut Birdie.

— Commençons par déterminer qui a écrit ces lettres, proposa Jack.

Rose bondit en conclusion.

— Je pense que c'est Carl, le kinésithérapeute. Un des résidents m'a explicitement dit qu'il faisait le gigolo. Ces femmes ont pu lui donner des bijoux pensant être la seule et, quand elles ont découvert le pot aux roses, elles ont voulu lui faire peur.

Birdie se leva pour faire les cent pas. Elle n'avait pas l'air totalement convaincue.

— Je ne sais pas... Graziella a admis avoir vu Carl à midi pour se faire poser un patch à la lidocaïne sur l'omoplate. Sans compter qu'elle m'a avoué avoir eu une brève liaison avec Aldo, expliqua-t-elle à la jeune fille. Il a joué la même sérénade aux sœurs Riley et c'est Agatha qui a révélé toute l'histoire lors d'une des séances de spiritisme. Graziella s'est profondément sentie humiliée...

— Pourquoi Aldo aurait-il signé de la lettre C ? Ça n'a pas de sens, répondit Rose.

— Peut-être qu'Aldo est pseudonyme ou un diminutif, proposa Jack. C'est courant en Australie.

— Tu as raison, admit Rose. Cependant, cette histoire de bijou cache quelque chose. Je continue de penser que Carl a un excellent mobile. S'il entretenait une relation avec une de ses patientes et qu'Agatha l'avait découvert, il perdrait son travail, mais aussi sa réputation.

Jack regarda sa montre.

— Je suis désolé, mesdames, je vais devoir filer à mes obligations.

— Moi aussi, je dois y aller, se résigna la jeune femme. On se parle plus tard.

Rose quitta la chambre, l'esprit surchauffé. Elle se mordilla la lèvre inférieure avec la sensation d'avoir oublié une chose importante avant de s'en rappeler trop tard.

Elle avait trouvé le plateau de Ouija d'Agatha, chez Graziella, dissimulé derrière un fauteuil.

Chapitre 21

Comme prévu, Birdie l'attendait sur le parking, un châle sur les épaules. Lance descendit de la voiture banalisée. Son amie lui tomba dans les bras, à grand renfort de cris de joie.

— Mon Lance, comment vas-tu, mon garçon ? Que ça me fait plaisir de te voir ! dit-elle en lui pinçant les joues.

— N'en faites pas trop quand même, chuchota Lance en massant son visage endolori. Lisbeth n'est-elle pas avec vous ? s'étonna-t-il de ne pas la voir.

— Ta tante nous rejoindra plus tard, expliqua-t-elle en lui prenant le bras pour le conduire à l'intérieur de l'établissement.

En entrant, Lance eut un choc. Jamais il n'avait vu une maison de retraite aussi luxueuse.

— On se croirait dans un hôtel d'Europe.

— Et tu n'as pas vu le spa ! On dirait des thermes romains !

Autour d'eux, aucun des suspects qui figuraient sur la liste. Cependant, Birdie tenait à jouer son rôle à la perfection, l'enjeu était trop important pour risquer de se faire démasquer sur un détail. Surtout qu'elle était parfaitement consciente que tout le monde les regardait. Jane dut penser la même chose quand elle les rejoignit en prétendant passer par le hall d'entrée.

— Comment va l'adaptation pour toi, Birdie ?

— Jane, je vous présente Lance, mon petit-fils. Il est venu voir si on était bien installées, avec sa tante.

Lance serra la main de la directrice, qu'il trouva froide. La pauvre avait l'air terrifié, tout en essayant de le dissimuler au mieux.

— J'espère que ma grand-mère et sa sœur ne vous causeront pas trop de soucis.

— Quel vilain garçon ! s'exclama Birdie en lui donnant une tape sur l'épaule. Excusez-le, tout petit déjà, il était très insolent.

Est-ce que vous auriez un instant à m'accorder, demanda-t-il à la directrice.

Jane essaya de sourire et elle ne réussit qu'à produire une grimace crispée.

— Veuillez me suivre, nous serons mieux dans mon bureau.

En chemin, Lance observa l'architecture unique des lieux tout en se faisant la réflexion qu'un tel endroit serait parfait pour son père. Depuis son deuxième AVC, il était tant diminué physiquement qu'il ne pouvait plus vivre seul. Il avait eu beaucoup de chance que ces deux épisodes n'altèrent ni sa mémoire ni sa personnalité. À sa sortie de l'hôpital, il aurait aimé pouvoir lui offrir de vieillir dans un tel lieu. Lance n'avait qu'une crainte, que son père finisse par s'ennuyer sans autre lien social fort que sa présence et celle de l'auxiliaire de vie qui passait trois fois par semaine. Lorsqu'il était obligé de s'absenter pour de longues périodes, il inscrivait son père dans une maison d'accueil. Il voyait bien comment il s'y épanouissait. Seulement, les tarifs à l'année étaient au-dessus de ses moyens. Surtout avec toutes les dettes qu'il avait à rembourser.

Perdu dans ses pensées, il ne vit pas Rose arriver avec son chariot de ménage. Bien que le couloir était désert, elle passa en essayant de regarder droit devant, jetant un seul coup d'œil à Lance. Si elle parut étonnée de le voir, elle n'en laissa rien paraître. Il resta le plus placide possible, alors que dans sa poitrine, une bulle de chaleur gonflait. Rose avait le chic pour toujours le surprendre. Avec elle, il ne savait jamais à quoi s'attendre et, il détestait l'admettre, elle déstabilisait ses certitudes. Elle brisait les murs de la forteresse qu'il s'était construits à coups de bulldozer. Il se surprit à penser que si elle était arrivée plus tôt dans sa vie, ils auraient pu avoir une jolie histoire tous les deux.

Une fois la porte de son bureau refermée, Jane se décomposa.

— Agatha a vraiment été assassinée ?

Lance hocha la tête.

La jeune directrice se laissa tomber sur sa chaise, catastrophée, en se prenant le visage dans les mains.

— Comment vais-je gérer le comité de direction ?

— Vous n'allez pas avoir à les prévenir, la rassura Lance. Ou, en tout cas, pas dans l'immédiat. C'est la raison de ma présence. Personne ne doit être au courant qu'une opération de police est en cours.

— Opération conjointe avec nous, précisa Birdie avec un

regard appuyé vers l'inspecteur. Vous n'aurez à vous inquiéter de rien, on s'occupe de tout !

— Je vais me faire virer, se lamenta Jane.

— Avec mon équipe, nous avons déjà des pistes. En même pas vingt-quatre heures, nous avons fait beaucoup de progrès ! s'exclama Birdie pour tenter de la rassurer.

Ensuite, elle passa à la liste des découvertes du Emerald Club. Notamment, il y avait les correspondances trouvées chez les Riley et chez Graziella. Carl était un bon suspect. Elle leur résuma ensuite la tentative d'empoisonnement de Carla.

Loin de la rassurer, tous ses éléments ne firent qu'accentuer le désarroi de la directrice.

— Oui, j'ai appris ce midi pour l'infirmière en chef. Je l'ai convoquée dans mon bureau pour la pousser à se confier, seulement, elle n'a rien voulu me dire de plus. Je n'étais même pas au courant pour cette histoire de bijoux volés ni pour le licenciement. Et là encore, quand je lui ai posé la question, elle s'est retranchée derrière une soi-disant clause de confidentialité qu'elle aurait signée et dont je ne trouve aucune trace ! Et dire que je ne me suis rendue compte de rien ! Moi qui pensais prendre un poste tranquille, je me retrouve à devoir gérer une structure où tout le monde cherche à s'entretuer.

Jane se leva pour aller se servir un verre de ce que l'inspecteur identifia comme du whiskey, sans en proposer à ses invités. Elle l'avala en deux lampées.

Bien que Lance comprenne la détresse de la directrice, il devait admettre que les détectives amateurs avaient accompli un excellent travail. Avec les éléments qu'ils avaient pu rassembler en si peu de temps, il allait pouvoir commencer à interroger des suspects.

— En tout premier lieu, il me faudrait le nom de la jeune femme qui a été licenciée. Je vais avoir besoin de lui parler.

Jane resta debout, appuyée sur la bibliothèque, tout en tenant son verre vide contre sa poitrine, les yeux dans le vague.

— Je vous l'aurais donné avec plaisir si seulement je l'avais. Après le départ de Carla, je suis allée vérifier les dossiers du personnel et je n'ai rien trouvé. À croire que cette Kelly n'a jamais travaillé pour nous.

Plus Lance creusait, plus il trouvait le management précédent douteux.

— Quand est-ce que l'ancien directeur est parti ?

— Il y a trois semaines.

— Vous connaissez la cause de son départ ?

Jane posa son verre sur le plateau en argent à côté de la carafe de whisky et retourna s'asseoir derrière son bureau.

— Oui, j'ai posé la question lors de mon entretien avec le président. Tout ce que je sais, c'est qu'Anthony Cooper a démissionné précipitamment pour raison familiale.

Birdie, silencieuse depuis un moment, chercha à en savoir plus.

— Comment avez-vous été recrutée ?

Jane soupira et s'enfonça dans son siège en se maintenant la tête d'une seule main comme si une migraine lui martelait le crâne. Lance sentait qu'elle regrettait d'avoir ouvert la boîte de Pandore en lui confiant ses doutes sur la mort d'Agatha Crain.

— Pas par un processus classique. Il n'y a pas eu de candidatures. J'ai un peu honte de l'avouer, mais j'ai été pistonnée. L'ami d'un ami connaît l'un des membres du comité de direction et il a fait passer mon CV. J'ai commencé à peine une semaine après le départ de mon prédécesseur.

— Vous avez les coordonnées de l'ancien directeur ? demanda Lance en sortant son bloc-notes.

— Non, mais je peux vous les trouver.

— J'ai une question, continua Birdie. Est-ce que vous pourriez regarder dans le dossier d'Aldo et m'indiquer quel est son prénom ?

Jane s'étonna de cette requête qui n'avait rien à voir avec le reste et Lance fut lui aussi perplexe de savoir ce que leur réservait la vieille dame. La directrice s'exécuta sans poser de questions.

— En effet, il utilise un diminutif. Il se prénomme Callisandros.

Birdie leur expliqua la brouille entre les sœurs Riley et Graziella. Lance se gratta la barbe, tout en réfléchissant aux implications de ce nouvel élément.

— Avant de risquer d'accuser le kinésithérapeute, reprit Birdie, je propose que Lisbeth ou moi l'interrogions discrètement demain matin. S'il est vraiment gigolo, il mordra à l'hameçon.

Chapitre 22

Rose marchait lentement en direction du ferry. Elle venait de le rater et elle devait patienter un quart d'heure pour attraper le suivant. En cette fin de journée, il faisait encore chaud et une rigole de transpiration lui coulait le long du dos. Elle se frotta les yeux, regrettant de ne pas avoir pris ses lunettes de soleil.

À cette heure-ci, une foule disparate se mélangeait sur les quais. Les touristes fatigués, collant de sable et d'embrun, attendaient de pouvoir rentrer à leur hôtel. Tandis que des hommes et des femmes en costume cravate revenaient de la ville après une journée de travail. Les odeurs de crèmes solaires côtoyaient les après-rasages onéreux. Un homme au téléphone manqua de lui rentrer dedans et elle s'écarta juste à temps. Elle soupira. Devant elle, un père de famille tentait de convaincre son fils de deux ans d'avancer, tandis que le petit garçon montrait un stand de glace en hurlant.

Autour d'elle, tout n'était que chaos, au point où Rose eut envie d'éteindre son appareil. Elle se sentait surstimulée. Dans ce hall résonnaient les bruits des discussions, les cris des enfants et les différentes musiques qui émergeaient des stands de restauration.

En passant devant une boulangerie, un effluve de pain chaud la fit saliver. Son estomac se mit à gargouiller. Elle avait sauté le repas du midi pour tenter de s'introduire dans le bureau de Carl. Elle s'arrêta devant la vitrine pour admirer leurs pâtisseries. C'était une chaîne connue que Rose n'avait encore jamais essayée. Jack lui avait promis que leurs viennoiseries étaient presque aussi bonnes que celles qu'on pouvait trouver en France.

Son téléphone sonna directement dans son implant. Quand elle vit le nom de Lance apparaître, elle hésita à le renvoyer sur la messagerie, puis, réalisant qu'elle agissait de façon puérile, elle prit l'appel.

— Vous êtes où ? lui demanda-t-il sans préambule.

— J'attends le ferry pour rentrer.

— Je pars tout juste de la maison de retraite, je passe vous prendre ?

L'invitation était très tentante et Rose accepta avec plaisir.

En attendant l'arrivée de Lance, elle se laissa tenter par une tartelette au citron meringuée et un éclair au chocolat, les fit emballer séparément et commanda aussi deux cafés.

Rose aperçut Lance garé en double file, juste en face de l'arrivée des passagers. Elle le trouva si beau, habillé en civil d'un chino beige ajusté et d'un polo vert bouteille. Son cœur fit un looping dans sa poitrine.

La voyant les mains chargées, il fit le tour de la voiture pour lui ouvrir la porte et l'aider à s'installer. L'habitacle sentait le bois de santal et la fleur de frangipanier. Rose reconnut l'after-shave de Lance. Elle avait associé ce parfum au policier et une sensation de chaleur agréable l'envahit. Elle ne put s'empêcher de soupirer d'aise, ce qui la fit rougir. Elle se sentit un peu honteuse, mais l'inspecteur n'eut pas l'air de remarquer son trouble.

Lance remarqua les gobelets de café.

— J'espère qu'il y en a pour moi !

— Une tarte au citron meringuée et un café mocha pour mon inspecteur préféré !

Lance esquissa un petit sourire satisfait, puis reprit la route en avalant une gorgée de sa boisson chaude.

— Il est bouillant, se plaignit-il avec une grimace de douleur.

— Alorchs, chel est le topo ? demanda Rose, la bouche pleine, alors qu'elle venait de croquer dans son éclair au chocolat.

Il se tourna vers elle, un brin exaspéré.

— Vous ne pouviez pas attendre d'être arrivé pour manger ? Vous allez en mettre partout ! Dans la voiture de fonction, en plus !

— Ch'est le seul truc que chai avalé de la journée ! Et promis, ch'en laicherait pas une miette.

Lance grogna. Le soupir d'un homme qui avait décidé que le combat n'en valait pas la peine. Rose s'en moquait. Si, à une époque, elle avait été impressionnée par le côté froid et distant de son ami, ce n'était plus le cas aujourd'hui. Elle avait vite compris que l'inspecteur était un râleur et que, quoi qu'elle décide, il râlerait au moins pour la forme.

Il lui résuma la situation tandis qu'elle finissait sa pâtisserie.

— Quelle est la prochaine étape ?

— Demain, je vais aller interroger l'ancien directeur. En fait, je me demande si vous accepteriez d'aller discuter avec la jeune femme qui vient de se faire licencier.

— Kelly ?

— Oui, son dossier est introuvable. Je n'ai pas son nom de famille ni aucune information à son sujet. Je me disais que vous pourriez voir avec votre collègue. À ce stade, si un policier vient poser des questions, je crains qu'elle se referme comme une huître.

— Considérez que c'est fait ! Vous allez interroger Carl aussi ?

— Non. C'est compliqué d'accuser quelqu'un sur de simples suppositions. Surtout tant que planera le doute du mystérieux correspondant.

Rose ne pouvait pas cacher sa déception. Elle était persuadée au fond d'elle que Carl avait le meilleur mobile. Lance lui adressa un sourire amusé.

— Je n'ai pas dit que nous allions laisser tomber pour autant. Votre amie Birdie a eu une idée.

— Aïe ! J'ai peur ! s'amusa Rose.

— Lisbeth a pris un rendez-vous en urgence pour demain matin. Elle va lui sortir le grand jeu.

— J'imagine qu'elle n'a pas le choix…

— J'imagine que non, en effet ! Mais d'après ce que j'ai compris, Lisbeth n'était pas réfractaire à l'idée.

Rose regardait les maisons défiler le long de la route, tout en dégustant son chocolat chaud. Le soleil se couchait sur l'horizon, dévoilant des traînées orangées dans le ciel. Elle profita de ce moment de sérénité pour se rappeler de la chance qu'elle avait de vivre dans cette ville.

La circulation était dense et ils avançaient lentement. Un silence s'installa, pourtant, Rose ne ressentait aucun malaise. Au contraire, elle n'aurait pas voulu être ailleurs. Un sentiment de bien-être l'envahit. Se sentant observée, elle tourna la tête au même moment que Lance.

— Vous avez changé quelque chose, non ? Je me suis fait la réflexion la dernière fois que je vous ai vue.

Rose lui raconta sa mésaventure. La perte de ses bagages par l'aéroport et le prêt de vêtement par l'ex d'Edward.

— Je me disais aussi... Ça vous va très bien.

Rose se sentit rougir et détourna le regard, un peu gênée.

— Merci, murmura-t-elle d'une petite voix.

Lance qui ne la lâchait pas des yeux, voulut rajouter quelque chose quand Rose hurla :

— Stop !

L'inspecteur pila à un cheveu du coffre de la voiture devant eux. Rose fut projetée vers l'avant, stoppée par sa ceinture de sécurité. Le freinage fit déborder son café sur son pantalon. Elle sentit le policier se rembrunir après avoir frôlé l'accident, et il ne dit plus rien, tandis qu'elle s'épongeait avec des serviettes en papier.

Ce n'est que quand ils atteignirent le Harbour Bridge que Lance rompit le silence.

— Je voulais vous dire. J'ai jeté un œil à l'affaire non résolue du banquier assassiné, et, comme vous, je n'ai trouvé aucune connexion avec nos suspects actuels.

Un large sourire se dessina sur les lèvres de Rose.

— Avouez que je fais une bonne détective !

— Moui, vous vous défendez…

— Vous êtes le roi de la mauvaise foi !

Après un échange de rire, Lance devint plus sérieux.

— Il est bientôt l'heure de dîner, ça vous dit de partager une pizza ? Je connais un bon restaurant à Bondi.

Dire que Rose était tentée par cette proposition était un euphémisme. Elle en rêvait ! En plus, elle n'avait pas remis les pieds sur la plage la plus iconique de la ville de Sydney depuis son retour de Keppel Island.

Malheureusement, elle allait devoir refuser. Ce soir, elle avait rendez-vous avec le propriétaire du magasin de sport qui avait connu le frère de Mila. Rose savait qu'elle devrait en parler à l'inspecteur à un moment ou un autre. Et elle savait aussi que c'était là le moment parfait pour le faire, cependant, elle se dégonfla.

Rose n'avait qu'une peur : que Lance ne lui fasse plus jamais confiance. Surtout après qu'il lui avait fait promettre de ne pas se mêler de cette histoire. Seulement, elle n'avait pas le choix, c'était plus fort qu'elle. Elle ne pouvait pas laisser ce crime impuni. Lance avait besoin de tourner la page et de refaire sa vie. Il ne voulait pas rester dans cet état où il s'empêchait d'être heureux pour se punir d'une erreur qu'il n'avait pas commise.

— Tout va bien ? demanda-t-il un peu inquiet du long silence de Rose.

— Oui, pardon, je réfléchissais. J'ai très envie de vous dire oui, mais j'ai déjà un truc de prévu. Je suis désolée, je ne peux pas annuler.

— Pas de problème.

Même s'il essayait de la dissimuler, elle perçut sa déception. Une fois arrivée devant chez elle, Rose ne descendit pas tout de suite. Elle avait envie de prolonger ce moment, tout en sachant très bien qu'elle n'avait pas le temps et qu'elle allait devoir courir pour arriver à l'heure à son prochain rendez-vous.

— Merci de m'avoir ramenée.

— C'était un plaisir, même si je suis certain que je vais retrouver des miettes partout.

Rose étouffa un petit rire scandalisé tout en levant les yeux au ciel. Le crépuscule les englobait et seule la lumière des lampadaires de la rue éclairait l'habitacle. L'ambiance propice aux confidences, Rose voulut saisir l'instant pour tout avouer.

— Lance, je voulais vous dire quelque chose…

Elle sentit le feu lui monter aux joues et son cœur s'emballer. Une sensation de pression montait de son ventre, l'avertissant d'un danger.

— Oui ? l'encouragea Lance.

— Voilà…

Et alors qu'elle allait tout lui révéler, Edward sortit de la maison avec Hercule en laisse. Le chien se précipita pour saluer l'inspecteur et le petit-fils de Birdie vint à leur rencontre.

C'était la première fois que les deux hommes se rencontraient et Lance descendit de la voiture pour le saluer. Après une présentation rapide, ils échangèrent une poignée de main que Rose qualifia de virile.

— Inspecteur, je compte sur vous pour prendre soin de ma grand-mère, lança Edward sans préambule. Je vous en voudrais personnellement s'il lui arrivait quelque chose.

— Vous pouvez vous rassurer, je prends sa sécurité très au sérieux.

Rose les regarda faire, amusée.

— Je vous signale que Birdie sait très bien ce qu'elle fait. Sans compter qu'elle est sur terre depuis bien plus longtemps que vous deux réunis ! Il ne va rien lui arriver.

Chapitre 23

Rose monta se préparer. Elle commença par une douche rapide, mais brûlante, puis elle choisit une tenue élégante dans la panoplie de fringues que lui avait donnée Edward. Une jupe crayon noire, fendue sur le côté et un cœur-croisé à manche longue moulant de la même couleur. Son reflet dans le miroir lui plut. Ce n'était pas du tout son style, mais les coupes tombaient à merveille. Elle fouilla dans le sac d'accessoires pour trouver un sautoir et un bracelet en breloque. Ainsi vêtue, elle aurait pu passer pour une de ces mères «bon chic, bon genre» qu'elle avait croisées dans l'école privée où elle avait travaillé comme femme de ménage.

Pour la première fois depuis que l'aéroport avait perdu sa valise, elle ne regrettait pas de faire la même taille que l'ex-Edward. Rose bouillait toujours d'exaspération que la compagnie aérienne n'avait pas encore remis la main sur son bagage. Elle avait beau les appeler tous les jours, elle n'était pas plus avancée. La personne du bureau des plaintes lui avait promis une compensation financière qui tardait à arriver.

Elle prit un châle qu'elle glissa dans son sac et se mit en route pour le magasin de sport. Elle avait hâte de rencontrer celui qui avait connu Corry, le frère de Mila.

Une fois arrivée, elle trouva Greg derrière le comptoir. La

trentaine, le crâne rasé pour cacher une calvitie naissante, habillé d'un polo rouge et d'un pantalon beige. Il enregistrait la vente du dernier client de la journée et Rose patienta en faisant le tour du magasin spécialisé dans le cricket. Elle ne connaissait rien à ce sport. Peu après son arrivée en Australie, elle avait essayé en vain de suivre un match. Plus on lui avait expliqué les règles, moins elle avait compris et elle avait vite abandonné.

Rose déambulait dans les rayons, s'arrêtant çà et là pour regarder les prix. Elle les trouva exorbitants. En étudiant bien la boutique, elle remarqua la moquette épaisse et les étagères en bois massif où tous les articles étaient rangés par couleurs. Tandis qu'aux murs, des dizaines de photos et de maillots étaient encadrés. Les affaires devaient bien marcher.

Une fois le client parti, le propriétaire s'approcha vers Rose et ils se saluèrent.

— Alors, dites-moi tout. Quelle école représentez-vous ?

Au cas où Greg et le frère de Mila étaient toujours en contact, Rose avait menti sur son identité. Elle avait aussi prétexté venir de la part d'une école pour faire sponsoriser l'équipe de cricket. Maintenant, il fallait qu'elle se dépatouille de ses mensonges, tout en obtenant des informations sur son suspect.

— Est-ce que vous avez un endroit au calme où l'on pourrait discuter ? minauda-t-elle avec un grand sourire pour le mettre en confiance.

Greg haussa un sourcil, étonné, avant de regarder autour

de lui. La boutique était vide. Rose le vit reculer d'un pas, l'air méfiant.

— Euh… je suis marié, mademoiselle. Et fidèle, aussi.

Rose le regarda sans comprendre avant de mettre une main devant sa bouche, rouge de honte. Greg s'était mépris sur ses intentions. Il faut dire qu'entre sa tenue sexy, le fait qu'elle ait insisté pour le voir à la fermeture et son sourire aguicheur, le pauvre homme avait des raisons de se méfier.

— Pardonnez-moi ! Je ne vous faisais pas d'avances. Je voulais juste vous parler de…

Rose laissa sa phrase en suspens. L'homme devant elle n'en menait pas large. Son instinct lui disait qu'elle pouvait lui faire confiance, alors elle avoua la vraie raison de sa présence.

— Je vous ai menti, je ne suis pas mandatée par une école pour trouver un parrainage pour l'équipe de cricket. Je suis venue vous parler de Cory Slatan.

Elle sentit Greg se détendre et, en même temps, elle vit passer dans son regard un éclair de colère.

— J'imagine que Cory, ou, quel que soit son vrai nom aujourd'hui, vous a causé du tort et que vous essayez de le retrouver.

Rose acquiesça et Greg lui sourit. Il avait l'air d'un homme doux et bienveillant et elle se sentit un peu idiote d'avoir essayé de lui mentir.

— Suivez-moi dans mon bureau. Vous avez raison, on sera plus à l'aise pour parler. Vous n'êtes pas la première à me contacter. Et autant vous le dire tout de suite : je ne sais pas où il se cache. La dernière fois que je l'ai vu, c'est quand il a quitté le lycée après avoir volé la recette de la collecte de fonds pour notre voyage de fin d'années.

Greg ferma la porte du magasin, et invita Rose à le suivre dans l'arrière-boutique. Avant de s'installer derrière son bureau, il lui proposa un soda. Rose accepta un coca, dont elle but une gorgée à même la canette.

— J'ai essayé de faire retirer cette photo, mais c'est l'école qui l'a postée et ils n'ont plus les codes d'accès pour le faire, enfin…

Greg fit un geste vague de la main pour écourter son explication afin de ne pas rentrer dans les détails.

— Je vois… les profs et la technologie…

Greg ricana poliment au trait d'humour de Rose.

— Vous disiez que je ne suis pas la première personne à vous contacter, reprit Rose. Combien exactement ?

— Un seul. Un détective privé qui travaillait pour l'une des victimes. Comme vous, il a trouvé la photo et fait le lien.

Greg avala une gorgée de sa limonade et il se mit à jouer avec la languette. La tournant de gauche à droite, jusqu'à ce qu'elle se détache.

— Comment était Cory quand vous l'avez connu ?

Greg soupira, en s'appuyant sur le dossier de son fauteuil. Des gouttes de condensation goutèrent de sa canette sur son pantalon, sans qu'il le remarque.

— J'imagine qu'il n'a pas dû beaucoup changer. Je pense

que je suis l'une des premières victimes de cet enfoiré. Avec ma classe, on devait partir en voyage de fin d'année. Pour le payer, avec mes camarades, on a passé tous nos week-ends à vendre des cookies. Il nous a fallu cinq mois pour rassembler la somme nécessaire. Corry était le responsable de cette opération et il s'est enfui avec la caisse. Voilà comment, au lieu d'aller à Seaworld, notre promotion s'est retrouvée à faire un pique-nique sur une plage de Sydney. On était furieux !

— J'imagine, compatit Rose, qui sentait encore du ressentiment dans la voix de Greg.

Elle trouvait cette arnaque un peu trop élaborée pour un adolescent. Elle s'apprêtait à poser une question sur Mila, quand le propriétaire la coupa dans son élan.

— Si seulement, on lui avait mis la main dessus à l'époque, reprit Greg, il n'aurait peut-être jamais recommencé.

— Mon grand-père disait toujours, avec des "Si" on mettrait Paris en bouteille.

Greg la regarda sans comprendre. Et zut, pensa-t-elle, encore une expression française qui ne se traduisait pas.

— Ça veut dire que ça ne sert à rien de se dire que, si l'on avait agi différemment, ça aurait changé les choses.

— Je vois, dit-il, saisissant le concept. Ce que je voulais dire, c'est qu'on l'avait cherché. On était jeunes et en colère, alors un soir, on s'est introduit dans le lycée pour fouiller dans les dossiers des élèves. On voulait trouver son adresse pour aller lui casser la gueule et le forcer à nous rendre l'argent. Comme si les flics n'y avaient pas pensé avant nous... Seigneur qu'on était bêtes !

— Vous avez trouvé quelque chose ? demanda Rose, très intéressée par la réponse.

— L'adresse d'un foyer pour mineur. On est tombés de haut. Déjà, à l'époque, il s'inventait une vie.

— Est-ce que vous savez s'il avait une sœur ?

Greg eut une moue désolée.

— Il nous avait expliqué vivre avec ses parents et sa jeune sœur malade. En tout cas, c'est ce qu'il nous avait raconté pour qu'on ne s'invite pas chez lui, mais je ne l'ai jamais vue.

Rose réfléchit. Dans tous les mensonges, il devait y avoir une part de vérité. Mila était peut-être véritablement la sœur de Cory. Elle eut soudain une idée.

— Vous vous rappelez l'adresse du foyer pour mineur ?

Greg secoua la tête avec un air embêté.

— Je sais qu'il a fermé suite à un incendie, il y a une dizaine d'années. Un peu après la disparition de Cory. Ce n'est pas très loin de là où je vis, expliqua-t-il.

Rose essaya de ne pas montrer qu'elle était déçue.

— Est-ce que vous vous souvenez du nom complet de Cory ?

— Smith. Le nom le plus courant en Australie...

Ils restèrent un instant silencieux, face à cette nouvelle impasse. Le cerveau de Rose bouillonnait de théories les plus folles.

— Vous savez ce qui a causé l'incendie ?

— Un problème électrique, il me semble. Attendez, on va vérifier.

Greg se tourna vers son ordinateur pour effectuer une recherche sur internet. Il lui montra l'écran pour qu'elle puisse lire l'article consacré à l'affaire. La nature de l'incendie était encore à déterminer par les pompiers, mais il se serait déclaré à cause d'une installation électrique trop vétuste. Le feu avait débuté en fin de matinée, et il n'avait fait aucune victime.

Toutes les pistes menaient à un cul-de-sac. Rose n'avait plus qu'un seul élément auquel se raccrocher. Le détective privé.

— L'homme qui vous a contacté, vous avez toujours ses coordonnées ?

— Mieux que ça, j'ai sa carte. Je l'ai gardée au cas où.

Greg fouilla dans le tiroir de son bureau avant de la tendre à Rose. Elle regarda le nom inscrit sur le bout de papier cartonné. Marcus Miller.

À peine sortie de la boutique, elle lui envoya un message. Cet homme était son dernier espoir.

Chapitre 24

— Pense à boiter un peu, suggéra Birdie.

Lisbeth haussa les épaules avec un air peu convaincu.

— Je n'ai pas besoin de faire semblant. J'ai juste à dire que j'ai une douleur persistante à la hanche. Je me souviens très bien de mon claquage du ligament au bassin après notre soirée limbo du Nouvel An de 2009.

Birdie rit en y repensant.

— Je m'en souviens, c'était épique !

— Tout ça à cause d'une foutue tranche de citron qui traînait par terre !

— Mais qui ne t'as pas empêchée de remporter le concours.

— Quel moment de gloire ! J'ai encore le trophée, tu sais ! Promets-moi que si je meurs avant toi, tu mettras cette information capitale dans ma rubrique nécrologique. Ne laisse surtout pas mes enfants l'écrire, j'aurais l'air d'une mamie ennuyeuse.

— Je n'y manquerais pas, répondit Birdie d'un ton sarcastique avec un petit sourire. Bon, tu es prête ? Ce n'est pas le moment d'être en retard. Déjà que c'était délicat de demander un rendez-vous en urgence. Heureusement pour nous, cette infirmière en chef est très crédule.

Lisbeth eut une moue peu amène.

— Elle n'est absolument pas crédule ! Je te rappelle que tu m'as mis un coup de fourchette dans la cuisse au moment où elle passait pour distribuer les médicaments. Mon hurlement n'avait rien de factice.

Birdie se tourna vers son amie avec son petit air de mamie désolée.

— J'avoue que j'y suis allée peut-être un peu fort.

— Peut-être ? Tu as failli transpercer mon pantalon ! Je suis sûre que j'ai des marques !

— Je te présente mes excuses. Je ne voulais pas te faire mal, je cherchais juste à ce que tu sois convaincante. Il nous fallait un rendez-vous le plus tôt possible.

Lisbeth eut une moue de dépit et secoua la tête, tandis que Birdie préféra changer de sujet.

— Il est l'heure, non ?

Face à l'empressement de Birdie, Lisbeth jeta un œil à sa montre.

— Je le vois à huit heures trente. Encore quinze minutes à attendre.

Birdie se leva pour faire les cent pas, tout en récapitulant. Lisbeth la sentait nerveuse.

— Jane doit venir vous interrompre au bout de vingt minutes sous un faux prétexte. Ça te laissera le temps de le séduire et de fouiner dans son bureau.

— Et je cherche quoi au juste ?

Birdie s'arrêta de marcher pour croiser les bras.

— Je ne sais pas. Des preuves !

— Si cet homme est assez bête pour laisser traîner des preuves aussi incriminantes, il mérite de se faire arrêter.

Lisbeth remarqua que les mains de son amie tremblaient.

— Est-ce que tout va bien ?

— Oui, oui, tout va bien, ne t'inquiète pas. Je réfléchissais à l'enquête et je crains qu'on ne trouve pas l'assassin en si peu de temps.

Lisbeth haussa les épaules sans pouvoir rassurer son amie.

— Le plus important, c'est qu'on essaie.

Allongée sur la table du kinésithérapeute, Lisbeth souffrait le martyre. Elle qui se pensait en pleine forme grâce aux séances de yoga et de Pilates qu'elle faisait toutes les semaines. Écartelée dans une position inconfortable, elle sentait des muscles dont elle ignorait l'existence.

— C'est douloureux? demanda Carl avec son sourire de pub de dentifrice.

Autant Lisbeth l'avait trouvé charmant lorsqu'elle l'avait rencontré pour la première fois deux jours plus tôt, autant à cet instant, elle avait hâte que la séance se termine. Cet homme était un tortionnaire.

— Disons que si vous me promettez d'arrêter, je vous avoue tous mes péchés.

Carl rit au bon mot et il relâcha la position. Lisbeth ne put retenir un soupir de soulagement.

— Votre hanche est encore bien raide. Comment vous êtes-vous fait mal ?

— Une sombre histoire de Nouvel An, de champagne, de

limbo et d'une vicieuse tranche de citron.

Cette fois-ci, le rire du kinésithérapeute n'était pas feint.

— J'ai tellement de questions !

— Ah c'est trop tard, il fallait les poser quand j'étais prête à tout avouer. À présent, mon secret sera emmené avec moi dans ma tombe.

Carl croisa les bras tout en posant sa hanche sur un coin de la table. Sa blouse blanche faisait ressortir le bleu de ses yeux cristallin.

— Retirez votre chemise et allongez-vous sur le ventre, je vais vous masser.

Lisbeth trouva le ton du kiné légèrement aguicheur, cependant, il prit soin de se retourner le temps qu'elle se prépare.

Lisbeth s'exécuta et elle sentit les doigts experts de Carl courir sur son dos. Elle soupira d'aise. Elle aimait beaucoup se faire masser et elle ne prenait jamais le temps de le faire. Ses mains étaient si larges qu'elle avait l'impression d'être toute petite. Une sensation délicieuse à laquelle elle n'était pas habituée. À cet instant, elle faillit céder aux bras de Morphée avant de se rappeler qu'elle n'était pas là pour le plaisir.

— Ça fait longtemps que vous travaillez ici ?

— Trois ans.

— Et ça vous plait de tripoter de petites mamies toute la journée ?

Carl partit dans un grand éclat de rire.

— C'est la partie préférée de mon travail.

— Comme votre femme doit être jalouse !

— Aucun risque ! Je suis célibataire.

— Quel dommage ! Comment un si beau garçon n'a-t-il pas rencontré l'âme sœur ?

Un silence s'étira avant que le kiné ne réponde d'une voix un peu lasse.

— Les femmes que je rencontre veulent toutes des enfants et pas moi.

Lisbeth ne voyait pas comment orienter cette conversation pour arriver lui faire avouer qu'il était un gigolo.

— Pourquoi ne pas aller du côté des divorcées qui en ont déjà ?

— Si je ne veux pas d'enfant à moi, ce n'est pas pour élever ceux des autres, claqua-t-il un peu sec. Je sais que je n'ai pas ça au fond de moi.

— Vous avez raison. Il ne faut pas se forcer. Les enfants, c'est pire que les tatouages, on ne peut pas les faire disparaître au laser. Enfin, vous pouvez toujours essayer, mais je suis presque sûre que c'est interdit par la loi.

Bon public, Carl rit à nouveau à la plaisanterie de Lisbeth, qui se demanda si c'était une prérogative de son métier.

— Vous en avez eu combien ?

— Trois. Que des garçons ! La maternité n'était pas mon meilleur rôle et, si j'étais née avec la dernière génération, je me serais peut-être abstenue d'en avoir. Attention, je ne regrette pas, mais, avec le recul, si j'avais eu le choix…

Lisbeth laissa sa phrase en suspens. Elle aimait énormément ses fils, pourtant, elle s'était tellement sentie piégée dans son rôle de mère. Surtout avec un mari violent. Elle n'aimait se sentir femme que depuis la ménopause. Quand la société cessa d'avoir des attentes et qu'elle pu enfin choisir d'être qui elle voulait.

— Je vous comprends. On en demande trop aux mamans, et aux femmes en général. Les standards sont impossibles à tenir. On attend des femmes qu'elles restent jeunes et belles toutes leurs vies et on leur fait croire que passer cinquante ans, elles ne valent plus rien. Alors que, lorsqu'on y réfléchit bien, c'est le moment de leur vie où elles sont le plus libres et le plus sexy. En tout cas, c'est ce que je pense. Mon idéal féminin, c'est une femme d'âge mûr avec des enfants qui sont déjà adultes.

Un petit voyant rouge s'alluma dans l'esprit de Lisbeth. Carl était-il sérieusement en train de flirter ? Pour s'en assurer, elle se jeta à l'eau.

— Pour mes soixante ans, je me suis offert la voiture de mes rêves. Une Aston Martin que je bichonne plus que mes petits-enfants. Ça vous dirait de venir l'essayer ?

Lisbeth sentit les mains de Carl remonter sensuellement le long de son dos, quand elle sentit qu'il se rapprochait de son oreille.

— Avec grand plaisir. J'ai hâte de monter dedans…

Lisbeth se sentit piégée à son propre jeu, et elle fut sauvée par Jane, qui vint toquer à la porte.

— Excusez-moi, dit Carl avec de la colère dans la voix

parce que quelqu'un l'avait interrompu.

Il alla ouvrir et Lisbeth entendit Jane lui demander de venir urgemment dans son bureau.

— Je ne peux pas, je suis avec une patiente.

— Il y en a pour dix minutes. C'est au sujet de…

Lisbeth ne réussit pas à entendre, car Jane avait baissé la voix et, quelle que soit la raison évoquée, elle avait été efficace. Carl revint vers elle et alluma une lumière rouge au-dessus d'elle pour qu'elle n'ait pas froid.

— Je reviens tout de suite, ne bougez pas.

Son ton n'avait plus rien de badin.

À peine avait-il eu quitté la pièce que Lisbeth se redressa en se cognant sur la lampe infrarouge. À moitié nue, elle s'enroula dans une serviette et commença à fouiner. Le bureau était plutôt simple. Trois tiroirs sur le côté. Elle ouvrit les deux premiers sans problème, mais le dernier lui résista. Il était fermé à clé.

Lisbeth chercha un coupe-papier, une astuce qu'elle avait vu dans des dizaines de films quand le personnage principal fait sauter la serrure avec la lame. Elle ronchonna en se rendant compte qu'il allait falloir qu'elle actualise un peu sa filmographie. Apparemment, plus personne n'utilisait de coupe-papier.

Elle réfléchit. Il ne lui restait plus beaucoup de temps. Et que dirait Carl s'il trouvait sa patiente en train de forcer une serrure ?

À court d'idées, elle renversa le pot à crayons et, au milieu des stylos et des bouts de gomme, elle la trouva. Elle retint un petit cri de joie étouffée, remit le bureau en ordre et ouvrit le fameux tiroir.

Avec surprise, elle découvrit deux liasses de billets. Il devait y en avoir pour au moins deux mille dollars. Glissant entre les élastiques qui les maintenaient, Lisbeth découvrit une carte de prêteurs sur gages.

La piste du gigolo qui revend les bijoux se confirmait-elle ?

Elle tira sur le tiroir qui refusait de s'ouvrir plus en grand. Elle inspecta le fond quand sa main tomba sur un cylindre en plastique. Elle s'en saisit et son sang se glaça.

Une boîte de benzodiazépine.

Est-ce qu'elle tenait la preuve que Carl avait assassiné Agatha ?

Chapitre 25

Au même moment, au commissariat de Rose Bay, Lance faisait son rapport dans le bureau de son supérieur.

— Avez-vous fait des progrès ?

Depuis hier soir ? Eut-il envie de répondre au surintendant avec humeur. Il avait passé une nuit mouvementée et il s'était levé du mauvais pied. Les sachant seules sur le lieu du crime, il s'inquiétait beaucoup pour Lisbeth et Birdie. Il craignait qu'elles soient démasquées et que l'assassin s'en prenne à elles. Il devait reconnaître que les deux vieilles dames ne manquaient pas de ressources et qu'elles l'avaient plus d'une fois surpris par leur sagacité. Pourtant, il n'arrivait pas à se défaire de ce pressentiment que quelque chose de terrible allait arriver.

— On a identifié plusieurs suspects et on rassemble des éléments. Je voulais interroger l'ancien directeur de la maison de retraite, mais il est parti vivre en Afrique du Sud. Pour l'instant, je n'ai aucun moyen de le contacter.

— Je sais ce que vous allez me demander et la réponse est non. Tant que l'on est sûr de rien, on ne va pas déranger les services de police locale pour leur demander de l'aide.

Le surintendant Young, assis bien droit dans sa chaise de bureau ergonomique en cuir marron, jouait avec un stylo à plume de sa main gauche. Lance ne connaissait personne d'autre que son chef qui se servait d'un stylo à plume. Il n'y connaissait rien en papeterie, pourtant, il se doutait que celui-ci devait coûter une fortune. Un modèle doré qu'il fallait dévisser pour le décapsuler. Lance savait tout sur les ambitions politiques de son chef, et ce simple objet rappelait à tous qu'il se destinait à beaucoup mieux que de passer sa carrière à attraper des criminels.

Lance résista à l'envie de se masser les trapèzes. Une tension dans la nuque l'empêchait d'être complètement dans le moment présent.

— Et en ce qui concerne cette enquête non classée ? Vous avez du nouveau ?

— Non, on ignore pourquoi la victime s'y intéressait. Je n'ai trouvé aucun lien avec les suspects de l'époque et ceux d'aujourd'hui. Pour l'instant, c'est une voie sans issue.

— Vous avez pu contacter l'inspecteur chargé de l'affaire à l'époque ?

— Non, malheureusement, il est décédé il y a quatre ans dans un accident de la route.

Le surintendant Young tourna la tête par la fenêtre, non pas pour contempler la vue sur le jardin luxuriant, mais pour se donner une contenance. Lance avait remarqué ce tic chez son supérieur. À chaque fois que ce dernier s'apprêtait à discuter de son avenir, pendant quelques secondes, il détachait son regard de son interlocuteur.

— Vous n'êtes pas sans savoir que cette maison de retraite abrite d'anciennes personnalités politiques notoires de la région. Il va sans dire que cette affaire doit être menée avec délicatesse. Je sais que vous avez toute confiance dans cette bande de détectives amateurs, cependant, je vous conseille d'être prudent et de résoudre cette enquête rapidement.

Lance resta stoïque et ne répondit rien. Il savait très bien où voulait en venir son responsable et l'inspecteur n'avait pas envie d'aller sur ce terrain. Les deux hommes ne pouvaient pas être plus différents l'un de l'autre. Autant physiquement que spirituellement. Lance était grand et athlétique, tandis que Young était fluet et de taille moyenne. Lance pensait que son grade d'inspecteur était la meilleure chose qui lui était arrivée, alors que le surintendant briguait un mandat politique. La seule chose qui les rassemblait, c'était d'être tous les deux des enfants d'immigrés. Afro-Américains pour Lance et Chinois pour Young.

— Vous comprenez ce que je vous dis ? insista le surintendant qui commençait à s'agacer face au manque de coopération de son subordonné.

Lance n'avait pas envie de se montrer docile.

— Cinq sur cinq. Je peux disposer ? J'ai du travail.

Le surintendant fit un signe désabusé de la main pour lui indiquer qu'il pouvait sortir.

L'inspecteur rejoignit son bureau avec un sentiment de colère sourde quand il vit que son portable, qu'il avait laissé en charge, clignotait pour lui signaler un message. Lisbeth avait découvert de l'argent liquide, la carte d'un prêteur sur gages et un tube de benzodiazépine dans le bureau du kinésithérapeute.

Pour la première fois de la matinée, l'inspecteur sourit. Il tenait enfin une piste solide.

Lance fit quelques recherches sur le nom du propriétaire de la boutique. Ce dernier était spécialisé dans la revente de bijoux anciens. Une mention en rouge signalait que le magasin de dépôt-vente avait été inquiété dans plusieurs affaires de recel d'objets précieux sans jamais avoir pu être condamné par manque de preuve.

Avec l'espoir qu'il soit déjà fiché, le policier entra ensuite le nom de Carl dans la base nationale, sans succès. L'homme était inconnu des services de police. Pas même une contravention à son actif. Aux yeux de la loi, le kinésithérapeute était blanc comme neige. L'inspecteur ne se laissa pas pour autant démonter et continua à creuser. Il trouva son CV sur un site professionnel et appela ses derniers employeurs. Tous, sans exception, dirent le plus grand bien de Carl. Lance obtint la confirmation qu'aucun vol n'avait été perpétré durant sa période d'emploi dans les différents établissements.

Il raccrocha avec la certitude que Carl n'était en aucun cas le complice du prêteur sur gages. Si le kinésithérapeute avait eu un modus operandi, d'autres plaintes auraient émergé de ses précédentes affectations et ce n'était pas le cas.

Ce qui, aux yeux de Lance, rendait Carl encore plus dangereux. Les gens prudents étaient les plus difficiles à appréhender et à condamner. Et Carl avait de quoi l'être ! Abuser de la naïveté d'une vieille femme pour lui soutirer sa fortune démontrait un esprit calculateur. Tuer pour protéger son secret révélait une froideur émotionnelle redoutable.

Malheureusement, même s'il en avait l'intime conviction, Lance ne pouvait pas arrêter Carl sur de simples suppositions. Il allait devoir avancer avec prudence pour que son suspect ne s'envole pas.

Après réflexion, il choisit d'interroger le prêteur sur gages, dans l'espoir que l'homme relie Carl à un trafic de bijoux.

Chapitre 26

Rose, accompagnée de Charlotte, entra dans la pièce la moins fréquentée de la maison de retraite, celle consacrée aux jeux de société. Elle fronça le nez, une odeur légère d'humidité flottait dans l'air. Cette salle jurait avec le reste de l'établissement. Les trois fenêtres, situées à trois mètres du sol, rendaient l'atmosphère très sombre, en raison du manque d'ouvertures.

Maintenant qu'elle savait qu'Agatha y tenait ses séances de spiritisme, elle comprenait pourquoi les autres résidents évitaient cet endroit. Il donnait la chair de poule.

Pourtant, elle avait été décorée avec soin. Au sol, de grands tapis blancs tentaient de réchauffer les lieux. Pour pallier le manque de lumière naturelle, deux grands lustres modernes avaient été fixés sur les voutes. La grande bibliothèque murale remplie de jeux en tout genre apportait un aspect cosy, tandis que les petites tables rondes encadrées de fauteuils confortables, pour jouer aux échecs ou au scrabble, donnaient une touche bistro à l'ensemble. Un des éléments qui alourdissait l'espace, aux yeux de Rose, était l'énorme billard en bois massif.

— Alors ? Comment se sont passés tes essayages hier ? demanda Rose en se rappelant que sa collègue avait demandé sa journée.

— Trop bien ! Je crois que j'ai trouvé la robe de mes rêves.

Charlotte dégaina son téléphone portable pour lui montrer des photos et des vidéos qu'elle avait prises de sa séance d'essayage. La jeune femme avait jeté son dévolu sur une robe dans les tons crème avec un corset simple et une jupe en soie sauvage d'Italie. Dire qu'il avait un peu plus d'un an, c'était Rose qui faisait des essayages avec sa meilleure amie en vue de son mariage avec Anthony. Elle se souviendrait de cette journée toute sa vie. C'était en se regardant dans le miroir, recouverte de mousseline blanche, qu'elle avait décidé de changer de vie. Son fiancé avait refusé de la suivre dans ses envies de bout du monde. Lui ne rêvait que de se caser, d'acheter la maison à l'entrée du village où ils avaient grandi, tandis que Rose se sentait de plus en plus étouffer dans ce quotidien qui ne lui ressemblait plus. Partir seule pour l'Australie avait été sa décision la plus folle qu'elle avait prise de toute sa vie et, même si rien n'était allé selon ses plans, elle était si heureuse d'en être là aujourd'hui.

— Tu es magnifique !

— Oui, je trouve aussi. Bon, elle est un peu chère pour mon budget, alors j'ai envoyé la vidéo à mon père pour lui demander une rallonge. Le pauvre, il n'a jamais réussi à me dire non, pouffa Charlotte.

Rose sourit à son tour. Elle aussi connaissait ce privilège. Elle était arrivée dans la vie de ses parents et de ses triplés de grands frères par accident et son papa n'avait jamais résisté à sa frimousse quand elle lui demandait quelque chose. Le reste de sa fratrie s'en plaignait souvent et s'indignait de la préférence pour la cadette, et ils avaient raison. Rose aimait la relation privilégiée qu'elle entretenait avec son père, même s'ils ne se parlaient pas beaucoup.

— Bon, on se met au travail ? On doit nettoyer les sols et faire la poussière. Je te propose qu'on s'y mette tout de suite pour finir au plus tôt. Cette pièce me fait froid dans le dos, déclara Charlotte en poussant le chariot de ménage.

— Pourquoi ça ? creusa Rose, en voyant sa collègue mal à l'aise.

— Tu es certaine de vouloir savoir ? Je te préviens, c'est sinistre.

Rose se redressa aux aguets, prête à tout entendre.

— Vas-y ! Balance !

— Il y a l'ancienne crypte juste sous nos pieds.

— L'ancienne crypte ? répéta Rose parce qu'elle n'était pas certaine d'avoir bien entendu.

— Oui, oui, tu as bien compris ! Il y a des cadavres de nonnes enterrés juste sous nos pieds, répéta-t-elle pour que Rose saisisse bien l'horreur de la situation. Ça fait carrément flipper. Quand c'était encore un couvent, cette pièce servait à veiller les morts. Ensuite, ils étaient descendus pour les enterrer dans le caveau de l'église. Quand je travaille ici, je m'imagine toujours que des fantômes vont remonter. C'est pour ça que je n'y viens jamais seule.

Charlotte fut parcourue d'un long frisson.

Rose, qui, avec son esprit cartésien, ne croyait pas au surnaturel, observait la pièce avec attention à la recherche d'une trappe ou d'une porte cachée pour accéder au sous-sol. Peut-être qu'Agatha s'amusait à faire plus qu'organiser des séances de spiritisme...

— Tu sais comment ils descendaient les corps ?

Charlotte la regarda avec un mélange de dégoût et d'incompréhension.

— Ne me dis pas que tu fais partie de ces gens qui s'intéressent à tous ses trucs morbides ?

— Non, pas du tout, la rassura Rose. Je demande ça plutôt pour le côté historique. J'ai toujours été fascinée par les détails architecturaux.

Charlotte trouva l'explication raisonnable.

— Je ne sais pas et je ne veux pas savoir. C'est déjà assez flippant comme ça.

— Si tu veux, je peux m'occuper de cette pièce seule, proposa Rose en voyant sa collègue vraiment effrayée.

Charlotte parut hésiter pour la forme, puis elle acquiesça.

— Si ça ne t'embête pas, je veux bien.

— Aucun souci.

— Au fait, si tu peux aérer pendant que tu es là, c'est mieux.

Rose jeta un œil aux trois petites lucarnes qui servaient de fenêtre, chacune recouverte de vitrail dans les tons bleu et blanc. Elles étaient à presque trois mètres du sol.

— Pourquoi sont-elles aussi hautes ?

— Tu n'as pas remarqué ? Cette pièce est en partie enterrée dans le sol. Les fenêtres qui, pour nous sont inaccessibles, sont au niveau du sol de l'autre côté.

Rose comprenait maintenant pourquoi elle trouvait l'endroit sinistre. Elle trouva le concept étrange, puis elle se rappela que le bâtiment avait été réhabilité à plusieurs reprises.

— Ok. Comment je fais pour les ouvrir ?

— Pardon, l'habitude. Tu as une perche là-bas dans le coin. Il faut un peu d'adresse pour réussir à attraper le crochet. Ensuite, tu tires un peu fort. Tu vas voir, une fois que tu as le coup de main, c'est facile.

— Ne t'inquiète pas, j'étais imbattable à la pêche aux canards.

Charlotte lui répondit d'un clin d'œil.

— Avant que tu partes, demanda Rose, est-ce que tu pourrais me donner les coordonnées de ton ancien binôme Kelly ?

La question sembla sortie de nulle part, pourtant, Rose savait très bien ce qu'elle faisait. Elle venait de lui rendre service et Charlotte n'avait qu'une hâte, c'était de quitter la pièce. La jeune femme se ferma aussitôt avec un mouvement de recul.

— Pour quoi faire ?

Rose ne s'attendait pas à une réaction aussi défensive, cependant, elle commençait à bien connaître sa collègue et son penchant pour les potins.

— Tu peux garder un secret ?

Un sourire avide se dessina alors sur son visage et elle répondit en hochant la tête.

— Un résident m'a confié une preuve qui pourrait lui permettre de prouver son innocence et je veux lui en parler.

Charlotte haussa les sourcils, surprise.

— Qui ? Quoi ? voulut-elle savoir, friande de révélations.

Rose sut que c'était le moment d'enfoncer le clou.

— Je préfère que ce soit elle qui t'en parle, si ça ne t'embête pas.

Rose voyait bien que Charlotte était frustrée de ne pas être au courant, mais elle fit la moue de celle qui comprenait et elle lui donna le numéro de portable. Puis Charlotte partit continuer la tournée, laissant Rose seule dans ce qui avait été le théâtre des représentations surnaturelles d'Agatha.

À peine sa collègue avait tourné le dos, Rose se mit à fouiller les vieilles étagères en bois à la recherche d'indices. Enceintes, microphones, ou tout autre matériel susceptible d'être utilisé pour créer des effets spéciaux.

Occupée à fouiller, Rose n'entendit pas Virginia arriver et elle hurla de peur lorsqu'en se retournant, elle se retrouva face à la vieille dame qui regardait devant elle, les yeux dans le vide. La pauvre devait avoir une absence. Rose trouva étrange qu'Arthur ne soit pas avec elle.

— Virginia, tout va bien ?

La pensionnaire se tourna vers elle avec un sourire très doux.

— Ma petite, que tu es jolie ! Est-ce que c'est l'heure du déjeuner ? J'ai faim, répondit-elle d'une voix tendre. Je ne trouve plus la cuisine, c'est grand ici, tu sais.

Rose ne savait pas trop quoi faire. Elle n'avait aucune expérience avec les personnes âgées atteintes de démence et elle craignait de mal faire, ou pire, de perturber Virginia. Alors, elle décida d'entrer dans son monde.

— Que voulez-vous manger ?

— Je voudrais du tapioca au chocolat. Ma maman fait le meilleur de toute la région. Je suis sûre qu'elle t'en donnera si tu le lui demandes poliment.

Les yeux de Virginia pétillaient comme ceux d'une enfant.

— Alors, allons-y, dit Rose en lui tendant le bras.

Virginia s'accrocha à elle, puis elles remontèrent le couloir qui menait au croisement du petit salon et de l'aile est des résidents. Celle où vivaient Virginia et Arthur. Rose pensait que le mieux était de la reconduire auprès de son mari quand elle croisa l'infirmière en chef.

— Carla, l'interpella-t-elle. Je suis tombée sur Virginia, qui cherchait à manger.

Rose n'eut pas besoin d'en dire plus. Le visage de l'infirmière, pourtant autoritaire, devient lumineux et bienveillant. Carla lui prit la main avec douceur et, alors qu'elle s'apprêtait à la rassurer, Rose vit Arthur descendre le couloir, l'air paniqué. Rose lui fit signe et un éclair de soulagement apparut sur son visage.

— Virginia, ma chérie, je t'ai cherché partout. Où étais-tu ?

— Chercher un goûter, j'ai faim ! répondit-elle avec un

petit rire enfantin.

— Ma chérie, ce n'est pas l'heure du goûter, il est neuf heures et demie du matin, on sort du petit-déjeuner.

Tout chamboulé, Arthur se tourna vers Rose et Carla.

— Merci de me l'avoir retrouvée. Je me suis absenté pour aller aux toilettes et à mon retour, j'ai trouvé la porte grande ouverte et plus aucun signe de ma femme. J'ai eu très peur.

Arthur ne mentait pas, à voir ses mains trembler, on pouvait voir que toute cette histoire l'avait bien secoué. Il prit sa femme par les épaules et l'aida à remonter tout en douceur les escaliers en lui prodiguant des encouragements.

Une fois seule, Carla se retourna vers Rose.

— Où l'avez-vous trouvée ?

— Dans la salle de jeux de société.

L'infirmière soupira et mit les mains sur les hanches avec un air triste.

— La pauvre, s'appesantit Carla. C'est là-bas qu'elle a fait son AVC.

— Ah bon ? Que s'est-il passé ?

— Il y a trois semaines environ, lors d'une soirée jeux de société. Certains de nos résidents se réunissaient pour faire des compétitions. Ça a été très soudain. Elle est devenue pâle et s'est effondrée au sol.

— Vous pensez qu'elle y est retournée parce que ça lui rappelle des souvenirs ?

— Pas forcément. Les personnes atteintes de démence déambulent beaucoup. Ils ressentent le besoin de marcher, expliqua Carla en voyant Rose froncer les sourcils. Ce couloir est juste en bas des escaliers de son aile, alors c'est facile pour elle de s'y rendre.

— Je comprends.

— Les pauvres, reprit Carla, sincèrement peinée. Je pense que nous allons devoir envisager leur départ pour une structure plus médicalisée que la nôtre. Arthur est en forme, mais c'est la troisième fois en deux semaines que Virginia échappe à sa vigilance. Il est épuisé. Il a beau s'assurer du contraire, il ne peut pas gérer cette situation seul.

— Je n'imagine pas combien ce doit être dur pour lui.

Carla croisa ses bras comme si elle se faisait un câlin à elle-même.

— Virginia était une femme tellement lumineuse et créative. Avec elle, on pouvait parler de tout. Nos séances d'accompagnement psychologique étaient très riches.

Rose tiqua et joua à celle qui avait mal entendu.

— Pardon ? Vos quoi ?

— Une fois par mois, avec les résidents qui le désirent, je prends une heure pour discuter avec eux. C'est plus informel qu'une visite chez le psychologue, mais c'est une technique qui permet de désamorcer les débuts de dépressions liés à l'âge. Virginia n'a pas été épargnée par la vie et certains des choix qu'elle a faits la hantent encore. J'espère qu'Arthur n'aura jamais à les apprendre.

Rose eut envie de demander à Carla quels étaient les secrets enfouis par Virginia, seulement, elle savait que ça ne servirait à rien de la faire passer pour une idiote. Le secret professionnel entoure les confidences de Virginia.

Peut-être qu'un tour dans le bureau de l'infirmière en chef pourrait lui apprendre tout ce dont elle avait besoin de savoir.

Chapitre 27

Il tardait à Jack que cette mission se termine. Autant il adorait Hercule, autant il commençait à se fatiguer de le promener d'un bout à l'autre de la ville. À cause des embouteillages matinaux, il arriva encore en retard. Heureusement, il put profiter de la bibliothèque qui était déserte. Il allait pouvoir souffler et se calmer de la montée d'adrénaline provoquée par la peur de ne pas arriver à l'heure. Quelqu'un avait dressé un petit buffet pour le tea time et Jack se servit un thé noir dans lequel il versa une larme de lait. Par esprit de gourmandise et parce que la route lui avait donné des émotions fortes, il eut peu de scrupule à prendre des Tim-Tam. Ce biscuit au chocolat typiquement australien, hyper calorique, dont il raffolait tant.

Il s'assit en soupirant dans l'un des fauteuils confortables qui faisaient face à l'entrée. Il but une gorgée réconfortante de thé en grignotant son gâteau, enfin serein. C'est évidemment le moment que choisit une résidente pour venir rendre visite à Hercule. Il dut accueillir l'une des sœurs Riley la bouche pleine.

— Quel beau garçon que voilà, dit-elle en s'adressant à Hercule.

Le chien comprit le signal et vint chercher des caresses, tandis que Jack observait la résidente sans savoir s'il avait affaire à Ava ou Greta. Bien qu'elle sourit avec malice, Jack vit un éclair de nostalgie passer dans ses yeux. Jack se demanda à quoi pouvait bien penser la vieille dame. Sûrement quelque chose de triste.

— Comment s'appelle ce petit ange? demanda-t-elle après s'être fait rigoureusement lécher les mains.

— Il s'appelle Hercule et moi, Jack.

— Enchantée, je m'appelle Ava Riley. Je ne vous serre pas la main, elle est toute collante.

— Voulez-vous que je vous serve une tasse de café ou de thé ?

— Non, c'est gentil.

— Est-ce que tout va bien ? Vous avez l'air un peu triste. Je me trompe ?

Ava détourna le regard, un peu honteuse.

— J'ai eu un chien autrefois. Dingo. Un fox-terrier extrêmement intelligent. C'est fou, même après toutes ses années, il me manque encore aujourd'hui.

Jack fit mine d'acquiescer, peu convaincu par l'explication de la vieille dame. Il avait beau ne pas être familier du deuil de l'animal de compagnie, il sentait qu'il y avait une autre raison à la mélancolie d'Ava.

Lui n'en avait jamais eu. Entre son enfance à l'internat et sa vie d'adulte dispersée au gré des affectations de sa femme, le sujet de l'adoption ne s'était jamais posé.

— Un si gros chien n'a-t-il pas besoin de se dépenser ? Mon Dingo ne pouvait pas tenir en place. Peut-être pourrions-nous aller marcher sur le bord de mer ?

Jack eut le sentiment qu'Ava avait besoin de compagnie.

— Qu'en dis-tu Hercule ? On va se promener ? demanda Jack en s'adressant au dogue de Bordeaux, qui à ses mots, se redressa et se mit à aboyer joyeusement.

— Je crois que c'est un oui ! s'exclama Jack en se levant.

Ils se mirent en route. Galamment, Jack avait offert son bras à Ava, qui le prit sans trop s'appuyer dessus. Le chien marchait en laisse devant eux, s'arrêtant çà et là, intrigué par les odeurs.

La vieille dame, les traits toujours abattus, observait l'horizon d'un air vague.

— Il y a autre chose que les réminiscences de Dingo, n'est-ce pas ?

Ava se tourna vers lui avec un demi-sourire.

— Vous êtes un homme perspicace.

Jack garda volontairement le silence pour pousser Ava à se confier.

— Est-ce que vous êtes soumis au secret professionnel ?

Pour des raisons éthiques, cette question crispa Jack. Il ne voulait pas lui mentir, et, d'un autre côté, il ne voulait pas risquer de rater une confession qui pourrait faire avancer leur enquête. Il se contenta de hocher la tête, sans répondre, en croisant les doigts.

— Il y a quelques mois, j'ai rencontré un homme et nous sommes tombés amoureux. À mon âge, je n'y croyais plus. Je suis une vieille fille, vous savez. Et maintenant, il me demande de partir avec lui.

Jack se demanda si elle parlait de Carl.

— C'est plutôt une nouvelle réjouissante, non ?

Ava haussa une épaule.

— Cela veut dire partir loin de ma sœur. Même si nous avons des caractères différents et que nous nous chamaillons sans cesse, je n'imagine pas ma vie sans elle. J'aurais l'impression de la trahir. Nous avons passé notre vie entière ensemble.

Jack ne savait pas trop comment réagir. Il aurait aimé que Birdie et Rose soient là, elles étaient nettement plus habiles que lui pour obtenir des confidences.

— C'est sûr que c'est un cap difficile à passer. Vous lui en avez parlé ?

— Non, elle voudrait savoir qui est l'heureux élu et je n'ai pas envie qu'elle le découvre.

Jack tiqua. La théorie de Rose allait-elle se vérifier ?

— Cela risque d'être compliqué de garder un pareil secret, non ?

Ils continuèrent à avancer sur la promenade qui longeait l'océan. Une éclaircie releva le turquoise de l'eau. L'épiphanie ne dura qu'un bref instant, le temps qu'un nuage replonge Manly dans un bleu gris automnal. Le vent soufflait par vague, mais le fond de l'air n'était pas froid.

Jack ne savait pas comment relancer la conversation ni comment l'orienter vers le meurtre d'Agatha, puis il eut une idée. C'était un peu tiré par les cheveux, mais c'était le mieux qu'il ait trouvé.

— Vous pouvez toujours dire que vous ne vous sentez

plus en sécurité dans cette résidence. J'ai entendu dire que la centenaire qui est décédée la veille de son anniversaire a été victime de vol.

Cette fois-ci, la remarque réveilla Ava aussi bien que s'il l'avait pincée.

— Quoi ? Qui vous a dit ça ?

Jack fit mine de réfléchir.

— J'avoue que je ne sais plus. J'ai rencontré tellement de personnes ces derniers jours…

— Sachez, monsieur, que l'on vous a raconté des bêtises. Personne ne se serait jamais frotté à Agatha. Lui voler ne serait-ce que son goûter, c'était s'exposer aux pires tourments.

— Vous voulez dire qu'on m'aurait menti ?

— Comme un arracheur de dents, je peux vous le certifier sur ma vie.

— L'une des employées ne s'est-elle pas fait renvoyer après avoir été accusée ?

— Si. Cette pauvre Kelly n'était peut-être pas le poisson le plus oxygéné de l'étang, mais elle ne méritait pas de perdre son travail. On a été plusieurs à intercéder en sa faveur auprès de l'ancien directeur. Il n'a rien voulu savoir. La petite a été renvoyée et l'histoire s'est arrêtée là.

Jack avait du mal à comprendre.

— Donc, rien n'a disparu ?

— Non, rien du tout. Agatha aimait faire des histoires. Personne ne lui tenait tête. Tout le monde avait peur d'elle ! Autant le personnel que les pensionnaires.

— J'ai du mal à imaginer comment une personne aussi âgée pouvait créer un tel climat de terreur.

Ava fit une pause, elle s'arrêta de marcher et regarda Jack droit dans les yeux d'une façon très solennelle.

— Mon pauvre, vous êtes loin du compte ! Agatha a forcé une des résidentes à se plaindre du vol, dans le seul but de nuire à… quelqu'un.

Le fait qu'Ava taise le nom de cette personne en révélait bien plus qu'elle ne le pensait.

— Agatha était médium, reprit la vieille dame avec une petite voix, comme si elle avait peur qu'on l'entende. Parfois, elle nous permettait d'entrer en contact avec des proches et il y avait tout un cérémonial à respecter. Et parfois… elle communiquait avec les esprits des nonnes enterrées dans la crypte et elle révélait des secrets sur chacun d'entre nous. Enfin, sur ceux qu'elle n'aimait pas. Et comme elle n'appréciait personne, les séances qu'elle organisait viraient à la roulette russe. Quand Agatha préparait une vengeance, le diable prenait des notes. À l'heure qui l'est, elle a dû le remplacer sur le trône des enfers.

Jack haussa les sourcils, stupéfait de la violence avec laquelle Ava crachait sa colère.

— On avait tous peur d'être le prochain et pourtant, on continuait de venir aux séances, terrifiés par ce qui allait sortir de sa bouche.

— Un pensionnaire m'en a parlé, mentit Jack. Il m'a confié qu'à la dernière séance, une des participantes a fait un malaise.

Ava acquiesça.

— Oui, c'était Virginia.

Jack bouillait de savoir ce qu'il s'était passé, mais il ne voulait pas bousculer la vieille dame.

— J'imagine que vous vous demandez ce qui s'est passé de si horrible pour qu'elle en devienne démente.

— J'avoue que ça m'interpelle.

— Elle a dit qu'un homme voulait lui parler.

— Et c'est tout ? s'étonna Jack, qui s'attendait à quelque chose de plus impressionnant.

— C'est tout, je ne sais pas qui c'était pour elle, mais Virginia est devenue toute blanche et elle est tombée raide.

— Vous vous souvenez du nom qu'elle a prononcé ?

— Non. Pourquoi ? C'est important ?

Chapitre 28

Rose profita que tout le monde était en pause déjeuner pour s'introduire en douce dans le bureau de l'infirmière en chef. Birdie et Lisbeth avaient chacune pour mission de surveiller Carla, mais aussi sa collègue Charlotte et de la prévenir si l'une des deux quittait le restaurant. Pour se débarrasser de son binôme, elle avait inventé un rendez-vous téléphonique avec son prétendu chéri pour qu'elle accepte de la laisser seule.

Elle prit soin de refermer la porte derrière elle afin que personne ne puisse la voir en passant dans le couloir. Son cœur battait à tout rompre et l'adrénaline faisait trembler ses mains. Cette fois-ci, elle ne pouvait pas prétendre faire le ménage. Si elle se faisait attraper, elle pouvait dire adieu à sa couverture. Seulement, elle n'avait pas le choix. Jane n'aurait jamais accepté de lui fournir les dossiers médicaux des suspects et il fallait absolument qu'elle les consulte. Au pire, si quelqu'un entrait, elle pourrait toujours se cacher derrière le paravent.

Le bureau de Carla ressemblait à n'importe quel cabinet médical avec sa table d'auscultation, à ceci près qu'au fond de la pièce, elle avait fait installer deux fauteuils qui se faisaient face. C'est là qu'elle devait tenir ses séances d'accompagnement psychologique.

Rose fila directement au fond de la pièce, vers le meuble qui prenait tout le mur avec des tiroirs à dossier. Elle chercha d'abord celui d'Agatha. Sans prendre la peine de le lire, elle en photographia le contenu pour le regarder plus tard. Elle fit pareil avec ceux de Graziella, de Virginia et des sœurs Riley, puis elle se dépêcha de tout remettre en place.

Plutôt que de rejoindre l'équipe pour le déjeuner, elle partit s'enfermer dans les toilettes du personnel. Son estomac grondait déjà à l'idée de sauter un repas, mais sa curiosité l'emportait.

Elle parcourut le dossier d'Agatha en diagonale, jusqu'à arriver aux notes prises par Carla lors de ses entretiens. Un par mois, pendant un an, de son arrivée à son décès.

Observation clinique :

Note de séance 1. L'anamnèse de la patiente révèle un tableau complexe marqué par des traumatismes précoces et des deuils répétés, structurant son récit de vie tant à l'âge prépubère qu'à l'âge adulte. On observe une inhibition marquée de la capacité de liaison : Agatha semble dans l'incapacité d'investir le lien social de manière sécurisée. Malgré une inclusion proactive par ses pairs au sein de la résidence, elle maintient une distance défensive. Fait notable : l'absence de plainte liée à l'isolement, suggérant un retrait narcissique ou une autosuffisance affective.

Note de séance 2. La patiente persiste dans une compulsion de répétition de son récit tragique. L'identité semble s'être cristallisée autour d'une « posture de malheur », qui fait office de rempart contre tout changement thérapeutique. Il y a une résistance manifeste à l'idée d'une évolution vers une phase de vie plus sereine. J'ai préconisé une consultation psychiatrique pour évaluer une éventuelle comorbidité, mais la patiente manifeste un transfert exclusif sur nos séances, refusant toute intervention médicale tierce.

Note de séance 5. Entretien portant sur l'incident impliquant Graziella et les sœurs Riley. On note une absence totale de culpabilité ou de remords chez Agatha. Depuis son admission, le climat groupal s'est nettement dégradé, marqué par une recrudescence des passages à l'acte entre pensionnaires. L'hypothèse initiale d'une incapacité sociale doit être réévaluée : Agatha semble plutôt agir comme un vecteur de désorganisation relationnelle. Elle développe une dynamique de tension, voire de terreur psychologique, semblant réagir de manière hostile à toute manifestation de bien-être chez autrui. Situation signalée à la direction et en réunion pluridisciplinaire.

Note de séance 6. Signalement de la part d'une autre résidente (Kelly). Agatha exercerait des pressions psychologiques et des manœuvres d'intimidation lors d'activités informelles (soirées jeux). Le cadre ludique semble être détourné au profit d'un exercice de pouvoir sur ses pairs.

Note de séance 11. Focalisation obsessionnelle sur l'approche de son centième anniversaire. Le discours est hermétique à tout autre sujet. On observe une indifférence affective inquiétante (émoussement émotionnel) concernant l'accident vasculaire cérébral subi par Virginia lors d'une récente activité sociale ; la patiente n'a manifesté aucune empathie, l'événement étant totalement éclipsé par son propre investissement narcissique.

Rose passa au dossier d'Ava.

Observations cliniques :

Note de séance 28. Le travail thérapeutique porte ses fruits : Ava amorce un processus d'individuation vis-à-vis de sa sœur. On observe une prise de conscience progressive de la dynamique d'emprise exercée par Greta. Ce désir d'autonomie se manifeste par un investissement de son espace personnel (réappropriation de son environnement physique). L'arrivée d'Agatha a été accueillie avec un enthousiasme qui contraste avec son inhibition habituelle.

Note de séance 30. Émergence d'un investissement affectif extérieur. La patiente évoque une relation amoureuse tenue secrète par crainte d'une intrusion ou d'un sabotage de la part de sa sœur (« qu'elle vienne tout gâcher »). Cette rétention d'information marque une étape importante dans la protection de son jardin secret.

Note de séance 34. Inhibition verbale suite au conflit opposant Greta, Graziella et elle-même. La triade relationnelle semble s'être effondrée. La patiente manifeste une anxiété latente et reste évasive quant à ses interactions avec Agatha. On note l'apparition d'un sentiment de peur, suggérant une position de soumission ou de menace ressentie.

Note de séance 39. La patiente présente un état de stress réactionnel suite à l'hospitalisation de Virginia. Un mécanisme de défense de type évitement est observé dès que l'atelier de jeux de société est mentionné. Elle a toutefois consenti à lister les participants présents (huit personnes identifiées, incluant le noyau habituel), mais le contenu des échanges reste sous silence, probablement par crainte de représailles.

Note de séance 41. On observe un soulagement post-traumatique manifeste suite au décès d'Agatha. Le discours redevient fluide, notamment concernant son projet de vie extérieur avec son partenaire. Cependant, le conflit d'ambivalence persiste : le désir de départ se heurte à une angoisse de séparation massive vis-à-vis de sa sœur. La patiente reporte continuellement la confrontation nécessaire à son émancipation.

Rose parcourut le dossier de Graziella, qui ne lui apprit rien de plus que ce qu'elle ne savait déjà. En revanche, celui de Virginia contenait une véritable révélation.

Observation clinique

Note de séance 12

La patiente verbalise de manière récurrente une nostalgie liée à son statut social antérieur. Elle évoque un besoin de réinvestissement de sa créativité à travers la peinture, ce qui semble être une tentative de sublimation face à une blessure narcissique profonde : le sentiment de déclassement et la perte de sa notoriété passée.

Note de séance 22. Les entretiens cliniques avec Virginia demeurent, à ce jour, peu productifs sur le plan analytique. On observe une inhibition marquée du discours : la patiente semble s'enfermer dans des stratégies d'évitement, maintenant une distance défensive vis-à-vis du noyau de son angoisse.

Note de séance 26. La patiente manifeste une tension psychique croissante, suggérant l'existence d'un secret qu'elle n'est pas encore prête à verbaliser. Elle s'approche régulièrement de thématiques sensibles avant de se rétracter, signe d'un conflit intérieur entre le besoin de décharge émotionnelle et la peur des conséquences de sa parole.

Note de séance 31. Lors de notre dernière séance, un verrou psychologique a sauté. Virginia a révélé un secret de famille : son fils est issu d'une relation extra-conjugale passée et Arthur n'est pas le géniteur biologique. La patiente met en lumière l'origine de la culpabilité massive qui entravait jusqu'ici son travail thérapeutique. Une révélation accidentelle ou malveillante de ce secret de filiation représenterait un choc traumatique majeur pour Arthur. Compte tenu de son âge et de son investissement affectif dans son rôle de père. Une telle remise en question de son identité familiale pourrait provoquer une faille narcissique profonde, voire une décompensation dépressive sévère. La stabilité psychique du conjoint est ici directement corrélée au maintien de ce silence. Le cadre de confidentialité doit rester absolu pour protéger l'intégrité du couple au sein de la résidence.

Et si, sans le vouloir, Carla avait brisé ce secret professionnel ?

Chapitre 29

L'Emerald Club avait dû attendre la fin de l'après-midi pour se réunir dans la chambre de Birdie et Lisbeth. Rose trouvait que c'était un peu risqué, mais Birdie brossa son inquiétude d'un revers de la main.

— Je n'aurais qu'à prétendre que je voulais voir Hercule, qu'il a laissé un petit paquet sur mon tapis et que je t'ai appelée pour nettoyer.

Rose sourit en regardant le chien qui lui faisait les yeux doux. Hercule ne faisait pas de "petit paquet", il faisait des étrons de la taille d'un petit mammifère.

— Certes, c'est envisageable, reconnut Rose, qui avait pris soin d'apporter son chariot de ménage.

Le salon semblait un peu exigu avec Birdie et Lisbeth assises sur le canapé, tandis que Jack et Rose étaient installés sur les fauteuils. Hercule s'était allongé en plein soleil sous la fenêtre, les pattes en l'air pour se réchauffer le ventre.

Bien qu'ils s'envoyaient des messages pour se tenir au courant de leurs dernières découvertes, Birdie avait tenu à ce qu'ils discutent de vive voix pour décider de la direction à prendre.

Rose se sentait gênée de ne pas avoir son ordinateur avec elle ni le grand écran de la Birdcave. Elle n'aimait pas travailler sans avoir une vision d'ensemble, alors elle sortit son téléphone pour prendre des notes dans son tableau Excel.

— J'appelle l'inspecteur Carter, les prévint Birdie.

Une fois la vidéo allumée, ils purent commencer.

— Dites-nous Lance, vous avez du nouveau pour Carl ?

Rose regardait le policier à travers le portable de Birdie posé en équilibre contre un vase, en bout de table. Elle dut se rapprocher et échanger sa place avec Lisbeth pour se mettre à droite de l'appareil afin d'entendre au mieux.

— Je ne peux pas utiliser ce que Lisbeth a trouvé pour arrêter Carl. En revanche, j'ai arrêté et interrogé le prêteur sur gages. Je lui ai montré la photo de notre suspect. Il l'a tout de suite reconnu. Carl est bien venu plusieurs fois lui rendre visite, mais pas pour vendre. Pour acheter.

— Pour acheter quoi ? demanda Birdie qui attendait la suite avec impatience.

— Une bague de fiançailles. Le prêteur sur gages venait d'en recevoir une qu'il lui a proposée pour deux mille dollars.

— Pourtant, il m'a dit qu'il était célibataire… fit remarquer Lisbeth.

— Cette bague est peut-être pour Ava. Elle m'a confié vouloir partir avec son amoureux, ajouta Jack. Je sais que l'on n'a aucune confirmation de s'ils entretiennent une relation, mais, si c'est le cas, Agatha a pu l'apprendre. Et dans ce cas-là, Carl a un bon mobile et, après avoir lu les rapports de l'infirmière en chef, Ava aussi.

— Comment prouver que Carl et Ava entretiennent une idylle ? demanda Lisbeth un peu dubitative. Aucun des deux ne se confiera à nous.

Birdie n'était pas de cet avis.

— Nous, ça va être compliqué. En revanche, Jack, lui, a une chance.

— Moi ? Pourquoi moi ?

— Parce qu'elle s'est déjà confiée à toi ! Retourne la voir avec Hercule ! Et prêche le faux pour savoir le vrai ! lui conseilla Birdie.

Jack se prit la tête dans les mains.

— Je ne suis pas aussi bon que vous pour tirer les vers du nez. Je ne vais pas savoir comment m'y prendre.

Jack avait l'air complètement dépassé par cette tâche et Rose vint à sa rescousse.

— Tu n'as qu'à lui faire croire que Carl t'a parlé. Par exemple, j'ai vu Carl à midi, il m'a montré la bague, elle est magnifique. Si elle ne sait pas de quoi tu parles, tu le sentiras tout de suite.

Jack hocha la tête, résigné.

— Et surtout, si vous avez les aveux d'Ava, je pourrais interroger Carl sur la foi d'une dénonciation anonyme pour abus de confiance et tenter de lui faire avouer le meurtre d'Agatha.

— Comptez sur moi, inspecteur.

— Merci, Jack, Carl est notre meilleur suspect. Il a un bon mobile, l'opportunité et l'accès aux médicaments.

— Il y a une autre personne qui a un bon mobile, renchérit Rose. Arthur.

— Arthur ? s'exclama Jack, choqué. Pourquoi lui ? Il n'a jamais mentionné Agatha et il est totalement dédié à sa femme.

— Justement. Sa femme est tout pour lui et voilà qu'Agatha a détruit leur relation. Ce n'est quand même pas rien.

Après quelques secondes de réflexion, Jack dut admettre qu'elle n'avait pas tort.

— C'est vrai. Arthur m'a paru en colère. J'ai mis ça sur le compte du deuil de la femme qui l'avait connu.

— Virginia aussi avait une bonne raison de tuer Agatha. Elle avait découvert qu'Arthur n'était pas le vrai père de son fils.

— Impossible, Virginia avait déjà perdu la boule, lui rappela Lisbeth.

— Peut-être qu'elle simule, insista Rose.

— Dans quel intérêt ? demanda Lance. La mort d'Agatha a eu lieu il y a deux semaines et personne ne suspecte un acte criminel. Pourquoi continuer de faire semblant alors qu'elle pourrait retrouver miraculeusement la santé ?

— Lance a raison ! Si Virginia était au courant, elle n'aurait pas reçu le choc nécessaire pour provoquer un AVC. Les médecins s'en seraient rendu compte. Je ne pense pas qu'Agatha l'avait prévenue, cependant, je suis certaine qu'elle voulait qu'Arthur se pose des questions. Imaginez, ils ont eu la vie qu'elle rêvait d'avoir. Agatha ne supportait pas le bonheur des autres. Ce qu'elle voulait, c'était détruire leur amour.

À bien y réfléchir, ses amis n'avaient pas tort.

— Et en ce qui concerne Graziella et cette histoire de vol

de bijoux ? demanda Lance. On en sait plus ?

— Je rencontre Kelly ce soir. Elle est d'accord pour me voir. Il y a de fortes chances pour qu'elle me confirme ce qu'on sait déjà, que ce vol n'a jamais existé. En revanche, elle pourra nous donner des pistes pour savoir pourquoi Graziella a menti.

— Vous faites un super travail ! les félicita Lance. Je vous laisse, je dois y retourner.

L'inspecteur raccrocha et Jack se leva à son tour.

— Je vais discuter avec Ava. Croisez les doigts pour moi !

Jack déambula un moment dans les couloirs de la résidence avant de tomber sur Ava dans le jardin. Il la trouva en compagnie d'Aldo et Greta. Les trois étaient en train de boire un apéritif avant l'heure du dîner. Il remarqua qu'Ava se tenait un peu en retrait, les yeux dans le vague.

— Voilà le sac à puces dont tout le monde parle ! s'exclama Aldo en parlant trop fort. Allez, viens voir Aldo ! Viens !

L'homme s'évertuait à charmer le chien qui ne lui accorda pas un regard. En revanche, il alla chercher des câlins auprès d'Ava.

— Il n'est pas un peu couillon ce clebs ? Ou alors, il est sourd comme Aldo !

Le vieil homme s'esclaffa à sa propre blague en tapant sa main sur sa cuisse, tandis que Greta eut un petit rire en cascade. À croire que sa réflexion était hilarante.

— Je vais faire un dernier tour avec Hercule, vous voulez

m'accompagner ?

La question qui s'adressait à Ava avant tout n'eut pas l'engouement escompté.

— Aldo finit son verre, il n'a pas le temps pour la promenade, pas vrai, les filles ?

— C'est bien vrai ça ! ricana bêtement Greta.

— Je serai ravie de vous tenir compagnie, dit Ava en se levant. Hercule à ses côtés.

Sa sœur la regarda d'un air mauvais, puis haussa une épaule comme si la situation lui était égale.

Ils firent quelques pas dans le silence, avant que Jack ne prenne la parole.

— Vous ne lui avez toujours pas parlé, n'est-ce pas ?

— Non, la situation devient de plus en plus imminente et je n'arrive pas à lui avouer.

Ava prit Jack par le bras avant de continuer à se confier.

— Ce n'est pas une chose aisée que d'expliquer à Greta que je ne vais pas tarder à me marier. Elle va tellement m'en vouloir.

— Pourquoi vous en tiendrait-elle rigueur ? Après tout, elle a Aldo dans sa vie.

Un instant, les yeux d'Ava brillèrent d'une lueur mauvaise.

— Aldo n'est avec aucune de nous. Il flirte pour s'amuser. À une époque, il nous écrivait des lettres d'amour. J'y ai cru jusqu'à ce que je me rende compte que je n'étais pas la seule. Ce pauvre homme se croit irrésistible, alors qu'il est d'un vulgaire. Je ne comprends pas pourquoi Greta s'est autant attachée à lui. J'ai hâte de me sentir libérée de tout ça.

Jack repensa beaucoup aux notes trouvées dans le dossier d'Ava : la possibilité de s'enfuir avec un homme, se libérer de l'emprise de sa sœur. Il se fit la remarque qu'Ava n'avait pas dû avoir une vie facile.

— Vos rapports avec votre sœur ont-ils toujours été comme ça ?

Ava eut un sourire triste en y pensant.

— Nos parents sont devenus riches grâce à une entreprise de menuiserie fondée par mon grand-père. Ma mère venait d'un milieu modeste et elle souhaitait que l'on fasse la saison des débutantes pour nous introduire dans le grand monde. Elle rêvait pour ses filles de tout ce à quoi elle n'avait pas eu accès. Son ambition pour nous était si grande qu'elle a fini par se retourner contre nous. Elle rejetta un à un nos prétendants au motif qu'ils n'étaient pas assez bien pour nous. À force, nous avons terminé vieilles filles. Pour une raison que j'ignore, Greta m'en a toujours voulu.

— Pourquoi avez-vous peur de le lui annoncer dans ce cas ?

— Parce qu'elle ne comprendrait pas.

C'était le moment pour Jack de se jeter à l'eau. Il tenta le coup de bluff conseillé par Rose et Birdie.

— Quoi ? Que vous soyez avec un homme plus jeune ?

Ava s'arrêta et se retourna vers lui, mortifiée.

— Comment vous savez ? Qui vous l'a dit ?

— Je l'ai deviné, la rassure-t-il. C'est une évidence.

La vieille dame se mit à rougir telle une adolescente.

— Je sais ce que vous vous dites. Un homme comme lui avec une femme comme moi. Vous imaginez sûrement qu'il me courtise pour mon argent.

Jack était au supplice, il fallait qu'Ava donne le nom de Carl.

— Je vous mentirais si je disais que je n'y ai pas pensé.

— Détrompez-vous, vous êtes loin du compte. Nous sommes des âmes sœurs. Il m'aime depuis le premier jour et moi aussi. Il a mis du temps à se déclarer et je suis heureuse qu'il l'ait fait.

— Il vous a demandé en mariage ?

— Oui. La plus simple et belle des demandes. Le pauvre n'avait pas encore l'alliance. Il m'a dit en avoir trouvé une magnifique chez un bijoutier spécialisé dans les antiquités.

Ava, toujours rougissante, semblait sur un nuage de bonheur. Elle en pleurait presque de joie. C'était douloureux à regarder. Surtout que Jack savait que cette demande n'était qu'une façon de dépouiller Ava.

— J'espère que vous avez fait un contrat de mariage.

— Allons, Jack, ne soyez pas vulgaire. Carl me l'a proposé, mais j'ai refusé. Je ne veux pas qu'il croie que je le pense capable d'une telle chose. Nous nous aimons, vous comprenez. Je sais que cela semble incroyable avec la différence d'âge, et pourtant, les sentiments ne mentent pas.

Les sentiments, non, se dit Jack. Les gigolos, en revanche,

savent s'y prendre pour manipuler une personne.

Chapitre 30

Kelly lui avait donné rendez-vous au bar à côté des quais du ferry. Rose l'aperçut au loin, elle était très apprêtée, comme si elle se préparait à sortir. À l'intérieur, la musique était assourdissante et Rose dut lui demander si elles pouvaient aller s'installer dehors.

— Je suis désolée, avec mon implant, je n'entends rien, sinon. Et puis, la vue sur la baie est plus sympa !

— Pas de soucis, répondit-elle sur ses gardes. Pourquoi tu tenais absolument à me parler ?

Rose soupçonnait sa collègue d'avoir contacté Kelly pour la prévenir.

— Je viens d'être embauchée et Charlotte m'a raconté ce qui t'était arrivé.

À la mention du vol des bijoux, le joli visage de Kelly se crispa. La jeune femme avait appliqué tellement de fond de teint que Rose pouvait voir la démarcation sur son cou. Elle s'était maquillée "à la truelle", aurait dit sa mère.

Une serveuse les interrompit. Rose commanda une bière et Kelly un cidre.

— Tu veux dire l'accusation de vol ? cracha-t-elle.

— Oui, Charlotte m'a dit que tu avais été accusée à tort et je trouve ça inadmissible. Ils n'ont pas le droit de t'accuser sans preuve.

Les boissons arrivèrent et Kelly but directement à la bouteille, en regardant Rose d'un air un peu suspicieux.

— C'est clair ! En revanche, je ne vois pas en quoi ça t'intéresse ?

Les deux femmes se jaugèrent pendant quelques secondes avant que Rose ne reprenne.

— Je suis consciente que tu ne me connais pas, mais je crois que je peux prouver ton innocence. Je crois que le voleur est un des résidents.

Rose avait menti sans réfléchir, dans le seul but d'obtenir le témoignage de Kelly. Elle se trompait sûrement, pourtant, une petite voix lui murmurait que cette affaire de bijoux volés avait peut-être un rapport avec la mort d'Agatha.

Finalement, la jeune femme soupira en haussant les épaules, l'air embêté.

— Je n'ai pas le droit d'en parler, j'ai signé une clause de confidentialité.

Rose n'insista pas de peur de braquer la jeune femme et, après quelques instants d'hésitations, Kelly se mit à table.

— En fait, il n'y a pas grand-chose à dire. Pour être honnête, je n'ai rien vu venir. Une des résidentes a dit s'être fait voler des bijoux de valeur et, en l'espace de quelques heures, tout s'est enchaîné. J'ai été convoquée et licenciée dans la foulée sans comprendre ce qui venait de se passer.

— Tu connais son identité ?

— Oui, c'était Graziella. Une mamie adorable que j'appréciais beaucoup. Franchement, je n'ai toujours pas compris pourquoi elle m'a joué ce sale tour.

Kelly, les yeux baissés vers le sol, jouait avec l'une de ses créoles pour se donner une contenance.

Rose, qui s'attendait à plus de détails, fut un peu déçue.

— Est-ce que tu as une idée de pourquoi c'est tombé sur toi ?

Kelly eut un rictus dégouté.

— Oh que oui ! La veille, je suis rentrée dans le bureau de Carl pour faire le ménage. Vu que c'était en dehors des heures de consultation, je m'attendais à ce qu'il soit vide et… Je l'ai surpris en train d'embrasser une des pensionnaires.

— Comment a-t-il réagi ?

— Très mal. Il m'a jeté dehors comme une malpropre. J'ai trouvé sa réaction disproportionnée. Quand j'en ai été accusée, j'en ai parlé au directeur.

— Et qu'a-t-il dit ?

Les sourcils parfaitement épilés de Kelly se froncèrent de colère.

— Que Carl, contrairement à moi, avait toute sa confiance. En gros, il m'a traitée de menteuse.

Rose sentait que la jeune femme lui dissimulait encore des informations.

— Est-ce que tu sais pourquoi la police n'a pas été prévenue ?

— Le directeur a dit que c'était pour me faire une fleur. Soi-disant qu'il ne voulait pas mettre un stop définitif à une carrière prometteuse. Une carrière prometteuse, cracha-t-elle avec dédain. Je faisais le ménage dans une maison de retraite. Quelle blague !

— Tu veux dire que le directeur n'a pas voulu appeler la police ?

— J'ai pris le temps d'y réfléchir et la seule raison qui me vienne à l'esprit, c'est que si la presse apprenait ce que j'avais vu dans le bureau du kinésithérapeute, le directeur se serait retrouvé dans de beaux draps. Et il n'y a pas que lui. Graziella aussi ! Elle avait toutes les raisons du monde de porter plainte et, pourtant, elle ne l'a pas fait. Le directeur a démissionné quelques jours après mon départ. Soi-disant pour une urgence familiale. Mais moi, je pense qu'il a fui.

Cette histoire de bijoux était un vrai casse-tête. Carl et l'ancien directeur étaient-ils de mèche ?

Rose voyait tous les éléments de cette affaire comme les pièces d'un puzzle dont elle n'avait pas l'image d'ensemble. Pour l'instant, il lui était difficile de les rassembler. Puis, elle repensa à ce que lui avait Kelly.

— Est-ce que tu te rappelles la résidente que tu as surprise dans le bureau de Carl ?

— Oui, c'était Ava Riley.

Au même moment, le dîner était en train d'être servi à “The last resort”. Au menu, un repas d'inspiration thaïlandaise. Birdie était en train de se régaler d'un sauté à la cacahuète accompagné de riz à la noix de coco.

Ce soir, l'ambiance autour de la table était bonne. Pour la première fois depuis qu'elles l'avaient rencontrée, Virginia était dans ce qu'Arthur appelait, un bon jour. Elle animait la conversation en leur racontant sa première grosse vente de tableau.

— Il faut que vous vous imaginiez la scène, début des années quatre-vingt-dix, j'avais une coupe de cheveux crépus qui tenait avec une tonne de laque. À cette époque, mon nom ne voulait rien dire dans le milieu, j'étais une parfaite inconnue, alors, quand ce galeriste de King Cross m'a proposé un espace, j'étais aux anges. Et...

Soudain, Virginia s'arrêta de parler, elle regarda Arthur, un peu perdue, sans plus se souvenir de ce qu'elle voulait dire.

— Et un acheteur américain est venu au vernissage, l'encouragea Arthur.

— L'acheteur ? Je suis en retard pour le vernissage ? demanda-t-elle, un peu affolée.

— Mais non, ma chérie, tout va bien.

Virginia paraissait perturbée, elle regardait autour d'elle comme si elle ne reconnaissait rien.

— Mange mon cœur, ça va refroidir. Tu n'as pas touché ton assiette, dit Arthur en la guidant pour lui changer les idées.

Un silence de mort s'abattit autour de la table, on n'entendait plus que le bruit des couverts cliquetant sur les assiettes. Virginia, loin de manger, commença à s'agiter.

— Arthur, je n'ai plus faim. Je veux rentrer à la maison.

— Bien sûr. Je vais prendre le reste du repas à emporter

et on peut le manger devant un bon film.

Cette idée eut le don d'apaiser Virginia et elle accompagna Arthur docilement jusqu'à la chambre. Ils furent arrêtés en chemin par l'infirmière en chef qui avait l'air de donner des recommandations à Arthur. À la façon dont ce dernier hochait la tête, Birdie comprit qu'il n'aimait pas ce qu'il entendait.

— La pauvre, constata Graziella. C'est vraiment triste de la voir dans cet état. Elle paraissait plus en forme ce soir. Si vous saviez combien nos repas étaient stimulants avant son AVC. Je ne sais pas comment Arthur fait pour gérer. Surtout avec cette épée de Damoclès au-dessus de sa tête.

— Que voulez-vous dire ?

Graziella s'essuya la bouche avec le coin de sa serviette en prenant garde à ne pas faire couler son rouge à lèvres carmin.

— Carla veut que Virginia soit placée dans une institution médicalisée. Elle a encore été retrouvée dans les couloirs cet après-midi alors qu'Arthur s'était endormi.

— Oui, je l'ai croisée, mentit Birdie. Elle m'a parlé d'un homme qui lui faisait peur. Elle disait chercher à lui échapper.

Une expression de surprise se dessina sur le visage de Graziella.

— Qui donc ?

Birdie se tourna vers Lisbeth, qui joua le jeu.

— Tu te souviens de comment elle l'a appelé ?

Lisbeth fit mine de réfléchir, tout en énumérant des débuts de noms.

— Non, désolée, ça ne me revient pas. En revanche, elle avait vraiment l'air terrifiée par lui.

Graziella plaça une main sur sa poitrine avec un air grave.

— Est-ce qu'elle n'aurait pas prononcé le nom de Marc Thompson, par hasard ?

Birdie connaissait ce nom. C'était celui de l'homme assassiné dans la banque.

— Oui, c'est le nom qu'elle appelait.

— C'est le nom que…

Graziella se tut avant de leur en dire plus.

— Quoi ? insista Birdie pour comprendre ce qui reliait Virginia à cette vieille affaire non classée.

La vieille femme scanna la pièce pour s'assurer que personne ne les écoutait.

— Vous vous souvenez quand je vous ai dit qu'Agatha était médium et que l'on se réunissait une fois par mois ?

Birdie et Lisbeth hochèrent la tête, accrochées aux lèvres de Graziella, attendant d'avoir sa version de l'histoire.

— La dernière fois que nous avons organisé une séance, Agatha a prononcé le nom de cet homme et Virginia est devenue toute blanche et elle est tombée raide. J'ai cru qu'elle était morte. Heureusement, l'infirmière en chef a pris la situation en main. Elle a été amenée en ambulance à l'hôpital et elle y est restée quelques jours avant de revenir.

Birdie, silencieuse, réfléchissait aux implications de ce

qu'elle venait d'apprendre. Tandis que Graziella, maintenant lancée, semblait avoir envie de raconter tout ce qu'elle savait sur cette histoire.

— Cet homme était un employé de banque qui a été assassiné par sa femme, murmura-t-elle comme on révèle un secret.

— Pardon ?? s'exclama Birdie, plus fort qu'elle ne l'aurait dû. Comment l'avez-vous appris ?

— J'ai suivi l'affaire. Mon père était actionnaire dans cette banque. Il m'a confié à l'époque du meurtre que la coupable était sa femme. L'affaire s'est enlisée. Il faut dire que la femme en question était la fille du directeur. Je serais prête à parier qu'un petit billet a aidé les forces de l'ordre à détourner le regard, si vous voyez ce que je veux dire.

Graziella leur jeta un regard entendu, avant de reprendre.

— Après son retour de l'hôpital, j'ai essayé d'interroger Virginia pour savoir comment elle connaissait Marc Thompson. Sans succès. Chacune de mes questions la mettait dans un état d'angoisse. J'ai eu peur de lui provoquer une autre attaque. Quand j'ai demandé à Arthur, il m'a dit qu'il était son conseiller bancaire. Il n'est pas rentré dans les détails. C'est étrange, non ?

Chapitre 31

Rose, les yeux fixés sur l'entrée du bar, attendait le détective privé embauché par une ancienne victime de Mila. Elle avait réservé un box dans un pub à l'ambiance cosy, près de chez elle, afin qu'ils puissent discuter sans être embêtés par une musique trop forte ou des personnes trop alcoolisées.

Elle commanda un soda et une assiette de frites quand un homme se dirigea droit vers elle. Parce qu'elle avait vu trop de séries policières, Rose s'attendait à voir débarquer un cinquantenaire fatigué, à l'allure patibulaire et elle fut surprise de se retrouver face à un mec de son âge, plutôt sexy. Des cheveux courts, blond cendré, des yeux verts envoutants et un visage doux.

— Marcus Miller, se présenta-t-il en lui serrant la main avec un sourire franc. Pardon de vous avoir fait attendre, il y avait un peu de trafic.

Il s'assit en face de Rose et commanda une bière blonde.

— Merci d'avoir accepté de me rencontrer, lui dit-elle, une fois la serveuse partie.

— Nous avons les mêmes intérêts dans cette histoire. Je n'ai jamais pu retrouver la trace d'Emma, ou de Mila, comme vous préférez l'appeler.

Le jeune détective avala une gorgée de sa bière. Rose le sentait sur la défensive, comme s'il faisait de cette histoire une affaire personnelle.

— Vous voulez bien me parler de vos découvertes ?

— Pas de problème. Sur ces dernières années, j'ai remonté la piste de deux autres victimes. Ce qui fait quatre hommes en tout avec votre ami. Je pense que nous avons affaire à une professionnelle. Son arnaque est bien rodée et particulièrement retorse. Environ tous les deux ans, à chaque fois sous une identité différente, elle rencontre des hommes, les séduit et les épouse. Au lendemain du mariage, elle se rend à la banque avec un homme qu'elle fait passer pour son mari et contracte des prêts sur le compte joint. Et le jour du voyage de noces, elle s'enfuit avec l'argent. Elle est organisée et insensible. C'est pour cette raison qu'elle est redoutable, comme arnaqueuse.

Rose sentit un picotement dans la poitrine. Jusque-là, elle n'avait pas réalisé à qui elle avait à faire. Elle sortit son calepin, prête à noter.

— J'en suis arrivée à la même conclusion. Mon ami est un enquêteur de la criminelle et elle a réussi à le fourvoyer. Son travail l'oblige à être méfiant et pourtant, il est tombé dans ses filets. Vous savez comment les autres victimes l'ont rencontrée ?

— Tous les trois lors de conférences sur l'investissement immobilier, répondit Marcus en ouvrant son dossier. Gary est inspecteur des impôts, Edgar comptable, et Jonathan huissier. Des hommes discrets, qui gagnent bien leur vie et cherchaient à se constituer un patrimoine.

— Exactement comme Lance, murmura Rose en notant. Elle cible des profils très précis.

Marcus feuilleta quelques pages avant de continuer.

— D'après leurs témoignages, elle utilisait toujours la même approche. Des échanges de regards pendant la conférence. À la pause-café, elle engageait la conversation en prétendant ne rien comprendre à l'investissement immobilier.

— Elle jouait la carte de la vulnérabilité pour qu'ils se sentent valorisés, compléta Rose. Qu'ils aient envie de la protéger.

— Exactement. Tous les trois m'ont dit la même chose : elle leur donnait l'impression d'être uniques, importants. Elle ne les impressionnait pas comme d'autres femmes auraient pu le faire. Mon client m'a confié qu'il s'imaginait déjà raconter leur rencontre à ses petits-enfants.

Rose tapota son stylo contre son calepin.

— Combien de temps entre chaque victime ?

— Plus ou moins deux ans. Toujours des mariages intimes, une dizaine de personnes maximum. Elle insistait pour ne pas dépenser d'argent inutilement, prétextant qu'il valait mieux investir dans leur avenir. Même sa robe était de seconde main.

Rose sentit une colère sourde monter en elle.

— Et ils ne vivaient pas avec elle, j'imagine ?

— Non. Elle prétextait être toujours en déplacement professionnel et faisait du gardiennage de maison, ce qui justifiait qu'elle ne puisse jamais les recevoir chez elle.

Machinalement, Rose griffonna au stylo noir, une case sur deux de sa feuille quadrillée.

— Est-ce qu'ils ont remarqué si elle avait des habitudes particulières ? Des détails qui pourraient nous aider à la retrouver ? Par exemple, est-ce qu'elle prenait des médicaments ?

Marcus consulta ses notes.

— Non, rien de tout ça. Les trois hommes que j'ai rencontrés m'ont tous dit la même chose. Elle portait des vêtements classiques, rien de tape-à-l'œil. Aucun tatouage. Pas d'allergie connue.

— Une femme invisible, en somme, résuma Rose en soufflant.

— C'est ça. Et leurs activités ensemble étaient tout aussi discrètes. Des randonnées le week-end, des soirées pizza-film à la maison. Elle prétextait ne pas aimer les restaurants ni le shopping.

Rose fronça les sourcils.

— C'est pratique pour garder le contrôle et ne pas laisser de traces. Pas de notes de restaurant, pas d'achats avec une carte bancaire dans des boutiques... Et les réseaux sociaux ?

— Elle n'en avait aucun et ses victimes non plus.

— J'imagine que c'est l'une des raisons pour lesquelles elle les choisissait. Est-ce qu'ils étaient sur des applications de rencontre ?

— C'est la première piste que j'ai creusée et ça n'a rien donné. Ils étaient tous sur des plateformes différentes.

Rose se mordilla l'intérieur de la joue, concentrée.

— On en revient aux conférences... Elles étaient

payantes ?

— Oui, une cinquantaine de dollars. Pourquoi ?

— Parce que ça veut dire qu'il y avait un formulaire d'inscription, un paiement en ligne. Des données personnelles quelque part.

Marcus acquiesça, visiblement impressionné par son raisonnement.

— Vous feriez une bonne détective. J'ai déjà exploré cette piste. Les formulaires étaient basiques : tranche d'âge, tranche salariale, rien de très personnel.

Rose sourit à sa remarque. Elle lui avait caché qu'elle faisait partie d'un club de détectives amateurs. Elle avait beau avoir résolu trois enquêtes pour meurtre en un an, elle n'assumait pas encore d'en parler ouvertement. Surtout à quelqu'un du métier.

— Il doit forcément y avoir un lien avec ces conférences. Quel est le nom de l'entreprise qui les organisait ?

— Fidus. C'est une compagnie légitime, il n'y a rien de frauduleux de ce côté-là.

— Quelqu'un de l'intérieur pourrait avoir accès aux données des participants, insista Rose, son cœur s'accélérant. Le fameux «frère» de Mila, celui qui se faisait passer pour Cory. Il travaille peut-être pour Fidus.

Marcus secoua la tête.

— C'est une hypothèse que j'ai envisagée. J'ai fait une vérification de tous les employés et aucun ne correspond de près ou de loin à la photo de Cory. Je pense qu'ils montent leur arnaque à deux. En plus de l'accompagner à la banque, il doit faire une forme de repérage des profils masculin. Les hommes ont tendance à se sentir plus à l'aise pour engager une conversation avec un autre homme qu'avec une femme.

Défaitiste, Rose s'adossa contre la banquette. Une par une, elle voyait ses pistes se tarir l'une après l'autre. Marc dut se rendre compte de son trouble.

— Cela fait bientôt deux ans que je cours après cette femme. Elle est insaisissable, tenta-t-il de la rassurer. Et même si on lui met la main dessus, elle ne sera accusée que d'usurpation d'identité et de polygamie. Autant vous dire qu'elle sera dehors très vite. Je suis désolé pour votre ami.

Marcus avait peut-être abandonné la partie, mais pas elle. Elle remuerait ciel et terre pour la retrouver. Elle en faisait une affaire personnelle. Mila ferait mieux de se préparer à ce qui allait lui tomber dessus.

Chapitre 32

Rose sentit le réveil de sa montre connectée vibrer pour lui signaler qu'il lui fallait se lever. Elle grogna, épuisée. Elle enchaînait les nuits courtes et les deux enquêtes lui grignotaient son temps personnel. Dès qu'il la sentit bouger, Hercule vint lui lécher le visage.

— Arf, c'est dégoûtant.

Le chien, plus efficace que n'importe quel réveil matin, se mit à aboyer. Heureusement pour elle, comme elle ne portait pas son processeur, elle ne pouvait pas l'entendre. C'était l'une de ses habitudes matinales. À part si elle vivait avec une autre personne, elle préférait le monde du silence pour commencer sa journée.

Elle descendit à la cuisine, sans croiser Edward et elle déduit qu'il devait sûrement déjà être parti au travail. Elle ouvrit la baie vitrée pour qu'Hercule puisse aller se soulager. Elle l'accompagna et, comme elle trouva la température agréable, elle retira son tee-shirt Scooby Doo qu'elle gardait pour dormir et plongea en culotte dans la piscine. Une habitude qu'elle avait prise quand elle vivait seule chez Edward.

Elle fit quelques longueurs avant de s'allonger dans l'eau, telle une étoile de mer. Elle fixa le ciel bleu, sans nuages avec un sentiment de plénitude. Cette petite baignade improvisée lava sa mauvaise humeur.

Étant donné qu'elle n'avait pas pensé à prendre une serviette, Rose n'eut pas d'autre choix que de remettre son tee-shirt. Elle rentra dans la cuisine en mettant de l'eau partout et se fit couler un cappuccino. Une fois sa tasse en main, assise au bord de la piscine, les jambes dans l'eau, elle ouvrit son téléphone pour découvrir ses messages. Le chat avait explosé alors qu'elle dormait encore. Plutôt que de remonter la discussion, elle décida d'attendre Jack.

Son ami lui proposait de venir la chercher avec Hercule pour aller à "The last resort" dans vingt minutes. Rose le remercia pour sa proposition et accepta. Elle termina son café et s'activa.

Elle était tellement au radar qu'elle faillit oublier de mettre son appareil avant de partir. Jack arriva avec cinq minutes d'avance et, par le plus grand des miracles, Rose était déjà prête. Elle fit monter Hercule à l'arrière, tandis qu'elle prit place à l'avant.

— Tu as l'air fatiguée, lui fit-il remarquer.

— Un peu, admit-elle un peu gênée.

Elle préférait lui faire croire qu'elle avait mal dormi, plutôt que d'avouer à quoi elle s'était amusée la veille. Pour l'instant, elle ne voulait pas encore mêler ses amis du Emerald Club à l'escroquerie dont avait été victime Lance.

— Tiens, dit-il en lui tendant un sachet de croissants. Je me suis aussi arrêté prendre un cappuccino, il est dans le porte-gobelet.

— Tu es mon sauveur !

Jack lui prenait souvent des viennoiseries de la boulangerie française à côté de chez lui. Elle suspectait aussi qu'il cherche à se faire pardonner d'avoir été choisie pour être avec Hercule toute la journée, pendant qu'elle faisait le ménage.

— Tu me fais un résumé de ce que vous vous êtes dit hier ?

— Tu n'as pas suivi ? s'étonna-t-il.

— Non, j'étais occupée, éluda-t-elle.

Jack, bien moins curieux que Birdie, ou plutôt mieux élevé, ne lui posa pas plus de questions et répondit à la sienne.

— Lance a fait des recherches plus approfondies, et il s'avère que Virginia est bien liée à l'affaire Marc Thompson. Elle travaillait dans cette banque, mais, comme elle avait démissionné trois mois avant le meurtre, son nom n'avait jamais été rattaché à cette affaire non classée.

— Donc, il y a une possibilité qu'elle soit l'assassin ?

— Non. Cette vieille enquête est un peu plus corsée qu'on ne le pensait… Lance est parvenu à retrouver un des policiers qui travaillait sur l'enquête à l'époque. Il a découvert que l'inspecteur chargé du dossier avait reçu de grosses pressions pour n'arrêter personne. La victime était un… comment dire ça poliment ? Un coureur de jupons ! Officieusement, de lourds soupçons pesaient sur sa femme. Et si elle n'a pas été inquiétée, c'est parce que la présumée coupable était la fille du propriétaire de la banque.

— Eh bien, que de rebondissements ! s'étonna Rose, en buvant une gorgée de son café qu'elle trouva un peu trop sucré.

— Pour résumer, reprit Rose, Virginia a eu une aventure avec Marc Thompson. Elle a démissionné quand elle est tombée enceinte et a gardé le secret. Elle s'est confiée à Carla en séance et, quand Agatha l'a appris, elle a voulu s'en servir pour semer la zizanie dans le couple.

— Mais ça n'a pas vraiment eu l'effet escompté, conclut Jack, puisque Virginia a fait une attaque.

— Arthur a pu vouloir se venger d'Agatha parce qu'elle avait fait souffrir sa femme, conclut Rose.

Jack, pensif, n'avait pas l'air convaincu.

— Je ne sais pas. C'est vrai que Virginia a fait un AVC pendant l'une des soirées médiums. Cependant, quand on y réfléchit bien, il ignore tout du secret de sa femme. Je ne l'imagine pas vouloir se venger. Je pense que l'on fait fausse route avec cette histoire…

— Tu ne crois pas que tu as une vision un peu biaisée de cet homme ?

— Disons que je me fie à mon instinct. Et puis, il y a une chose que je ne t'ai pas encore dite. L'inspecteur a convoqué Carl ce matin, sous la foi d'une dénonciation anonyme. Il doit être avec lui au moment où on parle. Tout ce que j'espère, c'est que Lance réussisse à le faire craquer.

Non loin de là, dans la salle d'interrogatoire du commissariat, Lance poussait Carl à bout.

— Je vous promets, inspecteur, que ce n'est pas moi ! s'écria Carl au supplice. Je ne savais même pas qu'Agatha avait été assassinée. C'est vous qui me l'avez appris ce matin quand vous m'avez convoqué.

Lance, de son regard patibulaire, ne lâchait pas Carl. Voilà maintenant plus de deux heures qu'il posait les mêmes questions aux kinésithérapeutes, sans que ce dernier change sa version. Pourtant, son intuition lui criait que cet homme était coupable. Restait à déterminer de quoi. Il décida de changer de stratégie. Il décroisa ses bras et se mit à sourire à son suspect.

— Bien. Alors, vous ne verrez pas de problème à m'aider à comprendre ce qui est arrivé à Agatha. Depuis combien de temps travaillez-vous à " The last resort" ?

Carl réagit de la façon qu'il espérait. Soulagé par le changement de direction de l'interrogatoire, il baissa sa garde.

— Trois ans.

— Ça vous plait ?

— Énormément. C'est un métier honorable, qui a du sens. Permettre aux personnes âgées de garder leurs mobilités est une mission dont je suis très fier.

— Vous qui êtes proche des pensionnaires, que pensiez-vous d'Agatha ?

Carl changea de position. Il s'adossa à sa chaise inconfortable et croisa les jambes.

— Agatha n'était pas ma patiente. Je ne l'ai jamais eue en consultation. Je crois me souvenir qu'elle ne supportait pas d'être touchée.

Lance, le menton posé sur ses poings, attendait en silence que Carl se livre plus. Ne pas parler était souvent la meilleure façon pour faire parler un suspect.

— De ce que je savais, reprit Carl mal à l'aise, elle n'était pas très appréciée par les autres résidents. Elle était perçue comme une femme aigrie, qui aime causer des problèmes.

Lance fit mine de s'intéresser à cette confidence.

— C'est intéressant. Vous pouvez m'en dire plus ? Un exemple concret, peut-être ?

— Tout à fait. Deux patientes, des sœurs, dont j'ai la charge, en ont fait la mauvaise expérience. L'une d'elles lui en a gardé une rancune tenace.

— Je vous écoute.

— Eh bien, sans briser le secret professionnel, disons que les deux femmes cherchaient les faveurs d'un même homme, et que ce dernier jouait en plus avec le cœur d'une troisième. Autant vous dire que, lorsque tout s'est su, il y a eu des étincelles. Deux des résidentes ont bien failli en arriver aux mains. Ce n'était pas beau à voir.

— Comment s'appelle la résidente qui lui en a gardé rancune, comme vous dites ?

— Greta. Greta Riley.

— Et sa sœur a pardonné ?

Carl s'humidifia ses lèvres avant de répondre.

— Elle est bien plus intelligente que les deux autres.

— C'est surtout qu'elle ne lui courait pas vraiment après, vu qu'elle avait déjà un prétendant, n'est-ce pas Carl ? Nous savons tout de votre liaison avec Ava Riley. Et avant que vous

vous mettiez à mentir, je suis au courant pour la bague de fiançailles. Nous avons interrogé le prêteur sur gages qui vous l'a vendu.

Le nom d'Ava le figea et la mention de l'alliance lui fit perdre le reste de ses couleurs. Lance venait de le piéger. Il ne lui restait plus qu'à remonter la ligne.

— Vous, le beau et célibataire Carl. Celui qui fait tourner aussi bien la tête des résidentes que celle du personnel. Vous avez trouvé une vieille fille, désespérée de trouver l'amour et vous l'avez manipulée pour qu'elle vous croie amoureux. Une femme aussi riche qu'Ava vous entretiendra jusqu'à la fin de votre vie. Plus jamais besoin de travailler. À sa mort, vous auriez eu une vie plus que confortable. Agatha l'a découvert et vous ne pouviez pas vous permettre qu'elle commence à parler.

Un lourd silence engloba la conclusion de Lance. Carl regardait le sol, toujours pétrifié. Puis, au prix de ce qui sembla un effort considérable, il releva la tête.

— Vous vous méprenez, inspecteur. Sur toute la ligne. Je sais que c'est difficile à comprendre, mais, avec Ava, nous nous aimons. Oui, nous allons nous marier. Ce n'est peut-être pas aux goûts des mœurs de notre temps, je le comprends, cependant, l'amour que nous nous portons est plus fort que tout. Et vos jugements n'y changeront rien.

Lance était bouillant de colère. Il connaissait le message bien rodé des hommes de son espèce. Parler d'amour là où il n'y avait que de la manipulation et de l'intérêt.

— Vous êtes un gigolo Carl et, quoi qu'il en soit, je vais vous inculper pour abus de faiblesse. Votre position vous interdit de vous marier avec une résidente.

Carl serra les poings et son visage se tordit de colère. Sa façade de gendre parfait se craquelait enfin et le kinésithérapeute éructa :

— Vous faites de la discrimination ! Pourquoi, lorsqu'une jeune femme séduit un homme bien plus âgé qu'elle, elle n'est pas inquiétée ?

Lance ne se donna même pas la peine de répondre à cet argumentaire frelaté.

— Gardez votre argumentaire pour le tribunal. Ce matin, quand nous vous avons embarqué, une équipe est venue fouiller votre bureau. On a trouvé une boîte de benzodiazépine. Le même médicament qui a servi à tuer Agatha. Ainsi que deux mille dollars en liquide. Je vous laisse deviner de quoi ça aura l'air devant le juge.

Cette fois-ci, Carl comprit que sa tête allait tomber. Lance vit dans son regard stupéfait et ne put s'empêcher de se vanter par un sourire victorieux.

— Vous n'aviez pas le droit de fouiller dans mon bureau.

— Si vous faites des aveux, le juge en tiendra compte dans le calcul de votre peine.

Le kinésithérapeute prit sa tête entre ses mains, effondré.

— Je vous jure que je n'ai rien fait de ce dont vous m'accusez. Enfin, je veux bien reconnaître… pour Ava, mais je vous promets qu'Agatha n'était pas au courant. Sinon, elle aurait menacé Ava et jamais Ava ne lui aurait permis de me faire du mal.

Lance, les deux poings sur la table, avança son visage au-dessus de celui de Carl, dans une posture menaçante.

— Maintenant, vous accusez Ava du meurtre ? Vous êtes vraiment un partenaire de rêve, cracha-t-il.

— Non, ce n'est pas ce que je dis. Je dis juste que je n'avais aucun intérêt à tuer Agatha aussi près du but. Et puis même si elle avait été au courant, que se serait-il passé ? Je me serais fait virer ? Et alors ? Ava allait m'épouser et je n'aurais plus jamais eu besoin de travailler de ma vie !

Lance voulut le frapper. Ce sentiment dura une microseconde, mais il sentit l'adrénaline battre à ses tempes. Il se força à reculer et à s'adosser au mur en face de Carl. Il laissa planer un silence. Même si la théorie avancée par cette ordure était plausible, il savait que Carl était coupable. Il avait lui-même admis s'être joué d'Ava. Maintenant plus calme, l'inspecteur réfléchissait mieux et joua le tout pour le tout, afin de rattacher Carl au meurtre d'Agatha. Il prêcha le faux pour savoir le vrai.

— Nous savons qu'au moment de la mort d'Agatha, vous n'aviez pas encore demandé la main d'Ava.

Carl se mit à trembler de tout son corps et à regarder autour de lui, d'un air perdu.

— C'est vrai, admit-il. Pourtant, je vous jure que ce n'est pas moi.

— Dans ce cas, considérez que vous êtes en état d'arrestation pour abus de faiblesse et meurtre avec préméditation. J'ajouterai au dossier d'instruction que vous avez essayé de faire accuser Ava Riley à votre place. J'espère que vous avez un bon avocat.

Une joie malsaine consumait Lance lorsqu'il s'aperçut que Carl pleurait. Il méprisait tellement ce genre d'individu. Il lui rappelait Mila. Au moins, celui-ci allait payer pour ses crimes.

Chapitre 33

Rose profitait qu'Arthur et Virginia soient à un cours de gym pour faire "le ménage" dans leur appartement. Se débarrasser de Charlotte n'avait pas été une mince affaire. Sa collègue tenait absolument à l'accompagner partout où elle allait. Certes, c'était le rôle d'un binôme, surtout dans le cas présent, la jeune femme devait la former. Rose avait prétendu être appelée dans le bureau de la directrice pour signer des papiers afin de pouvoir enquêter tranquillement.

L'appartement était coquet. Aux murs, des cadres de toutes les tailles représentaient des peintures signées par Virginia. Rose n'y connaissait rien en art et les toiles ne réveillaient rien de particulier en elle. Peut-être que Jack saurait mieux les apprécier qu'elle. Il avait proposé de rencontrer Arthur pour qu'il lui fasse un tour de son appartement, mais elle avait refusé. Déjà, parce que la présence du vieil homme ne lui permettrait pas de fouiller partout et puis elle préférerait que Jack se tienne en retrait. Elle le sentait trop impliqué émotionnellement et elle ne voulait pas qu'une erreur de jugement leur coûte un coupable.

Comme à son habitude, elle scanna d'abord la pièce, puis elle commença une fouille méticuleuse, sans vraiment savoir ce qu'elle devait chercher. Elle ne disposait que d'un quart d'heure pour mener à bien sa mission. Les photos de famille dans le salon lui apprirent que le couple n'avait eu qu'un seul enfant. Un fils qui, plus il vieillissait, plus il ressemblait à sa mère. Tous les deux partageaient les mêmes traits fins et une épaisse chevelure châtain.

Un examen approfondi de la salle de bain lui révéla qu'Arthur prenait des anxiolytiques légers. Un peu partout, elle trouva des post-its pour rappeler à Virginia des souvenirs, afin de stimuler sa mémoire.

Rose fut déçue de ne rien découvrir de concluant. Une part d'elle avait aussi envie de croire en l'innocence d'Arthur.

Quand elle referma la porte, Rose eut la surprise de trouver le couple au bout du couloir. C'était raté pour la discrétion. Le vieil homme parut surpris.

— Bonjour, Mademoiselle, ce n'est pas le jour du ménage aujourd'hui, lui dit-il d'un ton doux et apaisant.

Le cœur de Rose battait à mille à l'heure. Pourtant, alors qu'elle se sentait prise en faute, plutôt que de se mettre à rougir, elle trouva un prétexte en un claquement de doigts.

— Je vous cherchais. Le thérapeute canin vous fait dire qu'il est à la bibliothèque. D'après ce qu'il m'a dit, vous deviez lui montrer des tableaux.

Le visage d'Arthur s'éclaira.

— Tout à fait.

Rose sourit à Virginia, qui n'avait encore rien dit. La résidente la regardait avec un air mauvais.

— C'est qui celle-là ? demanda-t-elle avec de la colère dans la voix.

La violence de l'expression de Virginia fit reculer Rose.

Arthur, lui, émit un petit rire rassurant.

— Voyons Virginia, c'est la femme de ménage.

— Tu parles, c'est une sale voleuse ! Je ne veux pas qu'elle entre chez moi ! Dis-lui de partir ! Sinon, j'appelle la police !

— Vous devriez y aller, lui conseilla Arthur. Je vous présente mes excuses. Ce n'est pas un bon jour.

— Aucun problème, monsieur. Je dois y retourner de toute façon. Je vous souhaite une bonne matinée.

Au lieu de rejoindre Charlotte, elle passa par la chambre de Birdie et Lisbeth. Toutes les deux venaient de rentrer du club de nage.

— Les résidents sont survoltés ! lâcha Lisbeth en passant une serviette dans ses cheveux courts. Les conversations ne tournaient qu'autour du meurtre d'Agatha et de l'arrestation de Carl.

— Comment l'ont-ils appris ? s'interrogea Rose. La police n'est pas venue le chercher ici ?

Birdie, qui cherchait à faire fonctionner le percolateur de sa cuisine, l'éclaira.

— Non, bien sûr que non ! Apparemment, ta petite collègue Charlotte était présente quand Jane a été prévenue et elle a eu la langue bien pendue !

Rose n'était pas étonnée. Déjà qu'en temps normal, Charlotte adorait colporter des ragots, alors avec une nouvelle de cette importance, elle avait dû s'en donner à cœur joie. Elle vit Birdie se débattre avec la machine à café. Rose vint à sa rescousse et elle en profita pour mettre à profit les cours de barista qu'elle avait suivis en arrivant en Australie pour travailler dans un café. Elle servit trois tasses et s'apprêta à en préparer une quatrième avant de demander :

— Jack va nous rejoindre ?

— Oui, je lui ai envoyé un message, répondit Birdie en prenant la tasse chaude entre ses mains. Que ça fait du bien, je suis gelée ! Je suis restée trop longtemps dans l'eau.

— Carl n'a toujours pas avoué ? demanda Lisbeth.

Rose, par acquit de conscience, regarda son téléphone. Aucune nouvelle de Lance depuis son dernier message.

— Non. Rien de plus. Il a fini par admettre qu'il courait après la fortune d'Ava, en revanche, il nie toujours le meurtre d'Agatha.

— La plupart des résidentes croient Carl innocent, rebondit Lisbeth.

Birdie porta la tasse à ses lèvres et souffla sur le liquide brûlant, tout en réfléchissant.

— J'espère qu'on ne s'est pas trompés…

— On ne s'est pas trompés sur ses intentions envers Ava. Et puis rappelle-toi ce qu'a dit Lance, que Carl avait essayé de tout mettre sur le dos d'Ava. Qui sait ce qu'il aurait pu lui faire pour qu'elle passe l'arme à gauche ? la rassura Lisbeth.

— C'est vrai, admit Birdie. Enfin… sauf si Carl a raison. Ava et Agatha se détestaient. Si elle s'apprêtait à mettre en péril sa relation avec Carl, elle a pu vouloir la faire taire à tout jamais ! Rappelez-vous que la victime voulait faire des révélations fracassantes à la presse.

— Cela a peut-être aussi révélé que Marc Thompson avait eu un enfant hors mariage. Ça aurait pu faire reprendre l'enquête. Arthur et Virginia se seraient retrouvés au cœur d'une sacrée tempête.

— On peut spéculer autant qu'on veut, lâche Lisbeth avec dépit. Tant qu'on n'aura pas d'aveux, on ne saura jamais vraiment ce qui s'est passé.

Cette réflexion alluma une étincelle dans le regard de Birdie.

— Et si on essayait d'en avoir…

Lisbeth se tourna vers Rose avec une tête dépitée.

— Pourquoi est-ce que, soudain, j'ai peur de ce qui va sortir de sa bouche ?

— À cause d'un truc qui s'appelle l'expérience, répondit Rose avec humour.

Birdie balaya leurs remarques cyniques d'un revers de la main.

— Moquez-vous ! Vous savez très bien que j'ai raison. En plus, j'ai une excellente idée.

— Vraiment ? Ah ben me voilà rassurée, alors ! continua Lisbeth en levant les yeux au ciel avec un demi-sourire. On t'écoute.

— C'est le moment d'utiliser les prétendus pouvoirs de médium de Lisbeth.

Lisbeth ferma les yeux en se pinçant l'arête du nez.

— Ben voyons…

Rose vint à la rescousse de Birdie.

— Tu sais, elle n'a pas complètement tort. On pourrait se servir de l'arrestation de Carl comme prétexte. La plupart des résidents le pense innocent et, si Lisbeth propose d'organiser une séance de spiritisme pour demander à Agatha qui l'a tuée, je suis certaine qu'ils vont mordre à l'hameçon.

Lisbeth croisa les bras en se mordillant la lèvre inférieure, tandis que Birdie la regardait avec espoir.

— C'est bon, tu as gagné, je vais le faire !

Jack toqua trois coups rapides à la porte avant d'entrer.

— Qu'est-ce que j'ai manqué ?

Birdie se tourna vers lui avec son plus beau sourire.

— On va parler à Agatha depuis l'au-delà !

Chapitre 34

Une atmosphère électrique régnait dans la salle du restaurant. Le déjeuner venait d'être servi et Graziella semblait toute chamboulée.

— Vous vous rendez compte, répéta-t-elle pour la cinquième fois. Un assassin dans notre maison !

Contrairement aux autres femmes, Graziella faisait partie des rares personnes à croire en la culpabilité de Carl. La plupart des hommes le pensaient aussi coupable.

— Pour l'instant, rien n'a été prouvé, rappela Birdie.

— Elle a raison, rebondit Arthur tout en déchirant un morceau de pain. Aux yeux de la loi, il est innocent tant qu'il n'a pas été déclaré coupable. En plus, je ne l'imagine pas faire une telle chose.

— Il y a quelqu'un qui est mort ? demanda Virginia en tombant des nues.

Arthur posa la main sur le bras de sa femme avec douceur.

— Personne, chérie. C'est juste Carl, tu sais le kinésithérapeute, il a été arrêté par la police.

Virginia lui sourit. Elle n'avait pas l'air de saisir la gravité de la situation et elle continua de manger sa purée.

— Pourtant, il y a moyen d'être certain de l'identité du tueur, glissa Birdie, l'air de rien.

Graziella se pencha vers elle, avide d'en savoir plus.

— Quoi ? Comment ça ?

— Pourquoi ne pas poser la question à l'intéressée elle-même ?

Le silence se fit autour de la table et tous fixèrent Birdie.

— Pardon ? demanda Graziella comme si elle avait mal compris.

— Lisbeth est médium. Étant donné qu'Agatha communiquait facilement avec les morts, ma sœur doit pouvoir entrer en contact avec elle.

Toutes les têtes se tournèrent vers Lisbeth, qui prit son air le plus énigmatique. Birdie remarqua des traits d'angoisse sur le visage d'Arthur.

Un instant, Graziella parut figée, avant de révéler un grand sourire.

— C'est une excellente idée. Je vais en parler au groupe. J'ai gardé sa planche de Ouija et on peut demander d'utiliser la salle de jeux de société.

Graziella se leva de table pour rejoindre celle des sœurs Riley. Birdie les vit discuter et, quelques minutes plus tard, la vieille dame revint s'asseoir avec un grand sourire.

— Aldo et elles en sont. Je vais prévenir les autres. Arthur ? Qu'en penses-tu ?

— Je voudrais bien vous accompagner, mesdames. Seulement, je ne peux pas laisser ma femme sans surveillance. Virginia a un cours de peinture à quinze heures. C'est mon seul créneau.

Il observa sa femme d'un air inquiet, tandis que Virginia, le nez dans son assiette, n'avait pas l'air de prêter attention à la conversation.

Graziella parut réfléchir.

— Essayons cet après-midi. D'habitude, on organisait les séances le soir après le dîner. Seulement, ça ne va pas être possible. J'ai entendu dire que le comité de direction y tiendrait une réunion de crise ce soir à partir de dix-huit heures. Sûrement pour discuter de la situation de Carl.

— Pourquoi utilisent-ils cette salle ? demanda Birdie d'un ton un brin agacé. Pourquoi pas le restaurant ou la bibliothèque ?

— Parce qu'ils ont besoin d'une salle assez grande où personne ne va jamais. Au restaurant, ça sera l'heure du dîner, expliqua Graziella. Depuis que je suis ici, ils y ont toujours tenu leurs meetings.

— Parfait ! s'exclama Birdie. On n'a qu'à s'y rendre pour quinze heures. Lisbeth et moi, on y sera avant pour préparer la salle. Qu'en pensez-vous ?

— Faisons comme ça ! répliqua Graziella en se tapant dans les mains.

Deux heures plus tard, les quatre détectives du Emerald Club, en plus d'Hercule, se réunirent dans la salle des jeux de société.

— Je ne vois pas comment ça peut marcher, lança Lisbeth, toujours sceptique face à l'idée de Birdie.

— Je ne veux pas jouer les avocats du diable, cependant, je suis d'accord avec Lisbeth.

Birdie, peu ébranlée par leur doute, continuait de croire que son idée allait confondre un assassin.

— Je ne dis pas que c'est une science exacte. J'aurais préféré tenir la séance la nuit. Tout est toujours plus effrayant dans le noir à la lueur d'une bougie.

Pensive, Rose caressait la tête d'Hercule. Elle repensait aux séances qu'elle organisait avec sa meilleure amie lorsqu'elle était adolescente.

— Le plus important, finit-elle par dire, c'est de développer une ambiance. Commence par invoquer son esprit. Pose des questions fermées. Des choses que l'on sait vraies ou fausses pour donner l'impression qu'elle te répond. Comme par exemple, est-ce qu'elle était dans la chambre 212, etc. Ensuite, passe aux questions ouvertes. Toujours dans la mesure et une fois qu'ils sont bien préparés, tu attaques avec les accusations. "Qui vous a assassinée ?"

La sonnerie du téléphone portable de Jack les fit sursauter.

— C'est ma femme, taisez-vous ? Allo ? ... Le quoi ? ... À quelle heure ? ... Je suis désolé, ça m'est sorti de la tête. Je suis à environ trente minutes. J'arrive aussi vite que possible. Je dois partir, dit-il après avoir raccroché. Je dois être présent à une remise de médaille. Je suis désolé, je dois y aller. Rose, je peux te laisser Hercule ?

— Oui, aucun problème. On dira que tu as eu une urgence.

Une fois, Jack parti, Rose, Lisbeth et Birdie commencèrent à arranger la salle pour lui donner un aspect un peu plus mystique.

Occupées à déplacer les fauteuils, elles ne virent pas Virginia entrer avec une bouteille de whisky dans une main et deux verres vides dans l'autre. C'est Lisbeth qui la vit la première.

— Virginia nous apporte à boire !! lança-t-elle toute contente.

Rose releva la tête.

— Mince, la pauvre doit être encore perdue.

Rose, la plus proche, s'était avancée et Virginia lui tendit les verres.

— J'ai soif ! cria la vieille dame.

— Ça tombe bien, moi aussi ! lui répondit Lisbeth avec un sourire bienveillant.

Rose se retourna pour les poser sur la table et ne vit pas Virginia renverser de l'alcool sur la moquette.

— Le sol aussi, il a soif ! cria-t-elle en l'aspergeant. Et les livres aussi, ils ont soif.

Lisbeth et Birdie, à l'autre bout de la pièce, assistaient, figées de gêne, à une crise de démence. Rose vit avec horreur la résidente répandre de l'alcool partout autour d'elle, alors elle se dépêcha d'intervenir.

— Non, Virginia ! Ne faites pas ça ! Vous allez les abîmer.

Rose récupéra de ses mains la bouteille presque vide et elle prit avec douceur la main de la patiente.

— Suivez-moi Virginia, je vous amène.

— Non, non et non. Je veux boire un verre !

— Vous avez tout renversé. Venez, on va retrouver Arthur.

— Arthur, il dort et vous aussi bientôt.

— D'accord, allez, suivez-moi.

Avec une force insoupçonnée, Virginia repoussa si violemment Rose qu'elle en tomba sur les fesses. Hercule aboya, Lisbeth et Birdie se précipitèrent vers Rose.

Dans la confusion, personne ne vit Virginia craquer une allumette et la jeter dans une flaque d'alcool.

Chapitre 35

Avec un bruit sourd, Virginia referma la porte derrière elle. Rose fut la première à se jeter dessus pour la rouvrir, sans succès. Quelque chose la bloquait. Lisbeth arriva à sa hauteur et essaya, elle aussi, de tourner la poignée qui résistait.

— Elle nous a enfermées ! s'écria Lisbeth comme si elle réalisait à peine l'horreur de la situation.

Rose se retourna. L'allumette jetée par Virginia avait embrasé en un instant tout l'alcool qui avait été renversé. Les flammes dévoraient l'immense bibliothèque en bois et de la fumée commençait à s'accumuler au plafond. Hercule aboyait en tournant sur lui-même, complètement paniqué. Tandis que Birdie, une main sur la gorge, le regard figé par la peur ne cessait de répéter la même phrase en boucle :

— Moi qui la pensais inoffensive.

Rose cherchait du regard quelque chose pour éteindre le feu et, quand elle ne trouva pas d'extincteur, elle réalisa que Virginia venait de les condamner à une mort certaine.

Le feu continuait de se nourrir de tout ce qu'il trouvait et, très vite, la pièce s'emplit d'une épaisse fumée. Rose transpirait à grosse goutte, la chaleur de l'incendie commençait à rendre l'air irrespirable. La panique s'insinua en elle comme une mauvaise conseillère et elle savait que si elle y cédait, elles n'y survivraient pas. Elle se força à prendre du recul pour chercher une solution.

Rose se mit à tousser, incommodée par la fumée. Elle retira le haut de son uniforme et le déchira en trois bandes pour s'en servir de masque. Elle les tendit à Birdie et Lisbeth, qui, pétrifiées, se tenaient l'une à l'autre. Hercule, à leurs pieds, couinait de terreur tandis que le feu gagnait en intensité. Il atteignait presque le plafond.

Les fenêtres, c'était leur seule possibilité pour sortir. Bien qu'elles étaient à plus de trois mètres du sol, c'était leur planche de salut. Elles devaient le tenter.

— On peut sortir par là ! cria Rose à ses amies. Venez m'aider à pousser le billard.

Malgré leur bandana de fortune, Birdie et Lisbeth furent prises d'une quinte de toux. Toutes les trois, avec l'énergie du désespoir, poussèrent la table en bois massif jusqu'au mur.

Rose monta dessus, mais elle était encore trop basse pour toucher l'ouverture.

— Lisbeth ! Monte sur mes épaules !

— Ça ne va jamais marcher, cria Lisbeth.

Rose ne chercha pas à la raisonner. Ce n'était pas le moment de discuter.

— Fais ce que je te dis ! ordonna-t-elle. Mets tes genoux sur mes épaules ! Maintenant !

Cette dernière s'exécuta. À son tour, Rose fut prise d'une quinte de toux qui déstabilisa Lisbeth. Elle manqua de tomber et c'est Birdie qui les stabilisa.

— On recommence ! cracha Rose, de plus en plus incommodée par l'odeur de brûlé qui lui remplissait sa gorge.

Rose se remit debout, tandis que le poids de son amie faisait trembler ses jambes, elle se releva. Elle se jura d'aller à la salle de sport soulever de la fonte si elle survivait à cet enfer.

D'un coup, le poids sur ses épaules s'envola. Lisbeth venait d'ouvrir la fenêtre et elle était en train de se glisser par l'embrasure. Un regain d'espoir l'anima. Elles allaient s'en sortir !

Rose se réjouit trop vite, l'oxygène extérieur faisant que les flammes se mirent à brûler de plus belle. Lisbeth l'avait compris et elle tendait les bras par l'ouverture pour aider la suivante. Rose hissa Birdie à son tour. Après quelques secondes qui lui parurent une éternité, Birdie réussit-elle aussi à sortir.

Rose se retourna pour chercher Hercule et elle ne le trouva pas. Une partie de la fumée s'évacuait par la fenêtre, mais il régnait toujours une chaleur dantesque. L'incendie, telle une vague de flammes, recouvrait presque la moitié de la pièce. Le bruit du bois qui brûlait l'empêchait d'entendre ses amies les hurler de sortir.

Elle n'avait plus le temps d'avoir peur. Rose devait agir au plus vite. Elle découvrit le chien caché sous le billard, tremblant de peur, et elle eut toutes les peines du monde à le faire monter sur la table. Des volutes de fumée noire lui barraient la vue. Sa gorge, complément asséchée, lui faisait mal et elle avait l'impression que ses yeux étaient recouverts de papier de verre.

Hercule montrait des signes d'asphyxie. La pauvre bête n'allait pas tenir longtemps.

— Allez, mon grand ! Accroche-toi !

À prix d'un immense effort, Rose réussit à prendre le dogue de Bordeaux de plus de cinquante kilos dans ses bras. De l'autre côté, Lisbeth s'avançait autant qu'elle le pouvait pour essayer d'attraper le chien. Malheureusement, c'était impossible. Il aurait fallu que Rose puisse le porter à bout de bras et elle en était incapable. Il était beaucoup trop lourd.

Quand elle comprit qu'elle n'y arriverait pas, Rose reposa Hercule sur le billard. Le chien respirait de plus en plus mal.

Dans un instant suspendu, elle releva la tête vers ses amies qui lui faisaient des signes pour qu'elle sorte à son tour. Rose regarda Hercule, couché, à bout de force, prêt à accepter son sort.

Si elle le laissait, elle pouvait encore s'en sortir.

Birdie et Lisbeth sentirent qu'on les tirait en arrière.

— Mesdames, il ne faut pas rester là, leur ordonna un pompier.

— Notre amie est encore à l'intérieur. Vous devez la sauver ! supplia Birdie en pleurs, en le tenant par sa veste ignifuge.

— On s'en occupe, madame, tonna-t-il en la repoussant.

L'homme du feu fit signe à ses collègues de mettre ses deux mamies à l'abri. Birdie et Lisbeth furent escortées jusqu'à une ambulance où un médecin les prit en charge en leur mettant d'office un masque à oxygène.

Lisbeth, à court de souffle, épuisée et sous le choc de ce qui venait de se passer, se laissa faire, alors que Birdie trouvait encore l'énergie de protester.

— Mon amie est toujours là-bas ! Je dois y retourner.

Du personnel s'activait autour d'elle, lui plaçant çà et là des patchs pour contrôler son cœur et un brassard pour vérifier sa tension. Birdie ne sentit même pas qu'on la piquait pour lui placer un cathéter.

— Madame, vous ne pouvez rien faire. Les pompiers, oui. Laissez-les travailler. Vous avez avalé beaucoup de fumée. Vos constantes ne sont pas bonnes.

— Laissez-moi au moins parler à la police, toussa Birdie en s'adressant. On sait qui est l'incendiaire ! Il faut l'arrêter !

Plutôt que de l'écouter, le docteur plaça un saturomètre au doigt.

— Birdie ? Lisbeth ? cria Lance en se ruant au chevet des vieilles dames.

Birdie voulut parler, mais elle fut prise d'une quinte de toux violente. Le médecin se précipita vers sa patiente pour l'aider à se redresser.

— Arrêtez de parler, ordonna-t-il à Birdie, et laissez-les tranquilles. Elles ont été gravement intoxiquées à la fumée.

— C'est Virginia l'assassin ! C'est elle qui a allumé le feu. Elle feint la démence ! Arrêtez-la !

Birdie peinait à reprendre son souffle, tandis que Lance tenait sa main et restait suspendu à ses lèvres.

— Rose y est encore, murmura Birdie, à bout de souffle.

La dernière chose qu'elle vit avant de tomber inconsciente sur le brancard, c'est le visage tordu d'angoisse de Lance.

Le policier laissa les ambulanciers faire leur travail et il se précipita vers le chef des pompiers.

— Je suis l'inspecteur Carter. Je crois qu'il y a toujours une personne coincée à l'intérieur !

Le soldat du feu d'une cinquantaine d'années, en équipement complet jaune, lui lança un regard désolé.

— Pour l'instant, notre équipe ne peut pas entrer. Le feu s'est propagé sur le reste de l'établissement. Mes collègues ont fait sortir plusieurs résidents. Allez voir la directrice, ils sont en train de compter les patients et le personnel.

Lance observa autour de lui pour la première fois depuis qu'il était arrivé. Le bâtiment brûlait et le feu gagnait du terrain. Les pompiers dirigeaient leurs lances depuis plusieurs points d'entrées. Au fond du jardin, les pensionnaires, terrifiés, regardaient leur maison partir en fumée.

— Jane ! Est-ce que quelqu'un manque à l'appel ?

La jeune directrice, bien que très secouée par les événements, restait très professionnelle, malgré la panique dans sa voix.

— Oui, Birdie et Lisbeth.

— C'est bon, elles vont bien, elles ont été prises en charge par les secours.

Jane posa une main sur sa poitrine, visiblement soulagée.

— C'est bon, on a tout le monde.

Le cœur de Lance fit un looping.

— Rose a pu sortir ? demanda-t-il en la cherchant du regard.

Un air d'effroi apparut sur le visage de la directrice.

— Rose n'est pas dans mon planning, réalisa-t-elle avec horreur. Je ne l'ai pas comptée. Elle n'est pas ici.

Lance se tourna vers le brasier. Rose était toujours à l'intérieur.

Chapitre 36

En toussant de plus en plus, Rose utilisa les dernières forces qui lui restaient pour soulever ce qui restait de l'épais tapis central. Une grosse partie avait brûlé et avait dévoilé une trappe. Elle se rappela ce que lui avait dit Charlotte au sujet des nonnes et de la crypte. Rose attrapa sur la poignée en demi-lune avant de hurler de douleur. Le métal était brûlant. Pas le temps d'observer les dégâts, elle retira son pantalon ignifugé et elle pria que la porte ne soit pas verrouillée, sinon, ça en était fini pour elle.

Par miracle, la trappe s'ouvrit.

Rose attrapa Hercule, inerte, par le haut du corps et elle descendit quelques marches en pierre, avant de remonter pour refermer la trappe derrière elle. Elle le tira le plus loin possible de l'entrée et le déposa au centre d'une pièce ronde.

Elle sentit tout de suite qu'elle pouvait mieux respirer. L'air de la crypte, même vicié par les années d'enfermement, sentait l'espoir. Elle respira à pleins poumons et une nouvelle quinte de toux la paralysa.

Sa tête tournait et elle s'assit à même le sol pour reprendre son souffle. Maintenant que Virginia avait montré son vrai visage, tous les éléments de cette enquête s'emboîtaient enfin. Dire qu'elle s'était laissée prendre au piège de sa fausse démence. Rose se demandait si Arthur était de mèche, quand un bruit qu'elle ne connaissait pas retentit et elle sursauta. C'était Hercule, lui aussi toussait. Rose s'approcha du chien pour le caresser, au prix d'un gros effort, il lui lécha la main. Dans ses yeux, elle crut voir de la résignation. Il était dans un sale état. Rose voyait la cage thoracique de l'animal se soulever rapidement, trop rapidement. Hercule respirait avec beaucoup de difficulté. Ce n'était pas bon signe.

Rose ne savait pas quoi faire. Elle ne pouvait pas attendre que quelqu'un vienne la chercher. Personne ou presque ne connaissait l'existence de cette pièce. Cette cachette venait peut-être de leur sauver la vie, cependant, Rose se doutait que cette solution n'était que temporaire. Si elle restait là, Hercule allait mourir et elle aussi. Elle savait que les inhalations de fumée pouvaient tuer des heures après l'exposition.

Elle devait trouver un moyen de se signaler aux secours, sinon ce tombeau serait aussi le leur. La crypte était enterrée sous terre et, par chance, il ne faisait pas complètement noir grâce aux vitraux en forme de meurtrière. Seulement, comme la pièce était plus enfoncée dans le sol que la précédente, les fenêtres étaient encore plus hautes et plus étroites que dans la salle de jeu. Impossible de les atteindre ni de s'y glisser. Peut-être pourrait-elle les briser ?

Un regain d'énergie la saisit.

Elle chercha une pierre ou quelque chose d'assez lourd pour briser la vitre. Elle trouva un vieux bougeoir en laiton et elle le jeta. Elle manqua sa cible. Elle recommença quatre fois sans jamais y arriver. Cet exercice la fatigua et sa respiration devint sifflante. Un accès de toux la plia en deux et la fit cracher des glaires noires.

Le temps de reprendre son souffle, elle se mit à explorer la crypte. Elle dépassa plusieurs rangées de caveaux avant d'apercevoir un couloir, lui aussi faiblement éclairé par de petites fenêtres qui lui parurent familières. Elle se souvenait les avoir vus le premier jour, quand elle était passée par le parc pour arriver. Elle s'était trompée de rue et avait atterri derrière la maison de retraite. Avec un peu de chance, le couloir menait vers les jardins.

Rose revint sur ses pas pour voir comment allait Hercule. Elle le caressa et il ouvrit les yeux pour les refermer. Il devait recevoir des soins au plus vite.

— Allez, mon grand ! On va s'en sortir, lui promit-elle en déposant un baiser sur son crâne. Je vais te porter jusqu'à la sortie.

Le chien gémit, comme pour donner son consentement.

Avec toutes les peines du monde, Rose attrapa Hercule dans ses bras, la partie haute de son corps contre son épaule, tel un sac de patates.

Ses jambes tanguaient sous le poids de l'animal et l'effet de la fatigue. Elle se sentait à bout de force et elle avait l'impression qu'elle pourrait cracher du feu par ses voies respiratoires.

Ce couloir lui parut interminable. Heureusement, elle sentait toujours la respiration d'Hercule. Arrivée au bout, elle découvrit une autre trappe en haut d'un escalier. Celle-ci, en revanche, ne s'ouvrit pas. Quelque chose bloquait la porte de l'extérieur. Une barre ou un cadenas.

— Non. Nooooon, pitié, ouvre-toi, supplia-t-elle.

Exténuée, elle s'écroula sur ses genoux et hurla de douleur. Ses yeux s'emplirent de larmes et de désespoir, elle se mit à appeler à l'aide avec l'énergie du désespoir.

Elle ne voulait pas mourir.

Dehors, Virginia observait les résidents, impuissants, regarder leur vie partir en flammes. Certains pleuraient, d'autres se lamentaient. Alors qu'elle se sentait soulagée, pour la première fois depuis des semaines. Au point que c'en était dur de se retenir de sourire. Voir ce feu consumer cet endroit de misère lui donnait envie de danser de joie. À ses côtés, Arthur regardait, pétrifié, ce spectacle terrifiant. Depuis toutes ces années passées ensemble, elle savait ce qui le tourmentait, le pauvre homme. La perte des souvenirs de toute une vie. Arthur avait toujours été sentimental. Elle lui serra la main pour le rassurer. Il se tourna vers elle et la prit par les épaules pour la réconforter.

Dieu qu'elle aimait cet homme ! Et elle était prête à tout pour le protéger. Tuer. Incendier cet endroit de malheur. Rien ne pourrait l'empêcher de préserver l'innocence de son mari. Elle détestait lui mentir, mais les récents événements ne lui avaient pas laissé le choix.

Jamais elle n'aurait dû faire confiance à cette idiote de Carla et lui confier son secret. Agatha et ses maudits dons médiumniques avaient bien failli réussir à faire éclater la vérité au grand jour.

Un craquement sinistre se fit entendre, une partie du toit venait de s'affaisser. La stupeur les saisit et un silence de mort s'abattit sur les pensionnaires, tandis qu'un sourire de satisfaction illumina le visage de Virginia. Elle était ravie de pouvoir tout recommencer ailleurs, elle ne supportait plus cet endroit. Devoir jouer les mamies zinzins pour se faire transférer dans un autre établissement s'était révélé épuisant. Au moins, maintenant, elle allait pouvoir "retrouver la santé" petit à petit sans éveiller les soupçons. Elle attribuait sa guérison aux bons soins d'Arthur. Cet homme était sain. Combien de maris auraient abandonné leur femme dans cette situation ? Lui, non. Il avait toujours été à ses côtés et c'est pour cette raison qu'il ne devait jamais apprendre la vérité.

Virginia se sentit envahir par un sentiment de plénitude. Agatha était morte, ainsi que les trois fouineuses. Les dossiers de Carla étaient détruits et personne n'entendrait plus jamais parler de cette histoire.

— Silence, tout le monde ! s'exclama Ava en tendant l'oreille. J'entends quelqu'un appeler à l'aide !

Ce n'était pas possible ! Elles ne pouvaient pas avoir survécu ! D'effroi, Virginia se retourna.

Tous se turent et après un bref silence, une voix étouffée raisonnait de derrière la vieille trappe du jardin.

En un clin d'œil, l'alerte fut donnée, Jane accourut et dans la confusion, elle ne trouvait pas la clé du cadenas.

Virginia vit le petit-fils de Birdie tirer dessus à main nue. Un soldat du feu prit les choses en main et avec un pied de biche, il fit sauter la serrure.

Virginia vit les deux hommes entrer pour en ressortir avec une jeune femme et un chien. Ils avaient l'air en vie. Rose allait la dénoncer. C'en était fini pour elle.

Virginia, sous le coup de la terreur, s'effondra.

Chapitre 37

Lance attendait dans la salle d'attente de l'hôpital avec Lisbeth et Jack. Ils attendaient que Birdie sorte de la chambre de Rose. La jeune femme avait été placée en caisson hyperbare et seule une personne avait le droit de lui rendre visite. D'après les médecins, Rose avait échappé de peu au pire. Elle s'en sortait avec une intoxication à la fumée, une entorse à chaque genou et une brûlure au second degré à la main gauche.

Enfin, Birdie sortit. Tout le monde se leva pour prendre des nouvelles.

— Comment va-t-elle ? s'enquit Lance, inquiet.

La doyenne du Emerald Club avait les traits tirés par la fatigue et l'angoisse.

— Elle se remet doucement. Le docteur lui a donné un médicament pour la douleur et elle est à demi consciente. Elle a demandé après Hercule.

Toutes les têtes se tournèrent vers l'inspecteur. Quand il les avait retrouvés, le chien était dans un si mauvais état, qu'il l'avait lui-même amené en urgence dans la clinique animalière la plus proche.

— Le vétérinaire a dit que c'était trop tôt pour se prononcer.

Les larmes montèrent aux yeux de Birdie et, sans un mot, Lisbeth la prit par les épaules.

— Et pour Virginia ? demanda Jack au policier.

— Elle est toujours en neurologie. Elle a repris connaissance. J'ai essayé de l'interroger, mais, apparemment, son attaque lui a fait perdre la parole.

— Comme c'est pratique ! s'énerva Lisbeth. Elle ne va pas nous faire le coup deux fois ! Si elle croit que jouer la mamie muette après la mamie zinzin va la sauver, elle fourre le doigt dans l'œil.

— Le problème, c'est que c'est difficile à prouver. Elle s'y amuse depuis des semaines, personne ne va remettre sa parole en jeu. Sans aveux de sa part, il est impossible de la condamner. Et puisqu'elle refuse de parler…

— Sauf si… commença Birdie.

Toute l'attention se reporta sur elle.

— Sauf si ? répéta Lance.

— Sauf si on obtient les aveux nous-même. J'ai un compte personnel à régler avec Virginia et je peux vous promettre une chose, elle ne va pas s'en sortir si facilement. J'ai un plan !

Une heure plus tard, Lance, le visage fermé, entouré de Lisbeth et Birdie, traversa le couloir de neurologie. Ils s'arrêtèrent devant la porte de Virginia et entrèrent sans y être invités.

Virginia était allongée sur le lit, le regard dans le vague, Arthur à ses côtés, qui regardait un reportage animalier. Ils se figèrent quand ils virent le trio débarquer sans prévenir.

— C'est lui, inspecteur ! tonna Birdie d'une voix un peu

théâtrale en désignant Arthur. C'est cet homme qui a mis le feu et qui a essayé de nous tuer !

Le visage d'Arthur se vida de son sang, avant d'ouvrir la bouche d'horreur en réalisant de quoi cette femme venait de l'accuser. Il lâcha la main de sa femme, les lèvres tremblantes.

— Quoi ? Mais… Birdie, vous n'y pensez pas…

Avec son air patibulaire, l'inspecteur s'avança face au vieil homme et lui prit le bras avec force.

— Arthur Cox, vous êtes mis en examen pour tentative de meurtre et incendie criminel. Levez-vous et mettez les mains dans le dos.

Trop choqué pour parler, Arthur obéit et se leva, les jambes flageolantes. Lance le fit pivoter brutalement et le plaqua contre le dossier du fauteuil. Le déclic métallique des menottes résonna dans la chambre comme un coup de feu. Dans son lit, Virginia assistait, impuissante, à l'arrestation de son mari.

— Je suis innocent ! Vous commettez une erreur ! plaida Arthur d'une voix suppliante en tremblant comme une feuille. Ce n'est pas moi qui ai incendié The last resort.

— J'ai trois témoins qui me disent le contraire. C'est terminé pour vous !

Virginia ne bougeait pas. Elle fixait ses mains jointes sur le drap blanc. Mais alors que Lance entraînait Arthur vers la sortie, un cri rauque déchira le silence de la chambre.

— Arrêtez ! finit-elle par crier, voyant son mari se faire

embarquer. Relâchez-le ! S'il vous plait. Il n'y est pour rien.

L'inspecteur se retourna, suivi d'Arthur, qui ouvrait la bouche, stupéfait.

— Virginia ? Tu parles ?

— Votre femme vous joue la comédie depuis des semaines, lança Birdie en se croisant les bras, victorieuse. N'est-ce pas, Virginia ?

Le masque de la «pauvre vieille dame égarée» s'effrita en une seconde. Virginia redressa le buste. Son regard, autrefois embrumé, devint soudain d'une clarté effrayante. Alors que l'expression de son visage hésitait entre honte et soulagement amer.

— Virginia ? De quoi parle-t-elle ? balbutia Arthur, complètement déboussolé.

— Elle n'a jamais eu de démence, Arthur, reprit Lisbeth avec de la dureté dans la voix. Votre femme souffrait seulement d'un secret trop lourd à porter. Un secret qu'elle a dissimulé pendant de longues années. Un secret sur Marc Thompson qu'elle a fini par avouer à Carla et qui s'est retourné contre elle.

Arthur, aux abois, semblait sur le point de s'effondrer

— Ma chérie, qu'est-ce que tu m'as caché ?

Virginia ferma les yeux un instant. Quand elle les rouvrit, elle ne regardait que son mari.

— Notre fils n'est pas le tien, Arthur. C'est ce que je voulais cacher. Marc… ce n'était qu'une fois. Une seule. Mais le secret est devenu un monstre qui m'a dévorée pendant quarante ans. Jusqu'à ce que j'en parle à Carla. Je pensais, à tort, que le secret serait en sécurité avec elle.

Elle marqua une pause, sa voix devenant plus froide.

— Mais Agatha... cette maudite Agatha et ses fichus dons. Quand elle a invoqué Marc lors d'une séance, j'ai eu un tel choc que j'ai eu une attaque. Je n'ai pas menti à ce sujet. À mon retour de l'hôpital, je suis allée la supplier de ne rien te dire. Tu l'aurais vue, elle jubilait. Elle voulait utiliser mon «péché» pour faire les gros titres lors de son centenaire. « Une affaire non classée résolue par la doyenne d'une maison de retraite». Elle voulait m'accuser d'avoir assassiné Marc parce qu'il m'avait mise enceinte. J'ai eu beau lui dire qu'elle se trompait, elle m'a dit qu'elle s'en fichait de la vérité. La seule chose qu'elle voyait, c'était les caméras de télévision. Elle allait briser notre famille, Arthur. Tout ça pour un quart d'heure de gloire.

Lance relâcha son emprise sur Arthur. Le vieil homme semblait se décomposer au fur et à mesure.

— Alors, vous l'avez supprimée, conclut l'inspecteur.

— Le soir de sa mort, j'ai glissé un somnifère dans ton infusion, Arthur. Quand tu t'es endormi, je suis allée chez elle. Soi-disant pour la supplier une dernière fois pour qu'elle garde le silence. J'ai attendu qu'elle ait le dos tourné pour verser les benzodiazépines que j'avais réduites en poudre au préalable et je les aie versées dans sa tisane. Je pensais que le médecin conclurait à un arrêt cardiaque dû à l'âge et que je pourrais reprendre ma vie d'avant. Malheureusement, notre bonne directrice n'avait pas l'air convaincue et j'ai dû continuer à me faire passer pour une femme sénile. Quand vous êtes arrivés, j'ai tout de suite compris que vous n'étiez pas là pour couler une retraite tranquille. Vous posiez trop de questions. Et la petite femme de ménage, quelle fouineuse celle-là, aussi ! Vous n'étiez pas discrètes.

— Agatha n'a jamais été médium, révéla Birdie. Sa chambre se situait sous le coin fumeurs des employés. De là, elle pouvait écouter toutes leurs conversations.

Virginia eut l'air d'avoir avalé quelque chose de très acide.

— J'aurais dû m'en douter. Cette vieille peau m'aura vraiment tout fait.

— Pourquoi avoir envoyé un mot de menace à Agatha la veille de sa mort ? demanda Lisbeth pour confirmer ses soupçons.

Virginia eut un demi-sourire avant de hocher la tête.

— Je voulais que la peur change de camp. Elle aimait tellement les rapports de force. Faire sentir aux autres qu'ils étaient des moins que rien. Les garder captifs dans la peur.

— C'est ce petit bout de papier qui vous a perdu, enfonça Birdie. La veille de son décès, Agatha l'a montré à Jane. Sans ce mot, elle n'aurait jamais rien soupçonné et elle ne nous aurait pas engagés.

Arthur, au bord des larmes, regardait sa femme comme s'il voyait une étrangère. Birdie pouvait voir les efforts qu'il faisait pour comprendre comment elle avait pu en arriver là.

— Pourquoi avoir mis le feu, Virginia ?

— Parce que Lisbeth, en invoquant Agatha, allait tout découvrir, il fallait que j'agisse vite ! Je n'en pouvais plus de tous ces secrets et de tous ces mensonges. Je voulais que ça cesse. En mettant le feu à la maison de retraite, j'éliminais ces fouineuses et les dossiers de Carla par la même occasion. On aurait été obligés de déménager et de recommencer ailleurs, dans un endroit tranquille où personne ne nous connaissait.

Virginia paraissait fatiguée de parler. Elle prit une gorgée d'eau du verre posé sur la table à roulettes à côté de son lit.

— Et pour le bijou qui a été volé ? s'enquit Lance.

La vieille femme eut un rire narquois.

— S'il vous fallait une preuve supplémentaire de la perversion d'Agatha… Elle a demandé, enfin non, exigé de Graziella qu'elle fasse croire qu'on lui avait dérobée une bague. Elle voulait sûrement nuire à quelqu'un en faisant ça. Une manœuvre classique chez elle. D'ailleurs, cette personne peut me remercier. J'ai tué Agatha avant qu'elle puisse lui faire du mal.

Birdie n'eut pas besoin de plus d'information pour raccrocher les wagons. Agatha avait dû découvrir la liaison de Carl avec Ava.

— J'ai une dernière question Virginia. Pourquoi avoir essayé de tuer Carla ?

La coupable secoua la tête.

— C'était une erreur. Je visais Agatha. Ce jour-là, j'ai

actionné l'alarme incendie pour avoir le temps de mettre des benzodiazépines dans son plat. Malheureusement, on m'a vue et, dans la précipitation, je me suis débarrassée des preuves au plus vite dans la première assiette que j'ai trouvée. Je n'avais eu le temps d'en écraser qu'un seul. Comment je pouvais savoir qu'elle y était sensible ?

Lance enleva les menottes d'Arthur.

— Virginia Cox, vous êtes en état d'arrestation pour meurtre, tentative de meurtre et incendie volontaire, annonça-t-il en lui menottant la main gauche au barreau du lit.

Chapitre 38

Lance se gara sur le parking de l'hôpital en bâillant. Il éteignit le moteur en se frottant les yeux de fatigue. Il n'avait quasiment pas dormi ces dernières quarante-huit heures.

Pour ne pas arriver les mains vides, il s'arrêta à la boutique de la clinique pour acheter une boîte de chocolat aux plantes natives australiennes et des noix de macadamia grillées. Il savait combien Rose les aimait et il tenait à lui faire plaisir. La pauvre avait traversé l'enfer.

Il toqua à la porte de la chambre de la jeune femme et trouva les membres du Emerald Club à son chevet. Rose, allongée sur le lit, une main bandée et une canule d'oxygène dans les narines, lui adressa un grand sourire.

— Inspecteur, quel plaisir de vous voir, dit Jack en lui serrant la main. Nous allions justement descendre à la cafétéria.

— Mais pas du tout, le corrigea Birdie.

Jack se tourna vers son amie avec un regard éloquent, tandis que Lisbeth l'attrapa par le bras.

— Il veut dire qu'on doit les laisser seuls, éclaircit-elle.

— Oh, je comprends. Soyez sages, les enfants ! Pas de bêtises…

Lance se sentit mortifié et il se rendit compte que Rose rougissait.

Une fois seuls, Lance s'approcha du lit et tendit ses cadeaux à Rose.

— Merci, j'adore les macadamias.

Loin des costumes impeccables qu'il portait toujours, l'inspecteur s'assit dans le fauteuil avec son pantalon et son polo froissés.

— Je m'en suis souvenu. Comment allez-vous ?

— Les médecins m'ont remontée en chambre il y a une heure environ. J'ai une brûlure au second degré à la main droite et deux entorses aux genoux. Je ne vais pas pouvoir marcher pendant au moins trois semaines, dit-elle en soulevant son drap pour qu'il puisse admirer les deux attelles rigides qu'elle portait.

— Ça me fera un peu de repos, lança-t-il sans pouvoir s'empêcher de faire une boutade.

Rose lui sourit.

— Ne me sous-estimez pas, inspecteur.

Voir Rose allongée dans ce lit, blessée, pâle, ayant échappé de peu à la mort, le rendait malade. Lance mordit sa lèvre inférieure pour retenir un sanglot.

— Je voulais vous dire… Birdie m'a dit pour Hercule.

Elle tendit la main pour que Lance la serre.

— Merci de l'avoir sauvé. Sans vous, il n'aurait pas survécu, dit la jeune femme avec des larmes dans la voix.

La sentir si fragile le désarmait. Il était partagé entre l'envie de la prendre dans ses bras et la peur de lui faire mal.

— Je n'ai fait que mon travail.

Un pieux mensonge. Ce geste avait bien failli lui coûter sa place. Quand le surintendant Young avait appris que l'inspecteur chargé de l'enquête avait laissé de simples policiers arrêter la coupable, pour foncer en urgence chez le vétérinaire, il avait failli faire une attaque.

Tout comme sa maîtresse, le chien avait pu être sauvé in extremis et, tout comme elle, il était encore en observation à la clinique vétérinaire. Lance était allé le voir à deux reprises.

— Il devrait pouvoir sortir demain, précisa-t-il la gorge un peu serrée.

— J'ai hâte de le retrouver. Vous n'imaginez pas à quel point j'ai eu peur pour lui.

Quand il avait compris que Rose avait choisi de rester dans la fournaise plutôt que d'abandonner le chien, il avait ressenti une immense colère. Comment avait-elle pu choisir de se mettre en danger de façon aussi stupide ?

— Je comprends votre geste, dit Lance avec sérieux, j'aurais sûrement fait pareil, mais c'était de la folie. Vous auriez dû sortir avec Lisbeth et Birdie. Sans cette crypte…

L'inspecteur ne réussit pas à finir sa phrase.

— Ne recommencez jamais ! finit-il par dire avec autant de colère que de tristesse. C'est bien compris ? Je ne pourrais pas supporter de vous perdre.

La jeune femme plongea son regard dans le sien et du bout des doigts de sa main bandée, elle lui caressa le poignet.

— J'ai eu peur de ne jamais vous revoir, avoua-t-elle des sanglots dans la voix.

Lance s'avança vers le lit et, avec délicatesse, il posa sa tête contre son épaule. De sa main valide, Rose posa sa main sur sa joue. Elle allait sentir ses larmes, mais il s'en fichait.

Après quelques minutes, il l'embrassa sur la joue et se redressa. Il prit un mouchoir sur la table de chevet et se moucha avec.

Rose le fixait avec des yeux suppliants.

— Lance, il faut que je vous avoue quelque chose... Quelque chose de sérieux.

Il sentit une pierre se glisser dans son estomac et il préféra s'asseoir. Et alors qu'elle se confessait, avec un mélange de colère et de soulagement, il écoutait la jeune femme lui avouer mener une enquête sur sa femme.

— Lance, reprit-elle. Je sais combien vous avez souffert et combien vous voulez laisser cette histoire derrière vous. Seulement, il n'y a pas que vous dans cette histoire. À ce jour, vous êtes sa quatrième victime en dix ans. Il faut l'arrêter ! Pensez aux suivants ! Imaginez si le prochain se donne la mort à cause de cette histoire. Vous pouvez m'en vouloir autant que vous voulez, mais moi, je ne me pardonnerai jamais de laisser une criminelle en liberté.

Au bout d'un long silence, Lance se leva.

— Je ne vous en veux pas, Rose. En revanche, comprenez que j'ai besoin de temps pour digérer toute cette histoire.

Un mois plus tard, le Emerald Club accompagné d'Hercule était réuni dans la Birdcave. Une ancienne panic room que Birdie avait réhabilitée en QG pour travailler sur leurs enquêtes. Située au sous-sol de la maison, la pièce ressemblait à un speakeasy avec son bar, sa moquette rouge, ses fauteuils en cuir brun et son entrée secrète cachée derrière une bibliothèque murale. Pourtant, il ne fallait pas s'y fier. On y trouvait un écran géant connecté, toutes sortes de gadgets et de déguisements de bonne facture.

Installés autour de la grande table qui donnait une touche James Bond à la Birdcave, le Emerald Club attendait Lance.

— Tu penses qu'il va venir ? demanda Birdie à Rose.

— Aucune idée. On ne s'est pas reparlé depuis l'hôpital. Il m'a dit qu'il avait besoin de temps, alors je lui en ai donné.

Rose capta un regard embêté entre Birdie et Lisbeth. À sa sortie de l'hôpital, Rose les avait mises au parfum sur l'escroquerie dont avait été victime Lance et l'enquête qu'elle menait. À l'unanimité, ils avaient décidé de mener cette enquête ensemble. Aujourd'hui était le premier jour où ils travaillaient dessus. La veille, Rose avait envoyé un message à Lance pour le prévenir et lui dire qu'il était le bienvenu s'il voulait se joindre à eux.

— En tout cas, tu peux compter sur nous, le rassura Jack. On ne va pas laisser cette Mila s'en sortir. Avec ou sans l'inspecteur, on va la retrouver.

— Il nous reste juste à comprendre comment, compléta Lisbeth. Cette femme est plus insaisissable que la fumée.

— J'ai une idée. Enfin, c'est Edward qui y a pensé. Plutôt que de lui courir après, il faudrait lui tendre un piège.

Depuis son séjour à l'hôpital, sa relation avec son colocataire s'était grandement améliorée. Sûrement parce qu'elle avait sauvé sa grand-mère d'une mort certaine, Edward avait accepté de jouer les garde-malades. Pendant deux semaines, il l'avait laissé transformer le séjour en lit d'appoint parce qu'elle ne pouvait pas monter à l'étage à cause de ses genoux. Non seulement il avait été aux petits soins, lui apportant des collations et de bons petits plats, mais pas une seule fois, il ne s'était plaint de la pagaille qui traînait dans le séjour. Ils avaient aussi passé beaucoup de temps à réfléchir à l'enquête qu'elle menait sur Mila. C'est lui qui l'avait convaincu d'en parler au reste du Emerald Club.

Birdie ricana.

— Et comment mon génie de petit-fils veut-il piéger quelqu'un dont on ne sait ni où trouver ni comment la contacter ?

— Je n'ai pas dit que son plan était parfait, se défendit Rose.

— Tu as bien fait, se moqua Lisbeth.

— Ne les écoute pas, dit Jack en lui tapotant le bras. Qu'avais-tu en tête ?

— Je ne sais pas si c'est une bonne idée. Je pensais retourner son arnaque contre elle. Je veux dire, elle épousait des hommes pour pouvoir ensuite contracter de gros prêts et s'enfuir avec l'argent. Chacune de ses identités est toujours mariée. Je ne sais pas, je me disais qu'on pourrait lui faire croire à un héritage ou que l'un de ses maris a gagné à la loterie. Mon plan n'est pas encore bien défini et c'est pour ça que vous êtes là.

Birdie allait ajouter quelque chose quand une sonnette retentit. Hercule, allongé aux pieds de Rose qu'il ne quittait plus d'une semelle, se redressa pour aboyer. La vieille dame se leva pour ouvrir.

— C'est Lance, annonça-t-elle.

Rose sentit son cœur s'accélérer. Elle avait tellement eu peur qu'il ne réponde pas à son invitation.

L'inspecteur pénétra dans la Birdcave en les saluant d'un mouvement de tête, comme s'ils s'étaient vus la veille. Les détectives du Emerald Club comprirent le message implicite. « Faire comme si de rien n'était ». Hercule vint lui faire la fête, tandis que Birdie l'invita à s'asseoir à côté de Rose.

— Alors ? Vous en êtes où de l'enquête ?

— On vous attendait pour faire le point, dit-elle avec un grand sourire.

Si vous avez aimé ce roman, donnez un petit coup de pouce à l'auteure en laissant un commentaire sur Amazon !

Pour ne rien rater de mes actualités, abonnez-vous à ma newsletter : https://www.rcqueens.com/

Remerciements

Tout d'abord, je voudrais remercier mon mari. Merci de me pousser à croire en moi, de me rassurer quand je doute et de me donner les moyens d'y arriver. Merci pour ton soutien sans failles. Si aujourd'hui vous lisez ce livre, c'est grâce à lui.

Merci aussi à sa maman, Sylvie, ma première fan, qui fait la promotion de mes romans mieux que moi !

Merci à l'agence Narrativa Studio pour son accompagnement et sa bienveillance. Je n'oublierai jamais tout ce qu'elle a fait pour m'aider à écrire cette saga.

Merci à Laëtitia et Anna pour vos bêta-lectures, pour vos remarques pertinentes et pour avoir capturé toutes les inexactitudes. Je vous dois beaucoup.

Un grand merci à ma super graphiste Amandine Peter pour les couvertures. Je les adore !

Et surtout, un immense merci aux chroniqueuses.queurs ainsi qu'aux lectrices.teurs qui font vivre nos romans. Sans vous, nous ne serions rien.

www.ingramcontent.com/pod-product-compliance
Lightning Source LLC
LaVergne TN
LVHW010640110826
845149LV00014B/2907

* 9 7 8 2 9 5 9 2 8 1 1 3 6 *